DOUTOR SAX
Fausto Parte Três

Livros do autor publicados pela **L&PM** EDITORES:

Anjos da desolação
Big Sur
Cidade pequena, cidade grande
Despertar: uma vida de Buda
Diários de Jack Kerouac (1947-1954)
Geração Beat
Livro de haicais
Maggie Cassidy
O mar é meu irmão
O livro dos sonhos
On the Road – o manuscrito original
On the Road – pé na estrada
PIC
Satori em Paris
Os subterrâneos
Tristessa
Os vagabundos iluminados
Viajante solitário
A vida assombrada
Visões de Cody
Visões de Gerard

Leia na Coleção **L&PM** POCKET:

Kerouac – Yves Buin (Série Biografias)
Geração Beat – Claudio Willer (Série **ENCYCLOPAE DIA**)

JACK
KEROUAC

DOUTOR SAX

Fausto Parte Três

Tradução de Rodrigo Breunig

www.lpm.com.br

L&PM POCKET

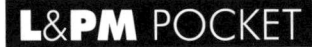

Coleção **L&PM** POCKET, vol. 1351

Texto de acordo com a nova ortografia.
Título original: *Doctor Sax*

Primeira edição na Coleção **L&PM** POCKET: dezembro de 2022

Tradução: Rodrigo Breunig
Capa: Ivan Pinheiro Machado. *Ilustração*: iStock
Preparação: Patrícia Yurgel
Revisão: Maurin de Souza

CIP-Brasil. Catalogação na publicação
Sindicato Nacional dos Editores de Livros, RJ

K47d

    Kerouac, Jack, 1922-1969
      Doutor Sax : Fausto parte três / Jack Kerouac; tradução Rodrigo Breunig. – 1.ed. – Porto Alegre [RS]: L&PM, 2022.
288 p. ; 18 cm. (Coleção L&PM POCKET; 1351)

      Tradução de: *Doctor Sax: Faust Part Three*
      ISBN 978-65-5666-335-7

      1. Ficção americana. I. Breunig, Rodrigo. II. Título. III. Série.

22-81061   CDD: 813
                                              CDU: 82-3(73)

Meri Gleice Rodrigues de Souza - Bibliotecária - CRB-7/6439

Copyright © Jack Kerouac, 1966.

Todos os direitos desta edição reservados a L&PM Editores
Rua Comendador Coruja, 314, loja 9 – Floresta – 90.220-180
Porto Alegre – RS – Brasil / Fone: 51.3225.5777

Pedidos & Depto. comercial: vendas@lpm.com.br
Fale conosco: info@lpm.com.br
www.lpm.com.br

Impresso na Gráfica e Editora Pallotti, Santa Maria, RS, Brasil
Primavera de 2022

Sumário

LIVRO I
Fantasmas da Noite de Pawtucketville 7

LIVRO II
Um Sombrio Filmelivro 99

LIVRO III
Mais Fantasmas 123

LIVRO IV
A Noite em que o Homem da Melancia Morreu 141

LIVRO V
A Enchente 181

LIVRO VI
O Castelo 215

LIVRO I

FANTASMAS DA NOITE DE PAWTUCKETVILLE

1

Outra noite sonhei que eu estava sentado na calçada na Moody Street, Pawtucketville, Lowell, Mass., com papel e lápis na mão dizendo a mim mesmo "Descreva o alcatrão rugoso dessa calçada, também as estacas de ferro do Textile Institute, ou a porta onde Lousy e você e G.J. tão sempre sentados e nem pare pra procurar palavras mas quando parar que seja só pra pensar melhor na imagem – e deixe sua mente sair de você na tarefa".

Pouco antes disso eu vinha descendo a ladeira entre a Gershom Avenue e aquela rua espectral onde morava o Billy Artaud, na direção da lojinha de esquina do Blezan, onde aos domingos os camaradas endomingados depois da igreja ficam fumando, cuspindo, Leo Martin dizendo a Sonny Alberge ou Joe Plouffe *"Eh, batêge, ya faite un grand sarman s'foi icite"* – ("Santo Batchismo, que sermão comprido que ele deu dessa vez") e Joe Plouffe, prognata, baixinho, sorrateiramente forte, cospe nos pedregulhos da Gershom pavimentada e toma o caminho de casa e do café da manhã sem comentários (ele morava com irmãs e irmãos e mãe porque o coroa tinha expulsado eles todos – "Que meus ossos derretam nessa chuva!" – pra viver uma existência de eremita na escuridão de sua noite – velho monstrengo avaro da vizinhança, olho sangrento, nariz catarrento) –

Doutor Sax eu vi pela primeira vez em suas mais remotas feições na remota infância católica de Centralville – mortes, velórios, a mortalha da coisa, a escura figura na esquina no momento em que você vê o caixão do morto na sala dolorosa da casa aberta com a horrível guirlanda roxa na porta. Figuras de carregadores de caixão emergindo de uma casa na noite chuvosa carregando uma caixa com o sr. Yipe mortinho dentro. A estátua de Ste Thérèse virando a cabeça num antigo filme católico dos anos vinte Ste Thérèse a mil pela cidade num carro com o jovem herói religioso escapando de batidas por um triz à la W.C. Fields enquanto a boneca (não a própria Ste Thérèse mas a heroína que a simboliza) ruma para sua santidade com os olhos arregalados da descrença. Nós tínhamos uma estátua de Ste Thérèse na minha casa – na West Street eu a vi virar a cabeça pra mim – no escuro. Antes disso, também, os horrores do Jesus Cristo das encenações da paixão em suas mortalhas e vestimentas da mais triste perdição da humanidade na Cruz Choremos pelos Ladrões e Pobres – numa escura noite de sábado ele veio puxar o pé da minha cama (no apartamento de segundo andar da Hildreth com Lilley a plena Eternidade lá fora) – era Ele ou a Virgem Maria rente ao chão num horror de perfil fosforescente puxando a minha cama. Na mesma noite um elfo, meio que um fantasminha mais alegre do tipo Papai Noel, veio correndo e bateu a minha porta; não havia vento; minha irmã tomava um banho no róseo banheiro do lar de sábado à noite, e a minha mãe estava esfregando as costas ou sintonizando Wayne King no velho rádio de mogno ou dando uma olhada nos quadrinhos de Maggie e Jiggs recém-lançados pelas mãos dos garotos entregadores (os mesmos que voavam no centro por entre os tijolos vermelhos do meu mistério chinês), então eu gritei "Quem bateu a minha porta?" ("*Qui a farmez ma porte?*") e responderam ninguém ("*Parsonne voyons donc*") – e eu soube que estava assombrado mas não disse nada; não muito tempo depois, sonhei o horrível sonho chocalhante da sala vermelha, pintada de um estranho e novo vermelho envernizado de 1929, e vi no sonho tudo dançando e chocalhando como esqueletos porque meu irmão Gerard os assombrava e sonhei que acordava gritando junto ao fonógrafo na sala contígua com suas curvas da Masters Voice na madeira marrom – Memória e sonho se misturam nesse universo louco.

2

No SONHO DA ESQUINA de alcatrão rugoso eu vi, assombrosa, a Riverside Street cortando a Moody para entrar nas trevas fabulosamente opulentas de Sarah Avenue e Rosemont, a Misteriosa... Rosemont: – comunidade construída nas planícies fluviais inundáveis e também nas suaves inclinações em levante ao pé do banco de areia, os prados do cemitério e os assombrados campos de fantasmas dos eremitas de Luxy Smith e o Mill Pond tão loucos – no sonho eu mal imaginava os primeiros passos desde aquele "alcatrão rugoso", bem na esquina, visões da Lowell da Moody Street – flechando rumo ao Relógio da Prefeitura (com a hora) e no centro antenas vermelhas e neons de restaurante chinês da Kearney Square na Noite de Massachusetts; depois uma olhadela pela direita na Riverside Street correndo para se esconder nas ricas e respectaburbanas residências extravagantes dos presidentes da Confraria do Têxtil (Ó! –) e senhorias senhorinhas de Cabelo Branco, a rua subitamente emergindo dessa americana de gramados e telas e professoras escondidas tipo Emily Dickinson atrás de cortinas de renda rumo ao drama cru do rio onde a terra, a terra rochosa da Nova Inglaterra de altos-alcantis mergulhava para beijar o lábio do Merrimac em seus bramidos precipitados sobre tumulto e pedra na direção do mar, fantástico e misterioso das neves do Norte, adeus; – andei à esquerda, passei pela santa porta em que G.J. e Lousy e eu matávamos tempo sentados no mistério que agora vejo se vastifica mais vasto, virando algo que vai além do meu Gruque, além dos confins da minha Arte, entrando no segredo daquilo que Deus fez com meu Tempo; – habitação coletiva erguida na esquina de alcatrão rugoso, quatro andares, com pátio, varais, prendedores de roupa, moscas zumbindo no sol (sonhei que morava nesse prédio, aluguel barato, vista boa, móveis caros, minha mãe contente, meu pai "na rua jogando carta" ou talvez somente sentado mudo numa cadeira concordando conosco, o sonho) – E da última vez que estive em Massachusetts eu me parei na noite fria do inverno contemplando o Social Club e efetivamente vendo Leo Martin respirar névoas invernais talhadas para o jogo de bilhar depois da janta como quando eu era pequeno, também notando na esquina o prédio porque os pobres canucks meu povo do meu Deus-me-deu--a-vida faziam arder débeis luzes elétricas numa baça desgraça marrom de cozinha com calendário católico na porta do banheiro (Ah Puxa), uma visão cheia de tristeza e trabalho – as cenas da minha infância – Na porta G.J., Gus J. Rigopoulos, e eu, Jackie Duluoz, celebridade local do beisebol de rua e grande rebelde; e Lousy, Albert Lauzon, o Côncavo Humano (ele tinha um peito Côncavo), o Kid Lousy, Campeão Mundial do Cuspe Silencioso, e às vezes também Paul Boldieu nosso arremessador e mais tarde sombrio motorista de limusines latas velhas da maluquice adolescente –

"Tome nota, tome nota, bem de tudo tome nota", estou dizendo a mim mesmo no sonho, "ao passar pela porta olhe muito atentamente para Gus Rigopoulos, Jackie Duluoz e Lousy."

Eu os vejo agora na Riverside Street na profunda treva ondulante.

3

Há centenas de pessoas passeando na rua, no sonho... é sábado à ensolarada noite, estão todas currendo para o Clo-Sol – no centro, em reais restaurantes da realidade, minha mãe e meu pai, como sombras num cardápio sentados sob uma janela de grade-sombra com cortinas dos anos 1920 pendendo pesadamente atrás deles, tudo um anúncio publicitário dizendo "Obrigado, voltem para jantar e dançar no Ron Foo's, Market Street 467, Rochester" – estão comendo no Chin Lee, ele é um velho amigo da família, ele me conhecia, nos dava lichia seca no Natal, certa vez um grande vaso Ming (colocado sobre o piano negro da sala trevosa de anjos em véus de poeira com pombas, a catolicidade da poeira farta e meus pensamentos); é Lowell, pelas janelas chinas decoradas se vê a Kearney Square fervilhando de vida. "Minha nossa", diz meu pai com tapinhas na barriga, "que refeição bem boa".

Pisa leve, fantasma.

4

Pegue os grandes rios nos mapas da América do Sul (origem do Doutor Sax), siga os Putumayos até uma Napo-seguinte junção amazônica, mapeie as incríveis selvas intransponíveis, os sulistas Parañas do espanto, contemple o vasto gruque de um continente inchado de um Ártico-Antártico – pra mim o Rio Merrimac era um poderoso Napo de importância continental... o continente da Nova Inglaterra. Alimentado por certa fonte ofídica com jeito de abomaso e imensa, jorrado da umidade oculta, vinha ele, chamado Merrimac, para encontrar as serpenteantes Weirs e Franklin Falls, os Winepesaukies (de nórdicos pinheiros) (e albatroziana grandiosidade), os Manchesters, os Concords, as Plum Islands do Tempo.

O estrondoso acalmador do nosso sono à noite –
Eu conseguia escutá-lo subindo das pedras num gemente vush que ululava com a água, sprosh, sprosh, uum, uum, zuuuu, a noite toda o rio diz zuuu, zuuu, as estrelas se fixam nos telhados como tinta. O Merrimac, nome escuro, ostentava vales escuros: minha Lowell tinha as grandes árvores da antiguidade no norte rochoso oscilando sobre pontas de flecha e escalpos indígenas perdidos, os seixos na praia dos penhascos de ardósia estão cheios de contas escondidas e foram pisados pelos pés descalços dos índios. O Merrimac se desabala de um norte das eternidades, cai mijando sobre diques, fissuras espumantes nas rochas, blote, e rola ferando para o queilo, calmo agora em orva-

pilhados buracos de ardósia afiada (nós mergulhávamos, cortávamos nossos pés, gazeadores fedorentos em tardes de verão), rochas cheias de velhas ventosas feiosas que não dava pra comer, e merda do esgoto, e tinturas, você engolia bocados daquela água engasgante – Na noite enluarada eu vejo o Poderoso Merrimac espumando mil cavalos brancos sobre as trágicas planícies abaixo. Sonho: – pranchas de madeira da Moody Street Bridge despencam, eu pairo nas vigas de raiva sobre fúrias de cavalos brancos no mugido estrondoso –, gemendo em frente os atacantes exércitos e cavalarias de Euplantus Eudronicus Reis Grays enrolados & encaracolados feito obra de artistas, e com a neve das almas de barro togas de galo em arabesco na vã guarda.

Eu tinha um terror daquelas ondas, daquelas rochas –

5

Doutor Sax morava na mata, ele não era mortalha citadina. Posso vê-lo à espreita com aquele inacreditável Jean Fourchette, mateiro do lixão, idiota das risadinhas, desdentado-alquebrado-marrom, procurado, rindo da cara dos incêndios, fiel companheiro amado das longas caminhadas infantis – A tragédia de Lowell e da Cobra Sax está na mata, no mundo ao redor –

No outono havia grandes campos laterais ressequidos marrons inclinando-se para o Merrimac uma fartura de pinheiros quebrados e cor marrom, outono, o apito recém-guinchado para encerrar o terceiro tempo no invernoso campo de novembro em que a multidão e eu e meu pai assistíamos ao distúrbio corpo a corpo das tardes semiprofissionais como nos tempos do velho índio Jim Thorpe, bum, touchdown. Havia veados nas matas de Billerica, talvez um ou dois em Dracut, três ou quatro em Tyngsboro e um espaço do caçador na página de esportes do *Lowell Sun*. Grandes pinheiros frios compactados na manhã de outubro quando a escola re-começou e as maçãs chegaram, nudez na treva setentrional esperando pela desnudação. No inverno, o Rio Merrimac era inundado por seu gelo; exceto por uma faixa estreita no meio em que o gelo era frágil com cristais da corrente a bacia girante de Rosemont e Aiken Street Bridge se nivelava por inteiro para grupos de patinação de inverno que podiam ser observados da ponte com telescópio de neve nos vendavais e ao longo do entulho da Lakeview figuras menores de paisagens nevadas holandesas se isolam no mudo mundo da neve branquíssima. Uma serra azul racha um longo risco no gelo. Jogos de hóquei devoram o fogo no qual se amontoam as garotas, Billy Artaud com dentes cerrados estraçalha o taco de hóquei do oponente com um chute dos tênis ferrados no clarão diabólico das lutas invernais, vou recuando num círculo a sessenta e cinco quilômetros por hora com o disco até que o perco num pulo e os outros irmãos Artaud acorrem destrambelhados num tropel digno de Dit Clapper para rugir na refrega –

Esse mesmo rio cru, pobre rio derretido por março, traz Doutor Sax e as noites chuvosas do Castelo.

6

Havia vésperas de feriado azuis, época do Natal, re-
-brilhava pela cidade toda, eu conseguia ver do
campo nos fundos do Textile quase tudo em comprimento e largura depois das matinês dominicais,
rosbife esperando, ou *ragout d'boullette*, o céu inteiro
inesquecível, intensificado pelo gelo seco do clarão
do clima invernal, o ar rarefeito um azul puro, triste,
bem como ele se mostra nessas horas nos becos de
tijolo vermelho e nos fóruns de mármore do Lowell
Auditorium, com bancos de neve nas ruas vermelhas
pra dar tristeza, e voos de pássaros perdidos na hora
da janta da Lowell dominical voando até uma cerca polonesa pra pegar as migalhas de pão – nenhuma noção, ali, da Lowell que veio depois, a Lowell
da louca meia-noite sob os magros pinheiros na lua
lambente, com sopros de mortalha, de uma lanterna,
de um enterro de terra, de um desenterro de terra,
gnomos, eixos cheios de graxa na água do rio e a lua
cintilando nos olhos de um rato – a Lowell, o Mundo,
você encontra.

Doutor Sax se esconde num canto da minha
mente.

CENA: Um mascarado na sombra noturna esvoaçando na beira do banco de areia.

SOM: Um cão latindo a um quilômetro de distância; e o rio.

CHEIRO: Orvalho arenoso doce.

TEMPERATURA: Geada de meia-noite veranil.

MÊS: Fim de agosto, jogo no estádio terminou, o fim dos homeruns além da cerca do arcano de areia nosso Circo, nosso diamante na areia, onde os jogos ocorriam no crepúsculo carmim –, agora será o voo do crocitante pássaro outonal, corvejando para sua sepultura macilenta nos pinheiros do Alabama.

SUPOSIÇÃO: Doutor Sax acabou de desaparecer no banco de areia e foi pra casa dormir.

7

DA ESQUINA DO ALCATRÃO RUGOSO a Moody começa sua ascensão suburbana pelos brancos prédios salgados de Pawtucketville até alcançar um pico grego na fronteira de Dracut matas selvagens cercando Lowell, para onde os veteranos gregos da ocupação americana vindos de Creta se precipitam na alvorada com um balde pra cabra do prado – Dracut Tigers é o nome do Prado, é onde no fim do verão disputamos vastos campeonatos de beisebol numa escuridão bocagarra cinzenta e chuvosa de Jogos Decisivos, setembro, Leo Martin arremessando, Gene Plouffe interbases, Joe Plouffe (no suave mijo das névoas) temporariamente na direita (depois Paul Boldieu lançando, Jack Duluoz receptando, poderosa formação para quando o verão ficar poeirento e quente de novo) – a Moody Street alcança o topo da colina e abrange uns sítios gregos e os intermediários bangalôs de madeira de 2 andares em sombrias bordas campestres do velho novembro marcês largando sua bétula numa colina em silhueta na prata crepuscular, cró. Dracut Tigers está lá com o muro pedrês atrás, e estradas para Pine Brook, selvagem Lowell escura tanto engoliu minha sina seu cronhe de rolobós –, a Moody Street que começa num covil de ladrões perto da prefeitura termina em meio aos jogadores da colina varrida por vento (todos rugem como Denver, Minneapolis, St Paul com atividades de dez mil heróis de bilhar, campo e varanda) (ouça os caçadores rebentando suas armas em negros freios magros, fazendo capas de veado para seus motores) – lá vai subindo a velha Moody Street, passando Gershom, Mt Vernon e além, para se perder ao fim da fileira de carros, onde antes o bonde revertia o sentido, agora local em que o motorista de ônibus confere relógio de pulso amarelo – perdido nas matas betulares da hora do corvo. Lá você pode se virar e avistar tudo de Lowell nas noites secas de frio terrível depois de uma nevasca, na pura noite bordazulada gravando seu relógio de velha e rósea face na prefeitura junto às ameixas do firmamento as estrelas fúlgidas; de Billerica o vento soprava secas rajadas solares contra molhadas nuvens de nevasca e dava fim à tempestade gerando notícia; você vê Lowell toda...

Sobrevivente da tempestade, toda branca e ainda em lamento.

8

Alguns dos meus trágicos sonhos de Moody Street Pawtucketville num Espectral Sábado à Noite – tão inalcançável e impossível – criancinhas pulando entre os postes de ferro do pátio de alcatrão rugoso, gritando em francês – Nas janelas as mães observam com comentários irônicos, *"Cosse tué pas l'cou, ey?"* (Não quebra o pescoço, hein?) Dentro de alguns anos nos mudamos para cima do Textile Lunch um cenário de gordurosos hambúrgueres da meia-noite com cebola e ketchup; a única habitação horrível de varandas entrando em colapso nos meus sonhos e no entanto na realidade todas as noites minha mãe se sentava ali fora numa cadeira, um pé dentro de casa para o caso de a varandinha raquítica em cima de coisas e fios com seus frágeis suportes aéreos de passarinho enfim desabar. De certo modo ela até se divertia. Temos uma foto com minha mãe sorridente naquela incrível altura de pesadelo em companhia de um pequeno spitz branco que a minha irmã tinha na época –

Entre essa habitação e a esquina do alcatrão rugoso ficavam vários estabelecimentos de menor interesse para mim porque não do lado da minha habitual confeitaria da infância depois virando minha tabacaria – uma farmácia imensa e famosa e administrada por um respeitável patriarca canadense de cabelos brancos com abas prateadas e irmãos no negócio das cortinas e um filho inteligente, estético, de aparência frágil, que depois desapareceu numa neblina dourada; essa farmácia, Bourgeois', principal interesse numa configuração desinteressante, ficava ao lado de uma espécie de lojinha hortifrúti totalmente esquecida, uma entrada de prédio, um grito, um beco (estreito, dando para relvas atrás); e os comedores vidrados de punhos dobrados do Textile Lunch, depois confeitaria na esquina sempre suspeita pois trocava de dono e cores e era sempre assombrada pela débil aura de amáveis damas arrumadinhas da igreja Ste Jeanne d'Arc na Mt Vernon e da Crawford subindo a cinzenta e arrumadinha colina do *Presbitère*, nós portanto jamais frequentávamos essa confeitaria por temer tais damas e aquele ar arrumadinho, nós gostávamos de confeitarias obscuras e bagunçadas como a Destouches'.

Essa era o estabelecimento marrom de um leproso doente – diziam que ele tinha inúmeras moléstias. Minha mãe, as damas, um papo, todas as tardes a gente ouvia grandes conversalhadas furadas sobre crespas ondas de pano de costura e agulhas cintilando na luz. Ou talvez fosse a fofoca de doentias crianças masturbatórias espinhentas nos becos atrás da garagem, horríveis orgias e vício dos pirralhos vilanescos da vizinhança que comiam palha-do-campo na janta (onde estavam eles na hora do meu feijão) e dormiam em múmias de talo de milho de noite apesar de todas as lanternas do sonho e de Jean Fourchette o eremita de Rosemont espreitando pelas fileiras de pés de milho e chicote de trepadeira e lata de cuspes e farrapos gozados e risadinhas idiotas no auge do sono noturno de Pawtucketville de vasto nome selvagem e colina suavemente bagdadensa de telhados-linhas-&-fios –

"*Pauvre vieux Destouches*" às vezes o chamavam porque apesar dos horríveis relatos sobre sua saúde todos sentiam pena dele por seus olhos sangrentos e seu passo atrapalhado e lerdo, ele era o homem mais doente do mundo e tinha uma moleza muda nos braços, mãos, lábios, língua, não como um idiota mas como alguém sensual ou insensível ou amargo com venenos de mágoa... um velho devasso, não sei dizer que barato, droga, trago, elefantíase ou seilá que ele tinha. Corriam rumores de que ele brincava com os pintos dos menininhos – ia lá nos fundos na penumbra oferecendo doces, moedinhas, mas com aquele rosto embotado, doentio, tristonho e cansado isso já não importava – obviamente tudo mentira mas quando entrava lá para comprar meus doces eu ficava perplexo e horrorizado como num antro de ópio. Ele ficava sentado numa cadeira, respirando um grasnido bestial de bocamole; nós mesmos precisávamos pegar os caramelos, botar a moedinha em sua mão lânguida. Os antros eu imaginava das revistas *The Shadow* que eu comprava lá. Diziam que ele brincava com o pequeno Zap Plouffe... O pai de Zap o Velho Eremita tinha um porão cheio de *Shadows* que uma vez Gene Plouffe me deixou frequentar (cerca de dez *Shadows* e dezesseis *Star Westerns* e duas ou três *Pete Pistols* que sempre me agradavam porque Pete Pistol parecia simples nas capas embora difícil de ler) – comprar *Shadows* na confeitaria do Velho Leproso tinha essa qualidade mista do porão Plouffe, havia na coisa uma velha tragédia muda e marrom.

Ao lado da confeitaria tinha uma loja, fitas à venda, damas da costura vespertina com pendentes madeixas de peruca propagandeando redondas cabeças de boneca-manequim, olhos azuis num vácuo de renda com alfinetes na almofada azul... coisas que se acastanharam na antiguidade do nosso pai.

9

O parque corria livre até a Sarah Avenue atravessando terrenos traseiros de velhas propriedades rurais da Riverside Street, com uma trilha no meio da grama alta, o longo muro de blocos da garagem na Gershom (os amantes da maligna meia-noite geravam manchas e sons de esguicho na relva). Do outro lado do parque, no chão batido da Sarah Avenue, um campo cercado e montanhoso, abeto, bétula, lote não à venda, sob gigantescas árvores da Nova Inglaterra você podia observar à noite imensas estrelas através de um telescópio de folhas. Aqui as famílias Rigopoulos, Desjardins e Giroux moravam no alto da rocha construída, vistas da cidade sobre campo dos fundos do Textile, altos-apartamentos do lixão e o vácuo imortal do vale. Ó dias cinzentos na casa do G.J.!, sua mãe balançando na cadeira, suas vestes escuras como vestidos de velhas mães mexicanas em interiores de pedra e tortilla – e G.J. olhando fixamente pela janela da cozinha, através das grandes árvores, a tempestade, a cidade fracamente delineada e rubramontoada em branco no clarão atrás, praguejando, resmungando "Que maldita vida o cara é obrigado a viver nesse raio de mundo frio de pedra dura" (sobre o rio céus cinzentos e tempestades do futuro) e sua mãe que não entende inglês e nem se importa com o que os meninos estão dizendo nas horas matadas da tarde sem escola segue balançando pra frente pra trás com sua bíblia grega, falando "Thalatta!, Thalatta!" (Mar!, Mar!) – e no canto da casa do

G.J. eu sinto o cheiro úmido dos gregos e tremo por estar no campo inimigo – de tebanos, gregos, judeus, crioulos, carcamanos, irlandeses, polacos... G.J. vira os olhos amendoados para mim, como no dia em que o vi pela primeira vez no pátio, virando seus olhos amendoados para mim em busca de amizade – antes disso eu achava que os gregos fossem loucos varridos.

G.J. meu amigo e herói da infância –

10

Foi em Centralville que nasci, em Pawtucketville eu vi Doutor Sax. Além da ampla bacia em direção à colina – na Lupine Road, março de 1922, às cinco horas da tarde de uma hora-da-janta toda-vermelha, enquanto cervejas sonolentas eram servidas nos bares de Lakeview e Moody e o rio corria com suas cargas de gelo sobre lisas rochas avermelhadas, e juncos na margem oscilavam entre os colchões e as botas descartadas do Tempo, e preguiçosos nacos de neve caíam tchibum dos ramos avolumados de pinheiros negros espinhosos e oleosos em degelo, embaixo as neves molhadas da encosta recebendo os raios perdidos do sol a liquefação do inverno misturada aos rugidos do Merrimac – eu nasci. Telhado sangrento. Estranho feito. Todo olhos vim ouvindo a vermelhidão do rio; eu lembro aquela tarde, notei a presença por entre contas penduradas numa porta e por entre cortinas rendadas e vidro de um perdido e tristonho e universal rubor de danação mortal... a neve derretia. A cobra estava enrolada na colina não em meu coração.

O jovem Doutor Simpson que depois ficaria tragicamente alto e grisalho e sem ninguém que o amasse soltando seu – "Acho que tudo vai ficar bem, Angy", ele disse à minha mãe que tinha dado à luz seus dois primeiros, Gerard e Catherine, num hospital.

"Obrigada Doutor Simpson, ele é gordo feito um tonel de manteiga – *mon ti n'ange...*" Pássaros dourados pairavam sobre mãe e filho enquanto ela me abraçava contra o peito; anjos e querubins dançaram e flutuaram do teto com os cus de ponta-cabeça e grossas dobras de gordura, e havia uma bruma de borboletas, pássaros, mariposas e tons marrons pendendo estúpidos e frouxos por cima de nascimentos amuados.

11

Certa tarde cinzenta em Centralville, quando eu tinha provavelmente 1, 2 ou 3 anos de idade, vi nos vácuos da minha existência infantil de visões oníricas uma entulhada sapataria franco-canadense toda perdida em desoladas alas cinzentas envolvidas pela decadência fragorosa da coisa. Mais tarde na varanda da habitação de Rose Paquette (amiga gorda e grandalhona da minha mãe, com filhos) eu me dei conta de que a sapataria ruinosa de sonho chuvoso ficava justamente no térreo... uma coisa que eu sabia do quarteirão. Foi no dia em que aprendi a dizer porta em inglês... *door, door, porte, porte* – a sapataria se perdeu na chuva das minhas primeiras memórias e ficou ligada à Grande Visão do Roupão de Banho.

Estou sentado nos braços da minha mãe numa aura marrom-trevosa emitida por seu roupão de banho – ele tem cordas penduradas, como as cordas nos filmes, corda de sino para Catarina Imperatriz, mas marrom, pendendo em volta do cinto do roupão – o roupão de banho da família, eu o vi por 15 ou 20 anos – as pessoas doentes usavam – velho roupão de manhã de Natal com desenho convencional de losangos ou quadrados, mas o marrom da cor da vida, a cor do cérebro, o cérebro marrom acinzentado, e a primeira cor que notei depois do cinza chuvoso das minhas primeiras visões do mundo no espectro deitado no berço tão mudo. Estou nos braços da minha mãe mas de algum modo a cadeira não está no chão, está no ar suspensa nos vácuos da névoa com cheiro de serragem soprando da madeira cortada no pátio do Lajoie, suspensa no pátio gramado na esquina da West Sixth com Boisvert – esse daguerreótipo cinza se foi pra sempre, mas o roupão da minha mãe emite auras de marrom caloroso (o marrom da minha família) – então agora quando envolvo meu queixo num cachecol numa ventania molhada – eu penso no conforto do roupão marrom – ou como quando uma porta de cozinha se abre para o inverno permitindo que frescos gelos de ar interfiram na quente cortina ondulada do perfumado calor do forno... digamos um pudim de baunilha... eu sou o pudim, o inverno é a névoa cinzenta. Tive um arrepio de alegria – quando li sobre a xícara de chá de Proust – todos aqueles pires numa migalha – a História toda sob o polegar – tudo de uma cidade numa migalha saborosa – pego a minha infância inteira nas ondas de baunilha invernal em volta do fogão. É exatamente como leite frio derramado em pudim de pão quente, o encontro do quente com o frio é um buraco vazio entre lembranças da infância.

    O marrom que vi no sonho do roupão de banho e o cinza no dia da sapataria estão ligados aos marrons e cinzas de Pawtucketville – o preto do Doutor Sax veio depois.

12

Os garotos berrando nos pátios dos prédios à noite – eu lembro agora e me dou conta do som especial – mães e famílias o escutam nas janelas do pós-janta. Eles estão correndo de esqui pelos postes de ferro, eu ando por eles nesse sonho espectral de revisitar Pawtucketville, com bastante frequência eu chego da colina, às vezes da Riverside. Cheguei exausto do meu travesseiro, ouço panelas tilintando nas cozinhas, queixas de uma irmã mais velha no pátio virando um cântico que os pequenos aceitam, alguns com miados de gato e às vezes gatos de verdade se juntam a eles em seus postos ao longo da casa e nas latas de lixo – altercações, tagarelices africanas em círculos obscuros – gemidos de replicadores, tossidinhas, gemidos maternos, logo logo tarde demais, entrar e adeus brincadeiras, e com meu que-ai se arrastando atrás de mim como um Dragonete dos Pesadelos eu chego splups a um fim ruim e acordo.

As crianças no pátio não dão a menor atenção para mim, ou é isso ou é porque eu sou um fantasma que elas não enxergam.

Pawtucketville chocalha na minha cabeça assombrada...

13

É UMA NOITE CHUVOSA, eis o coitado do operário Joe Plouffe na Moody Street Bridge. À noite ele se dirige às fábricas de Mill Pond com um lanche que de repente ele lançou bem alto no céu noturno – G.J. e Lousy e eu estávamos sentados na grama do parque na noite de sexta, atrás da cerca, e como um milhão de vezes lá vai Joe com lancheira sob auras marrons de poste da esquina com sua iluminação de cada pedra e poça da rua – mas nessa noite ouvimos um berro estranho e o vemos jogar lanche com um vlush dos braços para o alto e lá se vai Joe Plouffe enquanto o lanche aterrissa, ele vai para os bares do louco uísque em vez das fábricas da labuta – a única vez que vimos Joe Plouffe alterado, a outra vez foi durante um jogo de basquete na hora da janta, Joe comigo, Gene Plouffe com G.J., os dois irmãos começam a trocar golpes de quadril, plaft, moderado e sorridente uso dos quadris dotados de um grande poder que pode te derrubar e quando o menor Gene (1m55) lhe deu uma bela pancada o maior Joe (1m58) ficou vermelho-da-cara e lhe acertou um quadril sub-reptício que deixou Gene momentaneamente atordoado e vermelho, que duelo, G.J. e eu ficamos estacados pálidos entre os titãs, foi um grande jogo – o lanche de Joe de fato aterrissou a uns 6 metros daquela mesma cesta de basquete na árvore –

Mas agora é uma noite chuvosa e Joe Plouffe, resignado, encolhido, corre pra casa à meia-noite (não há mais ônibus circulando) dobrado contra os ventos frios e chuvosos de março – e ele contempla a Colina da Cobra através da escuridão, por trás das mortalhas molhadas – nada, uma parede de trevas, nem mesmo uma baça lâmpada marrom. – Joe vai pra casa, pega um hambúrguer no Textile Lunch, talvez tenha se curvado em nossa porta de alcatrão rugoso tentando acender sua bituca – Então virou pela Gershom na chuva da esquina e foi pra casa (enquanto rosas trágicas florescem nos chuvosos quintais da meia-noite com bolas de gude perdidas na lama). Quando Joe Plouffe levanta o calcanhar da última prancha de madeira da ponte, de repente você vê uma débil luz marrom surgindo de longe na noite do rio – bem acima da Colina da Cobra – e embaixo da ponte, desleixado, escuro, soltando um riso alto, "Mmmuii hii ha ha ha", desbotado, sufocado, louco, maníaco, capa nos ombros, rosto verde (uma doença da noite, Visagus Lamanoturna), desliza Doutor Sax – pelas rochas, pelos rugidos – ao longo do íngreme despejo do barranco, às pressas – vibrando, voando, viajando, flutuando até as planuras juncosas de Rosemont, num único movimento tirando de seu chapéu de aba larga um bote inflável e o transformando com sopro num pequeno barco a remo – vai remando com remos de borracha, sangue-nos-olhos, ansioso, sério, na penumbra das chuvas e panos de morcego e mastros de bruma rugindo silêncio – rio real – de olho no Castelo – enquanto por sobre a bacia do Merrimac com ávidas asinhas de pássaro e ossinhos de morcego Conde Condu o Vampiro se apressa para encontrar sua velha garota folgada poeirenta desintegrada no indizível marrom da porta do Castelo, ó Fantasmas.

14

CONDE CONDU VEIO DE BUDAPESTE – ele queria que o bom solo húngaro repousasse durante as longas tardes maçantes do vácuo europeu – então voou em direção à América na noite chuvosa, de dia ele dormiu em sua caixa de areia de dois metros a bordo de um navio da National Maritime Union – veio a Lowell para se banquetear nos cidadãos do Merrimac... um vampiro, voando no rio da noite chuvosa, do velho lixão ao longo do campo nos fundos do Textile até as margens de Centralville... voando até a porta do castelo que ficava no topo do prado sonhador perto da Bridge com a 18th. No topo dessa colina, localizada em simetria com a velha casa-castelo de pedra na Lakeview Avenue perto da Lupine Road (e os doidos e há muito perdidos nomes franco-canadenses da minha infância), ergue-se um castelo nas grandes alturas, o rei supervisor dos telhados monárquicos e chaminés-pilares de Lowell (Ó altas chaminés vermelhas das Fábricas de Algodão de Lowell, alta Bota pateta de tijolo rubro, dançando nas nuvens terminais do louco dia urrante com suas badaladas de sonho vespertino –)

Conde Condu queria suas galinhas depenadas direitinho – Ele veio para Lowell como parte de um grande movimento maligno generalizado – para o Castelo secreto – o Conde era alto, magro, de nariz adunco, capa, luva branca, olhos lampejantes e sardônicos, o herói do Doutor Sax cujas sobrancelhas desgrenhadas o deixavam tão cego que ele mal conseguia ver o que estava fazendo saltando sobre o lixão à noite – Condu era sibilante, de língua afiada, aristocrático, ágil, de boca nauseante como um simplório desprovido de sangue, meio morpe com seus lábios gosmentos inchados pra dentro e doméricos como que sob os fios pendentes de um bigodinho mandarino que ele não tinha – Doutor Sax era velho, sua força de mandíbula detetivesca tinha marcas da idade, andava meio vergado (lembrava um pouco Carl Sandburg mas moldado com mortalha, alto e magro numa sombra na parede, não o andarilho de ar livre das estradas de Minnesota encaracolado feliz da vida em Paz nos dias de santidade –) (Carl Sandburg disfarçado com chapéu escuro eu vi certa noite no bairro negro de Jamaica Long Island, distrito Down Stud, atrás da Stutphin, andando por um longo e trágico bulevar iluminado de ilhas e necrotérios não muito longe dos trilhos ferroviários de Long Island, recém-chegado de um trem de carga de Montana) –

O morcego se dissolveu no ar e materializou na porta do Castelo um Conde Vampiro em capa noturna. La Contessa de Franziano, uma descendente de buerpes galeses que caiu de uma trirreme perto da costa de Livorno quando lá existiam ainda muralhas medievais, mas alegando ser uma pura Franconi da velha dinastia Médici, se aproximou da douradura da porta em veloz velha renda decadente com teias de aranha entrelaçadas e poeira se juntando em camadas quando ela dobrava as costas, com um pingente de pérola sobre o qual dormia uma aranha, seus olhos mais baixos impossível, sua voz puro verbalismo num tonel reverberatório – "*Queridíssimo* Conde, você veio!" – estica em frente os braços soluçantes, abre a porta para uma noite chuvosa e as poucas luzes opacas de Lowell do outro lado da bacia – mas Condu permanece firme, severo, empertigado, impassível, nazista, tirando uma luva – toma fôlego com um ligeiro puf dos lábios e uma fungada – chocalha –

"Minha querida, por mais que eu seja supostamente impassível, sei bem que as travessuras das garotas gnomo não chegam aos pés das suas quando volta pra casa o velho Docinho."

"Ora, Conde", tilinta Odessa, a garota escrava (Contessa numa paródia), "*como* você consegue ser tão vivaz antes do sangue noturno? – Raoul está preparando a Mistura neste exato momento –" (Mistura de Miscelâneas.)

"Por acaso ele está com sua velha Toff no campanário? Eu me refiro, é claro, à sra. Feiticeira Nittlingen, maldito seja seu espinhoso frape velho."

"*Acho* que sim –"

"Minha caixa chegou de Budapeste?", indaga o Conde (a um quilômetro e meio dali, Joe Plouffe dobra a esquina da Riverside sob uma rajada de chuva).

"... dificuldades burocráticas, Conde, eliminaram qualquer probabilidade de sua caixa chegar antes de um ano."

"Paixão!" – estapeando suas luvas –, "estou vendo que será mais uma missão abortada encontrar um peido pro velho peidorreiro – aquele indivíduo de pescoço esquelético – quem mais está aqui?"

"Blook. Splaf seu assistente lobo bobo. Mrawf o pato perdido com cabeça de caranguejo –"

"E?"

"O Cardeal de Acre... veio oferecer seu broche de sarabanda pra pele da Cobra – se ele puder ganhar um pedaço cortado... para o broche dele..."

"Te digo uma coisa", sorri o Conde Vampiro, "eles vão ter uma surpresa crucificante quando o campesinato ganhar um... molho daquela cobra."

"Você acha que ela vai viver?"

"Quem vai matá-la pra que reviva?"

"Quem quer matá-la pra sobreviver?"

"Os Parisacos e Padres – é só encontrar algo que eles precisem enfrentar cara a cara com possibilidade de horror e derramamento de sangue que eles logo se satisfazem com cruzes de madeira e vão pra casa."

"Mas o velho Feiticeiro quer viver."

"Naquela última forma que ele assumiu eu nem perderia tempo –"

"Quem é Doutor Sax?"

"Me disseram em Budapeste que ele é só um velho louco e bobalhão. Ele não fará mal nenhum."

"Ele está aqui?"

"Está – presumivelmente."

"Bem – e você fez uma boa viagem?" (moderada) "Claro que por ora eu tenho uma caixa de boa terra americana pra você dormir – Espiritu desencavou pra você – por uma taxa – será cobrada no andar de cima – e o equivalente S (porque ele jamais verá o dinheiro então a única coisa que quer é sangue) você pode deixar comigo quando arranjar um pouco, e eu pago a ele – ele só se queixa e se queixa –"

"Eu tenho um pouco de S comigo."

"Onde você conseguiu?"

"Uma mocinha em Boston quando saí do navio ao entardecer, por volta das 7, redemoinhos de neve na Milk Street, mas então a chuva começou, Boston toda estava lamacenta, eu empurrei a mocinha num beco e mordi logo abaixo do lóbulo e chupei um bom meio litro e metade disso eu guardei no meu jarro de ouro pra beber antes de dormir ao amanhecer."

"Garoto de sorte – já eu achei pra mim um doce garoto de dezesseis anos na janela da mamãe, contando passarinhos no crepúsculo azul depois da janta (o sol recém-caído a oeste), e mordi bem junto do pomo de adão e devorei metade do sangue dele, de tão doce que era – semana passada foi –"

"Chega, Contessa, você me convenceu de que fiz a coisa dolorosamente certa vindo aqui – A Convenção não vai durar muito – o castelo vai sem dúvida chocalhar – mas (bocejo) quero seguir em frente – a menos é claro que a Cobra *de fato* dê as caras e nesse caso certamente ficarei para ver o horrível espetáculo com meus próprios olhos – de uma boa distância no ar –"

"Então terá de acontecer à noite, querido Conde."

"Se você vir Mater, diga que vou vê-la amanhã de manhã."

"Ela está ocupada jogando cartas com o velho Hatchet Craw no Campanário Azul – entretendo Flamboy, o Embaixador tão grande... ele acabou de chegar de Cravistaw, onde roubou um cavalo de polo e o enviou pelos ares para o Marajá de Larkspur, que mandou felicitações – Eles acharam uma nova Pomba nas montanhas de Bengali, sabe. Supostamente é o Espírito de Gandhi."

"Esse negócio das 'pombas' saiu de controle", disse o Conde com carranca. "*Pombistas*... sério?... eles são sérios? Gosto que a minha religião seja prática – sangue é bom, sangue é vida, eles que fiquem com seu teatro de cinzas e urnas e incenso oleoso... teosofistas exangues do luar – baços botardos da excalibur num rincho frenético, ginga-pintos em pones e potostes, boliongues de cabeça oca com guizos esplentiginosos – rebotalhos, bah, escravos de abano e frumeros bungos barba-negra excrementosos de orelha e banha. Gordos. Secos. Chatos. Mortos. Pfff!" – ele cuspiu. – "Mas farei tudo que o Alto Comando quiser, é claro. – Temos algo impressionante para o projeto da minha caixa?"

"Ah", arrebatou-se a Contessa de olhos noturnos derrubando um beiral da poeira de seu ombro, "uma fabulosa monstruosidade em jade verde, uma fivela ou arroto ou insígnia de algum tipo muito firme, bem soldada, mas a caixa principal uma esplêndida obra-prima do século 12, creio que uma das últimas de Della Quercia –"

"Della Quercia! – Ah!" – dançou o conde, beijo-nos-dedos, "nem seja dito" – ele dançou consigo mesmo pelo saguão decadente com muito chuvisco de poeira e aqui e ali um morcego observando por entre pendentes trepadeiras africanas de teia de aranha no grande centro do salão – "que o Conde Condu terá seu merecido descanso na fresca e orvalhosa alvorada (após noites de devassidão não imponderadas), terá seu –"

"– cuspida serena –"

"– sem ostentação, sem charme e dignidade."

"É tudo uma questão de gosto."

"E dinheiro, minha querida, dinheiro no banco de sangue."

15

A porta do grande Castelo se fecha na noite. Apenas olhos sobrenaturais podem agora ver a figura nos promontórios chuvosos remando através do rio (reconhecendo aquelas sopradas mortalhas de névoa – tão genuínas). As folhas dos arbustos e das árvores no pátio do Castelo cintilam na chuva. As folhas de Pawtucketville cintilam na chuva à noite – as cercas de ferro do Textile, os postes da Moody, tudo cintila – os matagais do Merrimac, margens pedregosas, árvores e arbustos em meus úmidos e fragrantes bancos de areia cintilam na noite chuvosa – sobe dos pântanos uma risada maníaca, Doutor Sax avança galgando com sua bengala, soprando ranho do nariz, lançando loucos olhares alegres para os sapos nas poças de lama... o velho Doutor Sax lá vem ele. A chuva cintila em seu nariz bem como no chapéu preto de aba larga.

Por esta noite ele terminou suas investigações – em algum lugar nas matas de Dracut ele levanta sua porta da terra e entra para dormir... por um momento vemos vermelhos fogos de forjas resplandecendo no topo dos pinheiros – sopra em frente à lua um vento espesso e opulento e cru-de-lama – Nuvens perseguem chuva e correm com a Dama febril em sua precipitação lunar, ela vem meditando pensamentos histéricos no nada – então o alçapão se fecha sobre os segredos do Doutor Sax, ele ribomba lá embaixo.

Ele remota lá embaixo em suas próprias vastas fantasias sobre o fim do mundo. "O fim do mundo", diz ele, "está Chegando...". Ele escreve essas palavras nas paredes de sua casa subterrânea. "Ah minha Marva", ele suspira... Botaram Marva num hospício, Doutor Sax enviuvou... um solteiro... um louco Senhor de toda essa lama que ele vistoria. Ele pisoteou os juncos da meia-noite de março nos campos de Dracut, contemplando lubricamente a lua enquanto ela furava furiosas nuvens matizadas (que sopram da foz do Rio Merrimac, Marblehead, Noroeste) – ele era um grande tolo em sua eterna busca da perfeita solução dourada, ele andava mundo afora na maior diversão procurando misteriosos torrões de terra por um motivo tão fantástico – pelo ponto de ebulição do mal (que, em seu –, era uma coisa vulcânica... feito uma fervura) – na América do Sul, na América do Norte, Doutor Sax labutara para encontrar o enigma do Novo Mundo – a cobra do mal cujo lar se situa nas profundezas do Equador e da selva amazônica – onde viveu por considerável tempo procurando a pomba perfeita... uma variedade branca da selva, delicada como um morceguinho branco, um morcego albino mesmo, mas uma pomba com bico de serpente, e residindo perto da Cabeça da Cobra... Doutor Sax deduziu dessa pomba perfeita, que voou até o Tibete pra ele quando quis (retornando com uma cinta de ervas amarrada em sua perna pelos Monges Heróis do Norte Mundial) (M.H.N.M., uma organização pós-felás posteriormente reconhecida pelo Papa como bárbara) (e por seus estudiosos como primitiva)... deduziu que a Cobra tinha parte de seu corpo na selva... Doutor Sax veio gruquindo das montanhas do Norte Nevado, educado num painel de gelo e num painel de neve, ensinado por Fogos, no mais estranho Mosteiro do Mundo, onde Sax viu a Cobra

e a Cobra viu Sax –

Ele veio mancando montanha abaixo com perna quebrada, bengala, mochila, feridas, uma barba, olhos vermelhos, dentes amarelos, mas igualzinho a um velho vagabundo de Montana pelas longas ruas do céu azul de Waco – de passagem. E de fato quando voltou a pisar em Butte, de onde ele realmente é, Doutor Sax também voltou aos jogos de pôquer por noitetoda com o velho Bull Balloon, o jogador mais louco da cidade... (alguns diziam que o fantasma de W.C. Fields tinha voltado, de tanto que os dois se parecem, como gêmeos, inacreditavelmente a não ser pelo –) Sax & Bull mergulharam num (é claro que Sax tinha um nome de Butte) – num tremendo jogo de bilhar assistido por cem buttenses na escuridão além das lâmpadas da mesa com seu brilhante verde central.

SAX (ganhou primeira tacada, taca) (Ploc) (as bolas giram por todo canto)

SORRIDENTE BULL BALLOON (saindo da boca feito charuto e dente amarelo): Diz aí Raymond-O, você não acha que esse romance já foi longe o bastante?

SAX Como assim Velhinho? (Esfregando destramente o giz no taco enquanto a bola 8 despenca na caçapa do canto na refrega.) Você que sabe Velhinho.

BULL Ora (curvando-se sobre a mesa para dar uma tacada enquanto Sax protesta e todo mundo esbraveja) meu garoto, às vezes me ocorre, não que eu não tenha ido ao médico recentemente (grunhindo para dar uma estocada com o taco) – a perfeita disposição pro teu famoso rabinho de dez dólares é lá nos bancos da mesa com a caixa de Pepsi-Cola e as mubílias, enquanto acalmo-me numa ervinha fastidiosa (baforando xaruto) e miro este taco de rutabaga na bola certa – branca – visando a velha amarela número um –

SAX Mas eu encaçapei a bola 8! – você não pode tacar agora!

BULL Filho (dando tapinhas no frasco de Old Granddad em seu bolso traseiro num gesto nada depreciativo), a lei das médias, ou a lei da oferta e da demanda, diz que a bola 8 era uma maldita duma bola 8 albina (retirando-a da caçapa e posicionando e alinhando a bola branca com um piparote do dedo indicador num pontinho do verde ao lado, simultaneamente soltando um peido estridente ouvido por todos no salão de bilhar e por alguns no bar, precipitando várias reações de nojo e feroz regozijo, enquanto o Proprietário, Joe Boss, atira um papel amassado na bunda do velho Bull Balloon, e o velho Bull, posição estabelecida, saca uma garrafa sob a luz (o referido frasco) e lhe dirige um breve discurso antes de dar um gole – no sentido de que o álcool tem gasolina demais em sua composição mas meu Deus do céu como corre o calhambeque de Hampshire!, imediatamente a seguir reembolsando a garrafa e se curvando, destra e energicamente, com espantosa e repentina agilidade, esmerado e hábil, taco controlado na ponta dos dedos, bom equilíbrio, postura, os dedos dispostos na mesa de modo a manter o taco na altura exata, do jeito exato, pá, o velho guardou a bola amarela número um na caçapa, ploc, e todo mundo se acomoda da algazarra pra ver uma boa partida de rotação entre dois bons jogadores – e embora os quás e hahas continuem noite adentro, o velho Bull Balloon e Doutor Sax jamais descansam, a gente não pode morrer sem heróis pra cuidar).

Esse era o histórico buttense do Doutor Sax – em Butte, Raymond o mineiro – um mineiro de fato! – ele procurava a mina e a fonte do minério da Grande Cobra do Mundo. Por toda parte ele buscava ervas que sabia que um dia aperfeiçoaria numa arte alquímica quase venenosa que poderia lançar certa luz hipnótica e telepática que faria com que a Cobra caísse morta... uma arma terrível para uma velha e odiosa cadela, pessoas cairiam mortas por todos os lados nas ruas... Sax planeja soprar seu pó puf! na cara da Cobra – a Cobra vai ver a luz – Sax desejará sua morte, a Cobra vai morrer só de ver a luz telepática... a única maneira de transmitir mensagens a uma Cobra, pela qual ela entenderá o que você "realmente" pretende... cuidado, Doutor Sax. Mas não –, ele por sua vez grita "Palalakonuh, cuidado!" em suas crises de meio-dia na mata com sua vitalidade pós-janta dardejando sua negra capa de feltro como tinta no sol, mergulhando sob seu alçapão como um demônio... "Palalakonuh, cuidado!" está escrito em sua parede. À tarde ele cochila... Palalakonuh é apenas o nome asteca ou tolteca (ou possivelmente originado de Chihuahua) para designar a Cobra do Sol do Mundo dos antigos índios norte-americanos (que provavelmente migraram do Tibete antes de saber que tinham origens tibetanas ou primeiros planos norte-americanos se espalhando vastamente pelo Mundo em Volta) (Doutor Sax exclamara "Ó Heróis do Norte Migrando das Sombras Mongólicas e dos Nus Polegares Coreanos rumo aos Paraísos de Manga do Novo Mundo Sulista, que desoladas manhãs vocês viram por sobre as corcovas de pedra de Sierra Nueva Tierra enquanto rolavam num forte vento com estacas, alças e acessórios rumo ao acampamento noturno rumo à retinente música prokofievana da Antiguidade Indígena no Vácuo Uivante!")

Sax trabalhou em suas ervas e pós por toda uma vida. Ele não podia sair correndo como O Sombra com uma .45 automática combatendo as forças do mal, o mal que Doutor Sax precisava combater exigia ervas e nervos... nervos morais, ele precisava reconhecer o bem e o mal e a inteligência.

Quando eu era pequeno, a única ocasião em que me aconteceu fazer uma conexão entre Doutor Sax e um rio (estabelecendo portanto sua identidade) foi quando O Sombra em uma de suas obras-primas com Lamont Cranston publicadas pela Street & Smith visitou as margens do Mississippi e soprou seu próprio barco inflável que no entanto não era aperfeiçoado como o novo escondido em seu chapéu, ele tinha comprado esse barco em St Louis durante o dia com um de seus agentes e aquilo formava um pacote volumoso embaixo do braço enquanto eles iam de táxi até a cena noturna junto da água conferindo ansiosamente seus relógios para ver quando poderiam se transformar em Sombras – eu ficava espantado que O Sombra viajasse tanto, era tão barbada pra ele apagar escroques na Orla de Chinatown em Nova York com sua .45 azul (cintilação) – (Urro da Fala do Sombra em Chumbo) – (derrubando vultos de gângsteres chineses em casacos apertados) (desbaratando Guerras Tong do Gong) (O Sombra desaparece entrando na casa de Fu Manchu e surge atrás de Boston Blackie, golpeando com sua .45 os curiosos do cais, ceifando todos, enquanto Popeye se aproxima numa lancha motorizada para levá-los a Humphrey Bogart) (Doutor Sax bate com sua bengala nodosa na porta de uma festa tipo Isadora Duncan no Castelo nos anos Vinte quando a dama morcegal era dona, quando enxergam quem está na porta com rosto todo verde de pura malícia e flamejantes olhos maníacos eles gritam e desmaiam, a oca risada de Sax vai ascendendo até a lua enlouquecida enquanto ela grita por entre os cruus esfarrapados no matiz das altas horas endemoniadas – sob o guizo de um milhão de coaxados feito lagartos num – os sapinhos –) uuuh! Doutor Sax era como O Sombra quando eu era jovem, eu o vi saltar o último arbusto no banco de areia certa noite, capa esvoaçante, por muito pouco não vi seus pés ou seu corpo, ele se foi – ele era ágil naquele tempo... foi na noite em que tentamos capturar o Homem da Lua (Gene Plouffe disfarçado e tentando aterrorizar vizinhança) num buraco na areia, com galhos, papel, areia, lá pelas tantas Gene foi encurralado e quase apedrejado, ele escapou, voou feito morcego em todas as direções, ele tinha 16 anos, nós tínhamos 11, ele realmente conseguia voar e era realmente misterioso e assustador, mas quando ele desapareceu por um lado nós corremos um pouco na luz da lâmpada então fiquei ligeiramente ofuscado e avistei e reconheci Gene o Homem da Lua lá naquelas árvores mas na outra margem mais alta, pelos arbustos, estava parado um vulto alto e sombrio com capa, majestoso, então o vulto se virou e sumiu de vista – *não era o Gene Plouffe coisa nenhuma* –, era o Doutor Sax. Eu ainda não sabia o nome dele. Tampouco ele me assustou. Senti que ele era meu amigo... meu velho, velho amigo... meu fantasma, anjo pessoal, sombra particular, amante secreto.

16

Aos sete anos fui estudar na St Louis Parochial School, uma escola particularmente Doutor Saxiana. Foi no auditório desse reino que vi o filme com Ste Thérèse que fez a pedra virar a cabeça – havia bazares, minha mãe oficiava num estande, havia beijos de graça, beijos de doces e beijos de verdade (com todos os intrépidos mancebos bigodudos canadenses parisienses locais correndo para ganhar os deles antes que se mandassem pra se juntar ao Exército no Panamá, como Henry Fortier, ou entrar no sacerdócio por ordem dos pais) – a St Louis tinha escuridões secretas em nichos... Chuvosos enterros de meninos, eu vi diversos inclusive o enterro do meu próprio irmão pobrezinho quando (com 4 anos de idade) minha família morava exatamente na paróquia de St Louis na Beaulieu St atrás de seus muros... Havia respeitáveis e maravilhosas velhinhas de cabelo branco e pincenê prateado morando nas casas da frente da escola – numa casa na Beaulieu também... uma mulher com papagaio na varanda envernizada, vendendo doces classe média para as crianças (discos de caramelo, deliciosos, baratos) –

As freiras escuras da St Louis que compareceram ao negro e batido enterro do meu irmão numa fila soturna (na chuva) haviam relatado que estavam sentadas tricotando numa tempestade quando uma bola de brilhante fogo branco veio e ficou pairando na sala junto da janela, dançando no clarão de suas tesouras e agulhas de costura enquanto elas preparavam imensas cortinas para o bazar. Incrível descrer delas... durante anos andei refletindo sobre o fato: eu ficava procurando a bola branca nas tempestades – eu entendi o misticismo num piscar de olhos – eu via onde o trovão rolava sua imensa bola de boliche para dentro de um estouro de nuvens todas elas monstruosas com mandíbulas explosivas, eu sabia que o trovão era uma bola –

Na Beaulieu St nossa casa foi construída sobre um antigo cemitério – (Deus do Céu os ianques e índios embaixo, a World Series dos velhos restos secos). Meu irmão Gerard tinha convicção, vejam só, de que os fantasmas dos mortos embaixo da casa eram responsáveis por ela volta e meia ranger – e quebrar gesso, derrubar da prateleira diminutas bonecas irlandesas. Na treva sonolenta da noite eu o vi parado de pé encostado no meu berço com cabelos desvairados, meu coração empedrado, eu me virei com horror, minha mãe e minha irmã estavam dormindo na cama grande, eu estava no berço, implacável ali se mantinha Gerard-O meu irmão... pode ter sido um arranjo das sombras. – Ah Sombra! Sax! – Enquanto morei na Beaulieu Street fiquei com aquela colina e o Castelo na cabeça; e quando nos mudamos de lá fomos morar numa casa não muito longe de um assombrado terreno de pinheiros do outro lado da rua com Castelo-mansão abandonado (perto de uma padaria francesa atrás do mato e de laguinhos de patinação, Hildreth St). Pressentimentos de sombra e cobra me assaltaram cedo.

17

Na Beaulieu Street eu sonho que estou no quintal num espectral Quatro de Julho, tudo é cinza e de alguma forma pesado, mas há uma multidão no quintal, uma multidão de pessoas como figuras de papel, os fogos de artifício estão explodindo na areia gramada, bum! – mas de alguma forma também o quintal todo está chocalhando, e os mortos embaixo dele, e a cerca cheia de espectadores, tudo chocalhando loucamente como aquela esquelética mobília envernizada e o frio e insensível e cruel chocalhar de ossos secos e principalmente o chocalhar da janela quando Gerard disse que os fantasmas haviam chegado (e mais tarde o primo Noël, em Lynn, disse que ele era o *Phantome d'l'Opéra* mmmuiii ha ha ha, deslizando ao redor do aquário e do vidrado quadro de peixe sobre montanhas de mogno naquela casa deprimente da mãe dele numa rua-com-igreja em Lynn) –

18

E mesmo assim apesar de todo esse cinza barulhento quando cheguei à grave maturidade dos 11 ou 12 anos eu vi, numa fresca manhã de outubro, no campo atrás do Textile, um grande desempenho de arremesso por parte de um garoto robusto com 14 ou 13 anos que aparentava ser estranhamente velho –, um menino de aparência muito heroica na manhã, gostei dele e o idolatrei imediatamente mas nunca esperei me elevar o bastante para chegar aos pés dele nas contendas atléticas dos campos ventosos (quando centenas de garotinhos menos importantes formam um exército louco obscurecido por espasmos individuais em dramas menores mas não menos tremendos, por exemplo naquela manhã rolei na grama e cortei meu mindinho direito, numa pedra, com uma cicatriz que permanece vívida e cresce comigo até hoje) – lá estava Scotty Boldieu no montinho alto, o rei do dia, recebendo seu sinal do receptor com um pesado e insultante olhar de ceticismo e uma serenidade muda, nativa, franco--canadense, indígena –; o receptor estava lhe mandando mensagens nervosas, um dedo (bola rápida), dois dedos (curva), três dedos (baixa) quatro dedos (fazer o batedor andar) (e Paul Boldieu tinha suficiente autocontrole para fazê-los andar, como que não intencionalmente, jamais alterando sua expressão) (fora do montinho ele pode arreganhar os dentes no banco) – Paul descartou os sinais do receptor (cabeça sacudida) com seu paciente desdém franco-canadense, simplesmente esperou até que os dedos fossem três (sinal para bola baixa), recuou, olhou primeira base, cuspiu, cuspiu de novo na luva e esfregou o cuspe, colheu poeira nas pontas dos dedos, curvando-se pensativamente mas não devagar, mastigando seu lábio interno em longínqua meditação (talvez pensando em sua mãe que lhe fazia mingau de aveia e feijão nas cinéreas e sorumbáticas alvoradas do pleno inverno de Lowell enquanto ele botava as galochas no úmido armário da entrada), olha brevemente a 2ª base franzindo a testa pela memória de alguém ter chegado lá no segundo inning que bela droga (ele às vezes dizia "Que bela droga!" numa imitação dos Condes da Inglaterra dos filmes B), agora estamos no 8º inning e Scotty deixou passar duas batidas, ninguém além da segunda base, ele está ganhando por 8 a 0, ele quer eliminar o rebatedor e chegar ao nono inning, ele não tem pressa – estou olhando pra ele com mão sangrando, espantado – um grande Grover G. Alexander dos campinhos botando pra quebrar num de seus maiores jogos – (mais tarde ele foi comprado pelo Boston Braves mas foi pra casa para ficar sentado com sua esposa e sogra numa desolada cozinha marrom com fogão de ferro fundido encimado por espirais de latão e um poema num painel de azulejo, e calendários católicos franco-canadenses na parede). – Agora ele prepara o arremesso, relaxado, lançando um olhar à terceira base e além enquanto dá um passo atrás para lançar com um movimento fácil, curto, sem esforço, nada de imitações e complicações e farsinhas espalhafatosas, blam, ele calmamente inspeciona o imenso céu dourado todo azul-fulgurante se empinando por cima das cercas vivas e estacas de ferro do Textile Main Field e as grandes alturas celestiais do Vale do Merrimac brilhando na manhã comercial do sábado de outubro de feiras e entregadores, num relance Scotty viu tudo isso, na verdade está olhando na direção de sua casa na Mammoth Road, em Cow Field – blam, ele voltou ao mundo e encaixou sua bola baixa, strike perfeito, taco no vazio, plop na luva do receptor, "Eliminado", fim da alta do 8º inning.

Scotty já está caminhando para o banco quando se ouve o grito do árbitro – "Ha, ha", todos dão risada no banco de tão bem que o conhecem, Scotty nunca falha. Na baixa do 8º Scotty vem tocar suas batidas, usando sua camisa de arremessador e balançando livremente o taco em suas mãos poderosas, sem muito esforço, e outra vez com movimentos curtos, sem nenhuma ostentação, o arremessador lança um strike perfeito depois de 2 a 0 e Scotty prontamente golpeia seco embaixo rumo à esquerda por cima da luva do interbases – ele trota até a primeira como Babe Ruth, ele sempre dava esmeradas rebatidas simples, não queria correr quando arremessava.

Assim o vi pela manhã, seu nome era Boldieu, que imediatamente se associou na minha mente a Beaulieu – rua onde aprendi a chorar e ter medo do escuro e do meu irmão por vários anos (até quase os 10) – isso me provou que *a minha vida não era inteiramente negra.*

Scotty, batizado com esse nome por causa de sua parcimônia com doces de 5 centavos e filmes de 11 centavos, sentava naquela porta de alcatrão rugoso com G.J., Lousy e eu – e Vinny.

19

Vinny foi órfão por muitos anos até seu pai voltar, tirar sua mãe de certo apuro lavador, reunir as crianças de vários orfanatos e reconstituir o lar e a família nos cortiços da Moody – Lucky Bergerac era seu nome, um grande beberrão por causa de suas precoces perdições bem como do Velho Valete de Ouros, conseguiu emprego consertando montanhas-russas no Lakeview Park – Que casa maluca, o cortiço guinchava – A mãe do Vinny se chamava Charlotte, mas a gente dizia Charlie, "Ei Charlie", assim Vinny chamava sua própria mãe, num grito selvagem. Vinny era um menino magrelo, de feições harmoniosas, muito bonito, voz alta, empolgado, afetuoso, sempre rindo ou sorrindo, sempre soltando palavrões que nem um desgraçado, "Jesus Cristo que merda Charlie que porra você quer que eu faça sentado nessa porra dessa merda de banheira o dia todo –" Seu pai Lucky o superava inacreditavelmente, a única eloquência que ele tinha era o baixo calão, "Jesuis Cris deusdocéu não me fode a vida sua desgraçada filha duma cadela eu não passo dum bosta mas você tá que é uma porra duma vaca de tão gorda hoje Charlie...", e perante esse elogio Charlie guinchava de alegria – nunca se ouvia em lugar nenhum um guincho tão maluco, seus olhos costumavam resplandecer com a intensidade do fogo branco, ela era doida até não poder mais, na primeira vez que a vi ela estava de pé numa cadeira consertando uma lâmpada e Vinny veio correndo e olhou embaixo do vestido (ele tinha 13 anos) e gritou "Ah Je-suis Cris que belo rabo que você tem, Mãe!", e ela guinchou e deu um tapão na cabeça dele, a casa da alegria. Eu e G.J. e Lousy e Scotty costumávamos ficar largados naquela casa o dia todo.

"Je-suis Cris que desmiolado!"

"É *pouco* doido – sabe o que ele fez? Enfiou o dedo no cu e falou Uuh Huu –"

"Ele gozou quinze gozadas, sem brincadeira, ficou zanzando batendo punheta o dia todo – o 920 club tava passando no rádio, Charlie trabalhando – Zaza o demente."

Esse cortiço dava de frente para o Pawtucketville Social Club, organização destinada a ser uma espécie de ponto de encontro para discursos sobre assuntos franco-americanos, mas era só um vasto salão barulhento com pista de boliche e mesa de bilhar e uma sala de reuniões sempre trancada. Meu pai naquele ano estava administrando a pista de boliche, grandes carteados da noite nós imitávamos o dia todo na casa do Vinny com uíste valendo cigarros Wing. (Eu era o único que não fumava, Vinny costumava fumar dois cigarros ao mesmo tempo e tragar o mais fundo que podia.) Não estávamos nem aí para Doutor Sax nenhum.

Grandes loroteiros, amigos de Lucky, homens crescidos, apareciam e nos regalavam com fantásticas histórias e mentiras – nós gritamos pra eles "Que loroteiro, nossa, eu nunca – *é pouco loroteiro!*". Tudo que dizíamos era da seguinte maneira: "Ah meu coroa vai me arrebentar de porrada se um dia descobrir que roubamos aqueles capacetes, G.J."

"Ah, azar, Zagg – capacete é capacete, meu coroa tá na cova e ninguém morreu por causa disso." Aos 11 ou 12 G.J. era tão gregamente trágico que conseguia falar desse jeito – palavras de desventura e sabedoria jorravam de suas infantis e orvalhadas obscuridades. Ele era o oposto do anjo jubiloso louco de pedra Vinny. Scotty simplesmente observava ou mordia o lábio interno num silêncio longínquo – pensando naquela bola que ele tinha arremessado, ou domingo ele precisa ir para Nashua com sua mãe visitar Tio Julien e Tia Yvonne (*Mon Mononcle Julien, Ma Mantante Yvonne*) – Lousy está cuspindo, silenciosamente, brancamente, destramente, só uma espuminha-orvalho de saliva simbólica, tão limpa que dava pra lavar os olhos com ela – coisa que eu precisava fazer quando ele ficava irritado e sua pontaria não tinha páreo na gangue. – Cuspindo pela janela, e se vira pra soltar uma risadinha na piada geral, com leves tapas nos joelhos, correndo até mim ou G.J. e quase se ajoelhando no chão para sussurrar um confidencial comentário de alegria, às vezes G.J. respondia agarrando Lousy pelos cabelos e o arrastando pela sala, "Aah esse maldito Lousy acabou de me contar a mais suja – *como ele* – Aah como ele tem *pensamentos sujos* – Aah eu adoraria enchê-lo de porrada – permitam-me, cavalheiros, afastem-se, quebrar no meio esse Lauzon Côncavo, cuidado Escravo não desista! nem tente fugir! frup gluc, é, ré!", ele fica gritando e Lousy de repente aperta suas bolas para libertar o cabelo. Lousy é a cobra – (Cobra!) – mais sorrateira e impossível de subjugar do mundo –

Quando mudamos o assunto para trevas e o mal (obscuridade, sujidade, mortalidade), falamos da morte de Zap Plouffe, irmão mais novo de Gene e Joe da nossa idade (com aquelas histórias de fundo de loja talvez contadas por mães maliciosas que odiavam os Plouffe e principalmente o melancólico velho moribundo em sua casa escura). Zap teve o pé amassado pelo furgão do leiteiro, pegou infecção e morreu, conheci Zap numa louca noite de gritaria mais ou menos a terceira depois que nos mudamos de Centralville para Pawtucketville (1932) na minha varanda (Phebe), ele veio de patins até a varanda com seus dentes compridos e o queixo prognata dos Plouffe, ele foi o primeiro menino de Pawtucketville a falar comigo... E os gritos na rua das brincadeiras do anoitecer! –

"Mon nom c'est Zap Plouffe mué – je rests au coin dans maison la" (meu nome é Zap Plouffe – eu moro na esquina na casa lá).

Não muito depois, G.J. se mudou para o outro lado da rua, com plangentes mobílias dos pardieiros gregos da Market Street onde você ouve os lamentos dos discos greco-orientais na tarde dominical e sente o cheiro do mel e da amêndoa. "O fantasma do Zap está naquele maldito parque", G.J. dizia, e ele nunca voltava para casa pelo campo, em vez disso ia por Riverside-Sarah ou Gershom-Sarah, Phebe (onde morou todos aqueles anos) era o centro desses dois dentes.

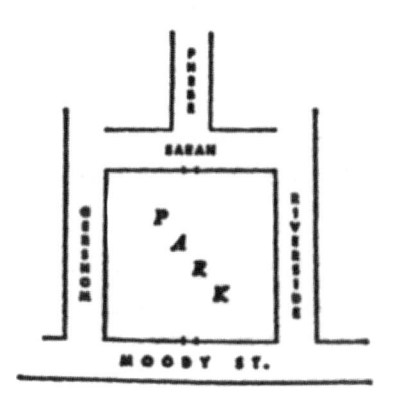

![Mapa: um quadrado marcado PARK com SARAH ao norte, GERSHOM a oeste, RIVERSIDE a leste, MOODY ST. ao sul, e PHEBE estendendo-se ao norte a partir de SARAH.]

O parque fica no meio, a Moody passa por baixo.

Então comecei a ver o fantasma de Zap Plouffe misturado com outras mortalhas quando voltava para casa da loja marrom do Destouches com a minha *Shadow* no braço. Eu queria enfrentar meu dever – eu tinha aprendido a parar de chorar em Centralville e estava determinado a não começar a chorar em Pawtucketville (em Centralville era Ste Thérèse e sua cabeça giratória de gesso, o Jesus agachado, visões de fantasmas franceses ou católicos ou familiares que pululavam nas esquinas e nas portas abertas dos armários no meio do sono da noite, e os enterros por toda parte, as guirlandas na velha porta branca de madeira com pintura rachada, você sabe que o perfil de algum velho fantasma morto de rosto cinéreo vai crescendo na luz da vela e sufocando flores no penumbrum de parentes mortos ajoelhados em cântico e o filho da casa está trajado de preto Ai de Mim! e as lágrimas de mães e irmãs e assustados humanos da sepultura, as lágrimas escorrendo na cozinha e junto à máquina de costura no andar de cima, e quando um morre – três morrerão) ... (mais dois morrerão, quem será, que fantasma está perseguindo *você*?). Doutor Sax tinha o conhecimento da morte... mas era um louco tolo de poder, um homem faustiano, nenhum verdadeiro faustiano tem medo do escuro – só o felá – e Catedral de Pedra Gótica Católica de Morcegos e Órgãos de Bach nas Névoas Azuis da Meia Noite de Caveira, Sangue, Pó, Ferro, Chuva escavando a terra rumo à cobra arcaica.

Com a chuva batendo na vidraça e as maçãs inchando no ramo, eu jazia em meus lençóis brancos lendo com gato e doce... foi ali que todas essas coisas nasceram.

20

O subterrâneo e retumbante horror da noite de Lowell – casaco preto num gancho numa porta branca – no escuro – -a-a-h! – meu coração gelava sob a visão da enorme cabeça-mortalha empinando em suas rédeas na minha porta pateta – Portas dos armários abertas, tudo sob o sol está dentro e sob a lua – maçanetas marrons despencam majestosamente – fantasmas supranumerários em diferentes ganchos num vácuo ruim, espiando minha cama de sono – a cruz no quarto da minha mãe, um vendedor lhe vendera em Centralville, era um Cristo fosforescente numa Cruz laqueada de preto – resplandecia esse Jesus no Escuro, eu engolia em seco de tanto medo toda vez que passava por ele tão logo se punha o sol, ele sorvia sua própria luminosidade como um esquife, era como *Crime à hora certa* o horrível filme de berrar de pavor sobre a velhinha saindo sob estalidos de seu mausoléu à meia-noite com um – você não a via jamais, somente a sombra lastimosa subindo pelo sofá tap-tap-tap enquanto suas filhas e irmãs gritam pela casa toda – Eu jamais gostava de ver a porta do meu quarto sequer entreaberta, no escuro ela escancarava um negro buraco-perigo. – Quadrado, alto, magro, severo, o Conde Condu se mostrou parado na minha porta muitíssimas vezes – eu tinha um velho Victrola no meu quarto que era também fantasmagórico, assombrado pelas velhas canções e velhos discos da triste antiguidade americana em seu velho papo de mogno (eu costumava estender a mão e apalpar pregos e rachaduras, lá no meio do pó das agulhas, das velhas lamentações, Rudies, magnólias e Jeannines do tempo dos vinte) – Medo de gigantescas aranhas do tamanho da nossa mão e mãos do tamanho de barris – por quê... subterrâneos e retumbantes horrores da noite de Lowell – muitos.

Nada pior do que um casaco pendurado no escuro, braços estendidos gotejantes dobras de tecido, malícia de rosto escuro, ser alto, escultural, imóvel, cabeça desleixada ou de chapéu, silencioso – Meu Doutor Sax inicial era completamente silencioso desse jeito, aquele que eu vi parado – no banco de areia à noite – tempos antes estávamos brincando de guerra no banco de areia à noite (depois de ver *O grande desfile* com Slim Summerville em mudinho) – brincávamos rastejando na areia como soldados de infantaria da Primeira Guerra Mundial no front, grevados, bocanegras, tristes, sujos, cuspindo coágulos de lama – Tínhamos os nossos rifles de pau, minha perna estava quebrada e eu rastejava miseravelmente por trás de uma rocha na areia... uma rocha árabe, Legião Estrangeira agora... havia uma estradinha de areia que cortava o vale do campo de areia – à luz das estrelas, cintilavam pedacinhos prateados de areia – os bancos de areia então se elevavam e vistoriavam e mergulhavam por uma quadra em cada direção, a direção Phebe terminando em casas da rua (onde morava a família da casa branca com flores e caiados jardins de mármore por toda volta, filhas, resgates, o pátio deles terminava no primeiro banco de areia que era o banco em que eu estava lançando pedras projéteis no dia em que conheci Dicky Hampshire – e a outra direção terminando na Riverside num íngreme penhasco) (meu inteligente Richard Hampshire) – eu vi Doutor Sax na noite do Grande Desfile na areia, alguém estava conduzindo um esquadrão para o flanco direito e sendo forçado a se proteger, eu fazia um reconhecimento visual do cenário em busca de possíveis suspeitos e árvores, e lá está Doutor Sax gruquindo no planalto deserto de troncos em matagal, a seleção de estrelas do Mundo Todo pendurada por trás dele à la bacia, prados e macieiras de horizonte de fundo, noite clara e pura, Doutor Sax está observando nosso patético jogo na areia com inescrutável silêncio – eu olho uma vez, eu olho, ele desvanece nos horizontes cadentes num morcego... que grande diferença havia entre Conde Condu e Doutor Sax na minha infância?

Dicky Hampshire me apresentou uma possível diferença... nós começamos a desenhar cartuns juntos, na minha casa na minha mesa, na casa dele no quarto dele com irmão mais novo assistindo (igualzinho ao irmão mais novo do Paddy Sorenson observando enquanto eu e Paddy desenhávamos cartuns de 4 anos de idade – abstratos pra burro – enquanto a máquina de lavar irlandesa querela e o velho avô irlandês bafora seu cachimbo de barro virado pra baixo, na Beaulieu Street, meu primeiro camarada "inglês") – Dicky Hampshire era o meu melhor camarada inglês, e ele *era* inglês. Estranhamente, o pai dele tinha um velho carro Chandler no pátio, modelo 1929 ou 21, provavelmente 21, raios de madeira, como certas sucatas encontráveis nas matas de Dracut fedendo a merda e totalmente vergadas e cheias de maçãs podres e mortas e absolutamente prestes a fazer brotar da terra uma nova planta de carro, alguma espécie de pinheiro Término com flácidas resinas de petróleo e dentes de borracha e uma fonte de ferro no centro, uma árvore de Aço, um carro velho desses é frequentemente visto mas raras vezes intacto, embora não funcionasse. O pai do Dicky trabalhava numa gráfica num canal, que nem o meu pai... o velho jornal *Citizen* que era publicado – becos azulados por farrapos de papel, bolas empoeiradas de algodão e colunas de fumaça, lixo, vou andando ao longo do longo ensolarado atalho de concreto do pátio da fábrica no rugido estrondoso das janelas onde minha mãe está trabalhando, fico horrorizado com os vestidos de algodão das mulheres que saem correndo das fábricas às cinco – as mulheres trabalham demais! elas não ficam mais em casa! Trabalham mais do que jamais trabalharam! – eu e Dicky percorríamos esses pátios de fábrica e concordávamos que o trabalho nas fábricas era horrível. "O que eu vou fazer, em vez disso, é ficar à toa nas verdes selvas da Guatemala."

"Porta-mala?"

"Não, não, Guatemala – meu irmão vai pra lá –"

Desenhávamos cartuns de aventuras na selva da Guatemala. Os cartuns do Dicky eram ótimos – ele desenhava mais devagar do que eu – Inventávamos jogos. Minha mãe fazia pudim de caramelo pra nós dois. Ele morava subindo a Phebe, do outro lado do banco de areia. Eu era o Ladrão Negro, deixava bilhetes na porta dele.

"Cuidado, Esta Noite o Ladrão Negro Atacará Novamente. Assinado, o Ladrão Negro!!!" – e eu partia esvoaçando (em plena luz do dia plantando bilhetes). À noite eu aparecia com minha capa e chapéu de aba larga, capa feita de borracha (a capa de praia dos anos trinta da minha irmã, vermelha e preta como Mefistófeles), chapéu é um velho chapéu de aba larga que eu tenho... (mais tarde usei vastos chapéus de feltro perfeitamente nivelados para imitar Alan Ladd *Alma torturada*, aos 19, então qual a tolice maior) – eu deslizava até a casa do Dicky, roubava seu calção de banho na varanda, deixava um bilhete na balaustrada sob uma pedra, "O Ladrão Negro Atacou". – Aí eu fugia – aí eu andava de dia com Dicky e os outros.

"Quem será que é esse Ladrão Negro?"

"Acho que ele mora na Gershom, isso é o que eu acho."

"Pode ser –, pode ser –, mas pensando bem –, não sei."

E fico ali parado especulando. Por alguma razão esquisita relacionada a sua posição psicológica pessoal (psique), Dicky já estava apavorado com o Ladrão Negro – começou a acreditar nos aspectos sinistros e hediondos do negócio – da – misteriosa – perfeitamente silenciosa – ação. Então às vezes eu ia vê-lo e o abalava com histórias – "Na Gershom ele está roubando rádios, conjuntos de cristal, coisas dos celeiros –"

"O que é que ele vai roubar de mim da próxima vez? Perdi meu bambolê, minha vara de salto, meu calção, e agora a carroça do meu irmão... a minha carroça."

Todos esses itens estavam escondidos no meu porão, eu ia devolvê-los no mesmo nível de mistério com que eles tinham desaparecido – ao menos era o que eu me dizia. Meu porão era particularmente maligno. Certa tarde, Joe Fortier cortou a cabeça de um peixe lá dentro, com um machado, só porque pegamos o peixe e não podíamos comê-lo pois era uma porcaria suja do rio (Merrimac das Fábricas) – bum – paf – eu vi estrelas – Eu escondia o butim nesse porão e tinha uma empoeirada e secreta força aérea feita de paus cruzados com rudes trens de aterrissagem e caudas de pregos toda escondida na velha caixa de carvão, pronta para uma guerra puberal (para o caso de eu me cansar do Ladrão Negro) e ali – eu tinha uma débil iluminação (lanterna coberta por um pano preto e azul, trovão) e ela lançava uma luz muda e ominosa sobre mim com minha capa e chapéu enquanto fora das janelas de concreto do porão a vermelhidão do crepúsculo se arroxeava na Nova Inglaterra e as crianças gritavam, cachorros gritavam, ruas gritavam enquanto idosos sonhavam, e pelas cercas dos fundos e terrenos violetas eu saltitava com astúcia de capa ondulante por entre mil sombras cada uma mais potente que a outra até chegar (contornando a casa do Dicky para lhe dar um descanso) aos Ladeau sob o poste de luz do banco de areia onde eu atirava pedrinhas sub-reptícias em meios aos pulinhos saltitantes na sujeira da estrada (nos gelados dias de sol de novembro a areia empoeirada soprava na Phebe feito tempestade, uma sonolenta tempestade de arábico inverno no Norte) – os Ladeau vasculhavam as colinas de areia em busca dessa Sombra – desse ladrão – desse Sax encarnado atirador de pedrinhas – não o encontravam – eu soltava meu "Mmmuiii hi hi ha ha" no escuro dos arbustos púrpura-violáceos, eu gritava fora do alcance dos ouvidos numa toupeira da terra, ia para minha cabana do Mágico de Oz (quintal da Phebe, tinha sido uma velha cabana de curar presunto ou depósito de ferramentas) e me jogava pelo buraco quadrado no telhado, e ficava ali, relaxado, magro, enorme, incrível, meditando os mistérios da minha noite e os triunfos da minha noite, a alegria e enorme fúria da minha noite, mmmuiii hi hi ha ha – (olhando num espelhinho, olhos faiscantes, a escuridão envia sua própria luz numa mortalha) – Doutor Sax me abençoava do telhado, onde ele se escondia – um companheiro de trabalho no vazio! os negros mistérios do Mundo! Etc! os Ventos Mundiais do Universo! – eu me escondia naquela cabana escura – ouvindo lá fora – uma loucura no fundo do meu sorriso treva – e engolia em seco de medo. Por fim me pegaram.

A sra. Hampshire, mãe de Dick, me disse gravemente nos olhos "Jack, é *você* o Ladrão Negro?".

"Sim, sra. Hampshire", respondi de imediato, hipnotizado pelo mesmo mistério que certa vez a fez dizer, quando lhe perguntei se Dicky estava em casa ou no cinema, numa voz embotada, monótona, em transe, como se ela estivesse falando com um espiritualista, "Dicky... se foi... pra muito... longe...".

"Então traga as coisas do Dicky de volta e lhe peça desculpa." Foi o que eu fiz, e Dicky enxugou os olhos vermelhos com um lenço.

"Que tolo poder eu descobrira e me dominara?", indago-me... e não muito depois minha mãe e minha irmã vieram marchando impacientemente pela rua para me arrancar dos arbustos dos Ladeau pois estavam atrás da capa de praia, combinava-se um passeio à praia. Minha mãe falou, exasperada:

"Vou te fazer parar de ler essas malditas Thrilling Magazines nem que seja a última coisa que eu faço (*Tu va arretez d'lire ca ste mautadite affaire de fou la, tu m'attend tu?*)" –

O bilhete do Ladrão Negro eu confeccionava, à mão, com tinta, densamente, em lindos recortes de papel couché que eu pegava na gráfica do meu pai – O papel era sinistro, suntuoso, podia ter assustado Dicky –

21

"Estou fraco demais pra continuar', diz o Feiticeiro no Castelo debruçado sobre seus papéis à noite.

"Faustus!", exclama sua esposa do banho, "o que você está fazendo, acordado tão tarde! Pare de brincar na escrivaninha com seus papéis e penas no meio da noite, venha pra cama, a névoa está no ar das lâmpadas noturnas, um orvalho descansará em sua testa febril pela manhã –, você será embrulhado em doce sono feito um cordeirinho – vou te embalar em meus velhos braços brancos de neve – e você só sabe ficar aí sonhando –"

"Com Cobras! com Cobras!", responde o Mestre do Mal Terreno – zombando de sua própria esposa: ele tem um nariz de bico e uma mandíbula móvel de bico de pássaro e lhe faltam os dentes da frente e há algo indefinidamente jovem na estrutura óssea mas imponderavelmente velho nos olhos – horrorosa cara de cadela velha de um militar tirano com livros, cardeais e gnomos a seu aracnídeo comando.

"Como eu gostaria de nunca ter visto essa sua velha cara azeda e me casado com você – mofar em castelos desolados a minha vida toda, pra ganhar uns vermes sujos!"

"Bata as asas sua beberrona velha e tome os seus nojentos brandinhaques e conioles, dê-me uma ideia de bate-papo, pare de me deixar louco com seu cambaleio falsado na penumbra... você com seus pendentes pentes de carne e suas manchas obscenas –

pegando seus pós pulverulentos num nar – escafeda-
-se, frisca fedente, quero paz para Escolarizar minhas
Cobras – deixe-me ser barroco."

Por esta altura a velha dama já está dormindo... o
Feiticeiro Faustus se precipita com seus pés enrugados
para um encontro com o Conde Condu e os Cardeais
na Sala da Caverna... suas passadas vão ressoando ao
longo de um subterrâneo corredor de ferro – Eis ali
um gnomo com a chave privativa, um monstrinho
gosmento com pés de teia ou algo parecido – trapos
pesados enrolados em volta de cada pé e em volta da
cabeça quase cegando os olhos, um bando esquisito,
o líder ostentava um sabre moro e tinha um pescoço
fino que você esperaria ver numa cabeça encolhida...
O Feiticeiro vai ao Parapeito para contemplar.

Ele olha a Cova da Noite.

Ele ouve a Cobra Suspirar e Avançar.

Ele move a mão três vezes e recua, ele acena um
adeus com os pulsos e desce a longa colina de areia de
uma medonha parte do Castelo com merda na areia
e tábuas velhas e umidade pelas paredes de granito
musgoso de uma velha masmorra cheia de ratos –
onde crianças gnomos se masturbavam e escreviam
obscenidades com pincéis de cal feito propagandas de
Presidentes no México.

O Feiticeiro, contorcendo sua língua sensual, de-
saloja um pedacinho de carne dos dentes da frente,
mergulhado em meditação de braços cruzados junto
à cabeça do pássaro eviscerado.

Ele ainda exibe as horríveis marcas de seu es-
trangulamento e ocupação pelo Diabo no século 13:
– uma gola alta no velho estilo da Inquisição que ele
usa para ocultar parcialmente os sinais do ataque de
Satanás no longo passado – feiosa torcedura –

22

NESSE SONHO ORIGINAL DA ESQUINA de alcatrão rugoso e da porta de G.J., Lousy, Vinny, Scotty e eu (Dicky nunca esteve nessa gangue) (se mudou para Highlands) lá está do outro lado da Riverside Street a grande cerca com estacas de ferro do Textile percorrendo aquele terreno todo conectada por postes de tijolo com o ano de uma Turma inscrita, postes rapidamente sumindo no espaço e no tempo, e grandes arbustos assomando livres em volta do campo de futebol e atletismo em parte – imensas bolas transpiravam em outonos de bronze no campo, multidões se aglomeravam na cerca para espiar por entre os arbustos, outras nas arquibancadas das tardes estridentes e agudas e silvantes de rubicundo futebol em florescentes-nevoados rosa de fantásticos lusco-fuscos –

Mas à noite as árvores ondulantes produziam zunidos de negros fantasmas flamejando por todos os lados num fogo de braços negros e sinuosidades na penumbra – milhões de profundezas móveis da noite foliácea – Dá medo de andar por ali (na Riverside, nada de calçada, só folhas no chão na beira da rua) (abóboras no orvalho da insinuação de Halloween, tempo de votação na sala de aula vazia da tarde de novembro) – Naquele campo... o Textile nos deixava jogar nele, certa vez um amigo meu se masturbou numa garrafa na defesa e não teve a menor pressa sacudindo no ar o frasco, eu ascendi uma pedra nas janelas do Textile, Joe Fortier com suas estilingadas mandou vinte para o além, tremenda ingratidão com as autoridades da escola, no entardecer veranil nós saíamos correndo pra jogar um contra todos e às vezes queimada dupla no diamante... a grama alta ondulava na vermelhidão, Lousy assobiava da terceira base, lançava pra mim a bola da queimada dupla, eu girava numa gingada e me jogava de volta pra primeira num arranco e mergulho dos meus ombros e um bam na primeira bem na mosca –, Scotty interbases na próxima parada recolhe sua super-rasteira com um movimento calmíssimo feito um índio prestes a cagar, segura gravemente a bola na mão pelada e antes que eu me dê conta me arremessa uma fraquinha por cima da segunda e assim preciso arremeter sincronizado com a bola Scotty a um pé do chão, coisa que faço com mão pelada e ainda correndo (e com tapinha do pé na base de passagem) me atiro à esquerda com todas as minhas forças pra alcançar a luva do primeira--base com meu laçado lance reto e raciocinado – que ele (G.J., olhos semicerrados, xingando "Esse merda desse Jack me ferra de propósito com essas bolinhas curtas dele") colhe na meia-altura com um baque da longa perna esquerda e a outra dobrada para esticar, uma bela jogada realçada pela calma de Scotty, por sua compreensão de que um lugar macio e maluco na segunda seria do meu agrado –

Então nós – eu inventei – desmontei o velho Victrola que nós tínhamos, simplesmente tirei pra fora o motor, intacto, e colei papel em volta do prato do toca-disco, medi "segundos" e teóricas leis temporais de minha própria autoria relacionadas a "segundos" e o levei ao parque, com manivela e tudo, para cronometrar os atletas da minha competição: G.J., Lousy, Scotty, Vinny, Dicky, até o velho Iddiboy Bissonnette que às vezes participava dos nossos jogos com grave seriedade e alegre bobice iddyboy ("Ei Iddiboy!") – outros – semisseriamente grunhindo disparadas de 30 jardas para ver seus "tempos" (que eu registrava o mais próximo possível de 4 segundos e 3,9 segundos) e para me divertir, prover alguma graça – para me mitigar, eu ficava o tempo todo dando ordens e sendo chamado de "grande babaca" tanto por Billy Artaud (que é hoje um líder sindical falastrão) como por Dicky Hampshire (morto em Bataan) – Dicky escreveu "Jack é um grande babaca" com giz na cerca de tábuas de um beco franco-canadense da Salem Street enquanto andávamos pra casa no intervalo de meio-dia da Bartlett Junior High –

Escola que depois pereceu num incêndio – opulentas árvores – na Wannalancitt Street, nome de um Rei – um chefe indígena – Pawtucket Boulevard, nome de uma valente nação – O trágico depósito de gelo que também pegou fogo e eu e Jean Fourchette nos oferecemos pra ajudar os bombeiros, carregamos mangueiras, tínhamos vindo a pé o caminho todo desde Dracut numa excitação piromaníaca, babando, "Nossa, aposto que é um fogo dos bons, hein?" (*"Rapaz mon rapaz, m'a vaw dire, çest un bon feu, ce feu la, tu va woir, oui, mautadit, moo hoo hoo ha ha ha"*) – ele tinha uma risada maníaca, ele era um idiota, mentalidade subdesenvolvida, doce e gentil, tremendamente sujo, santo, pateta, trabalhador, disposto, fazia tarefas, eu acho, um idiota monstro francês da mata – Ele costumava assistir àqueles jogos do Textile nas tardes de sábado de outubro através das árvores – "muu huu huu ha ha, rapaz mon rapaz, ele acabou mesmo com aquele cara, muu hii hii hii – hein?" –

Eu tanto (finalmente) aperfeiçoara meu cronômetro que ficamos mais – fazíamos grandes e sombrias competições de atletismo no campo do Textile ao pôr do sol com o último evento depois do anoitecer – uma legítima pista de corrida com escória de carvão circundava o campo – eu vejo G.J. – estou na beira cronometrando G.J. – ele está correndo a "Milha" de Cinco Voltas – eu vejo a trágica cauda de sua camiseta balançando nas mortalhas de abano às nove da noite veranil lá longe no campo do Textile em algum lugar nas sombras do castelo de tijolos laranja de seus salões e laboratórios (com janelas quebradas dos homeruns do Textile) – G.J. se perde na eternidade quando circula (quando segue adejando fazendo força em seu comovente vazio tentando ganhar tempo com débeis pernas cansadas de menino ele –) eu – Ah G.J., ele está fazendo a última curva, podemos ouvi-lo bufando horrivelmente no escuro, ele vai morrer na fita, os ventos da noite ondulam imensamente pelos arbustos da cerca do Textile e adiante sobre o lixão, o rio e as casas veranis de Lowell – as ruas de sombras cintilantes, os postes de luz – os salões do Textile cortados pela metade numa imensa punhalada de luz da Moody Street por entre rendilhados e zombarias de estrelas e sombras e ramos entrelaçados, vem trevo de Pawtucketville perfumando, as poeiras dos jogos de Cow Field se assentaram para o amor da noite veranil de Pawtucketville pelos amontoados espectadores – e despencados – G.J. vem triturando a escória de carvão, seu tempo é desgraçadamente ruim, ele fez toda aquela correria por nada –

Ele não quer mais saber da minha máquina – Ele e Lousy começam a lutar – (Enquanto isso o pequeno George Bouen já começou sua Milha de 5 Voltas e eu liguei máquina e orientei largada mas agora me desligo dos meus deveres como diretor de pista e inventor e líder de comandos e arquejos) – nessa tristonha e imensa escuridão veranil com seus milhões de estrelas ordenhando a cova da noite tão exorbitante, tão profunda de tinta orvalhada – Em algum ponto de Lowell nesse momento meu pai, o grande Coroa gordão, dirige seu velho Plymouth no rumo de casa voltando do trabalho ou de uma tarde em Suffolk Downs ou no Jockey Club do Daumier – minha irmã, com raquete de tênis, está em 1935 nas sibilâncias das quadras assombradas por árvores quando acaba o tênis e os fantasmas do tênis caminham com surdos pés brancos até a casa, passando por fontes de água e cachoeiras de folhagem – As Imensas Árvores de Lowell lamentam a noite de julho numa canção iniciada em campinas de macieiras no alto da Bridge Street, pelas propriedades rurais de Bunker Hill e pelo chalés de Centralville – rumo à doce noite que corre ao longo do Concord em South Lowell onde as ferrovias choram a repetência – rumo ao gigantesco lago feito arco e flecha e calmarias do amante da Boulevard pistas de carros, tapa noturno e mariscos fritos e o sorvete do Pete's and Glennie's – aos pinheiros do Fazendeiro Ubrecht no caminho de Dracut, ao último cacarejado canto de corvo nas alturas de Pine Brook, os inundados ermos e pântanos e banhos de Mill Pond, a pequena ponte de Rosemont vadeando uma desembocadura Waterloo de seu Córrego florestado em brumas remanescentes da véspera – luzes da estrada lampejam, eu ouço a canção de um rádio que passa, cascalhos esmigalhados na rodovia, estrelas de alcatrão quente, maçãs para acertar as placas com maçãs silvestres para os postes – Na escuridão da Lowell toda eu me precipito para lutar com G.J. e Lousy – finalmente peguei Lousy no meu ombro como um saco, estou girando seu corpo – ele fica tremendamente furioso, nunca deixe Lousy furioso, lembre as bolas, pendurado indefeso em meu aperto de cabeça pra baixo ele morde minha bunda e eu o deixo cair feito um verme quente – "Esse merda do Lousy mordeu a bunda do Jack, mordeu a bunda pra valer!" (tristemente) – mordeu a bunda dele – mordeu *pra valer!*" – enquanto rimos e altercamos, lá vem Georgie Bouen terminando sua milha, despercebido, sem ninguém pra recebê-lo na fita, ele chega bufando à linha de chegada nas trevas solitárias do destino e da morte (nunca mais o vimos) enquanto fantasmas lutam – bobeiam – riem – todo mistério Imenso pingando em nossas cabeças na Antiguidade do Universo que tem uma gigantesca máquina de radar assombrando sua nuvem voadora marrons espaços noturnos de baço silêncio no Zumbido e Dínamo do Trópico – embora na época o meu sonho do Universo não fosse tão "preciso", tão moderno – ele era todo preto e saxiano –

Tragédias da escuridão se escondiam nas sombras em volta do Textile – as sebes ondulantes escondiam um fantasma, um passado, um futuro, um trêmulo espectro espírito cheio de ansiosa e negra e sinuosa e serpeante tortura noturna – a gigantesca chaminé de tijolos laranja alcançava as estrelas, saía uma fumacinha preta – lá embaixo, um milhão de palermas folhas ridentes e sombras saltitantes – eu tenho um sonho tão desesperançado de andar ou estar lá de noite, nada acontece, apenas passo, *tudo está insuportavelmente acabado* (roubei um capacete de futebol do campo do Textile certa vez, com G.J., a tragédia está na assombração e na culpa do campo do Textile) (onde também alguém me acertou na testa com uma pedra) –

No outono minha irmã vinha me ver jogar futebol com o bando, ataque, bam bum, falta, – eu marcava touchdowns pra ela, para seus aplausos – era atrás da arquibancada enquanto a equipe do Textile se engalfinhava com o Treinador Rusty Yarvell – grandes vermelhos férreos no céu, folhas cadentes voando, apitos – pés arranhados corneta fria mãos rachadas –

Mas à noite, e no verão, ou numa chuva ventosa de abril ondulando molhada, aquele campo, aquelas árvores, aquele terror de estacas e postes de tijolo –, o silêncio sorumbático – a densidade da noite de Pawtucketville, a loucura do sonho –, a corrida já concluída numa penumbra de tonel, há maldade no cintilante círculo verde da noite marrom – Doutor Sax estava em toda parte naquilo – sua alegria nos apoiava e nos fazia correr e pular e pegar folhas e rolar na grama quando voltávamos pra casa – Doutor Sax penetra no sangue das crianças por meio de sua capa... sua risada fica escondida nos negros capuzes da escuridão onde você pode sugá-lo com ar, a alegria da noite na garotada é uma mensagem da escuridão, há uma sombra telepática nessa esguelha de vaso vazio.

23

Eu dormia na casa do Joe Fortier – muitíssimas vezes eu sentia os arrepios de suas pernas frias ou o couro de seu salto preto de alcatrão enquanto ficávamos deitados nos úmidos celeiros e sótãos de suas várias casas nas meias-noites do Doutor Sax com histórias de fantasmas e sons estranhos –

Conheci Joe quando ele morava na Bunker Hill Street, praticamente a uma pedrada de distância da West Sixth com Boisvert onde o roupão marrom me aquecia no céu sob o pescoço da minha mãe – A mãe dele e a minha mãe trabalhavam lado a lado no grande bazar de St Louis Paroisse – juntas elas certa vez visitaram o castelo-mansão de pedra na colina de Lakeview perto da Lupine Road que é simétrico ao Snake Hill Castle (em cujas encostas, entre os negros pinheiros cerrados, Gerard deslizara nas neves da minha infância, lembro do meu medo de que ele batesse num pinheiro) – A mãe dele e a minha entraram no "Castelo" pra decidir algum assunto da igreja, saíram dizendo que o lugar era sinistro demais para o bazar – minha mãe disse que havia nichos de pedra nos corredores (o velho sol deve ter brilhado vermelho através das poeiras do corredor naquelas cavidades de pedra no Gancho enquanto eu nascia entre os pinheiros lá fora) –

Joe e eu explorávamos todas as possíveis casas assombradas da cidade. A principal de nossas grandes casas foi quando ele morou na Bridge Street, perto da 18th, numa velha mansão cinzenta e desmoronante num V de ruas arborizadas no outono – do outro lado da Bridge Street, além do muro de pedra do gramado, erguia-se a encosta de pinheiros e soturnidades, igualzinho ao gramado do Lakeview Castle – rumo à Casa Assombrada que não passava de uma concha, uma ruína de gesso, vigas, vidro quebrado, merda, folhas molhadas, pernas esquecidas de velhas decorações de mesa, enferrujadas cordas de piano num sibilo (como num velho cargueiro abandonado usado como salva-vidas em que você descobre que o refeitório do capitão ainda tem arabescos nas vigas, e o sol brilha com pleno júbilo na manhã marinha como fez na costa da Malásia ou de Seattle tanto tempo atrás) – Havia fantasmas naquela velha Casa Concha – telhados apodrecidos – mijar era uma emoção entre aquelas vigas decadentes e paredes com rachaduras protuberantes – Algo sem nome, mortalmente obsceno e selvagem – como desenhos de grandes paus compridos como cobras, com bobas cusparadas de veneno – puxávamos tábuas, deslocávamos tijolos, quebrávamos ilhas novas de gesso, chutávamos lascas de vidro e –

À noite, noites de verão, com a família lá embaixo na grande cozinha (talvez minha própria mãe ou meu pai lá, outros, um jovem padre recém-chegado do Canadá que adora cortejar as damas – estamos quatro níveis acima sótão, ouvimos apenas débeis gargalhadas lá embaixo) – na noite de Lowell deitamos relaxados em colchões mijados, com árvore silvante na janela, contando histórias ("Shee-cago! shee-cago!"), brincando com nossos sininhos, contorcendo nossos corpos, batendo as pernas no ar, correndo até a janela pra ver as comoções – pra ver a nossa Casa Assombrada na multiforme noite cintilante preta e branca de Lowell... Que corujas? huus e vodus na meia-noite? Que velho maníaco de cabelos brancos veio arrancar as molas enferrujadas do piano num labirinto da meia-noite? que Doutor Sax rastejando pelo negror, sombreado, encapuzado, pelotado, zunindo velozmente a baixa altura no rumo de seus mistérios e medos –

Juntos, na imensa tarde das nuvens mundiais, explorávamos reservatórios na colina de Lowell tão alta, ou fazíamos acampamentos junto a canos de esgoto em trágicos campos marrons acarpetados – nos campos da escola St Louis – numa árvore ficamos sentados, chamamos de Táxi do Ar Fresco –, empino pipas no campo –

Joe vem à minha casa num domingo de manhã depois da igreja mas estou tomando café da manhã então com seu calção branco enquanto espera ele desce ao porão e enche um balde de carvão pra minha Mãe – posamos lá fora com Henry Troisieux e meu gato, na maçante tarde dominical –, atrás de nós acenam as árvores do Doutor Sax... o registro das noites antigas nos celeiros adormecidos, no sótão frio, no mistério, no sonho, Joe e eu – Velhos amigões da vida da infância – Mas Joe evitava mortalhas, não conhecia mistério algum, não tinha medo, não se importava, seguia em passo largo, botas de lenhador em manhãs chuvosas na igreja, domingo, ele passou a semana explorando um riozinho, quer nesta tarde encontrar sua caverna no pinhal – montar uma barraca, consertar o carro nas chuvosas névoas-turvas o dia todo com latas e trapos machados e sem lanche –

Joe tinha torres e sótãos em sua casa mas não tinha medo de fantasmas errantes... seus fantasmas eram a realidade, trabalhar e ganhar dinheiro, arrumar a faca, endireitar o parafuso, pensar no amanhã. Eu executava funestos jogos privados em seu quintal, alguma mítica escaramuça comigo mesmo envolvendo quantas vezes em volta da casa e água – enquanto ele se ocupa consertando algo para seu uso. Vem a noite, sombras rastejam, Sax emerge, Joe simplesmente se balança na varanda falando de coisas a fazer e volta e meia se inclinando e coçando a perna e falando "Hiuu hiuu hiuu!, você ficou magoado mesmo daquela vez – huu huu!"

24

O RUÍDO DAS GRANDES FESTAS DE FAMÍLIA só se fazia ouvir fracamente no sótão de quarto andar do Joe, mas ah!, quando era na minha casa, o chalé da West Street num período anterior ou posterior, uau, os gritos e algazarras das senhoras como a doidivanas Duquette faziam Blanche apagar todas as luzes e começar a tocar uma música sinistra no piano, eis que se alevanta um rosto polvilhado de farinha branca, emoldurado por um porta-retrato vazio, com lanterna sob o queixo, uuguuguuguu, as gargalhadas uivantes praticamente me derrubavam da cama um andar acima – Mas ao menos eu tinha a satisfação de saber que nenhuma sombra verdadeira viria me pegar em meio a tamanha zombaria e vozearia de adultos – Puxa, que gangue: eles se chamavam *La Maudite Gang* até que um dos casais morreu deixando doze casais em vez de treze então viraram *A Dúzia Suja* – O coitado do padre LaPoule DuPuis fazia parte do grupo, ele era o último filho solteiro de uma enorme família de Quebec que segundo a tradição achava que seria *damnée* se alguém da casa não ingressasse no sacerdócio de modo que o doidivanas ninfomaníaco LaPoule foi piamente encerrado entre as paredes do claustro, até certo ponto, nenhuma mulher estaria em segurança se chegasse a poucos passos dele – Num sábado à noite ele ficou podre de bêbado depois de piruetar com todas as mulheres numa grande festa estrondosa e desmaiou antes da meia-noite (teria parado de beber à meia-noite de qualquer forma, pois celebraria missa pela manhã) – Raia o dia e o pai do Joe enfia LaPoule no chuveiro, derrama café preto em sua garganta e chama o bando todo pra ver a diversão da missa das onze –

Estão todos lá, os Duluoz, os Fortier, os Duquette, os DuBois, os Lavoisier, a turma, todos nos bancos da frente, e lá vem LaPoule de casula com os solenes coroinhas e oscila e cambaleia em seu trabalho – Toda vez que ele direciona seus olhos injetados de sangue para os bancos da frente, lá estão meu pai ou o pai do Joe, ou Mamãe e as outras mulheres loucas lhe fazendo furtivos e zombeteiros aceninhos de mão (como num hilário e blasfemo filme francês ainda não produzido) e ele por sua vez acena de volta como que dizendo "Pelamordedeus não exagerem" mas eles acham que LaPoule está zombando de volta e durante a missa toda você pode ouvir o pai do Joe com suas estalantes explosões reprimidas de não-posso-rir – Meu pai piora tudo ainda mais sacudindo seu chapéu de palha entre as pernas, ou Blanche encara LaPoule bem no momento em que ele está levantando uma hóstia na grade da comunhão – gangue louca – o pobre coitado fazendo esforço para se ajoelhar, coroinhas agarrando seu braço quando ele quase cai, como um bom homem dourado de Deus, digo mais, como o mais absurdo bispo que jamais coletou carrancas de seu rebanho – LaPoule em nossas desvairadas festas adorava contar a piada (que era efetivamente uma história verdadeira) sobre um pároco no Canadá que não quis perdoar certo cara por um pecado e de vingança o cara esfregou merda na grade do púlpito, aí chega o domingo de manhã e o padre está prestes a começar: "Hoje, senhoras e senhores, quero falar sobre religião, *la nature de la religion* – Religião", diz ele, começando, botando a mão na grade, "religião...", ele leva a mão ao nariz, baixa a mão de novo... "religião é –", outra vez leva a mão ao nariz, com uma careta perplexa, *"la religion – mais c'est d'la marde!"*. Essa era uma das piadas que costumavam tirar da grande alegrona mãe do Joe, Adelaïde, um grito tão poderoso que dava pra ouvi-lo claramente lá nas pedras do rio e que inevitavelmente catapultava meu gato do meu travesseiro e me expulsava desconcertado dos sonhos – A louca gangue, a vez em que eles fizeram uma festa na praia e depois da quase tragédia do Pai e do sr. Fortier nadando longe demais e quase se afogando (Salisbury Beach) mesmo assim folia de sobra na gangue, tanto que, enquanto a sra. Fortier vai fritando as costeletas de porco no fogão do acampamento e todo mundo tá meio macambúzio, Duquette aparece com seu traje de banho, arranca uns pelos pubianos por baixo do calção e os salpica na frigideira escaldante dizendo "Elas precisam de um pouco de tempero" – de modo que o riso da gangue ressoou à beira-mar, e o que dizer dos vizinhos modernos denunciando festas barulhentas à polícia, aquelas festas eram revoluções e canhoneios, jamais acontecerão outra vez na América (e além do mais todas as árvores silvantes foram cortadas, então os garotos sonhadores não podem mais apoiar seus queixos nos peitoris das janelas da meia-noite) – Ó Lua Lowell – E a minha mãe fazendo café na nossa velha cafeteira moedora de alumínio para 15 xícaras, e os jogos de pôquer na cozinha durante até o dia do juízo final – Joe e eu às vezes descíamos e espiávamos da escada todo aquele Adorável Tumulto –

25

Quando Joe morava na Bunker Hill Street e tínhamos oito, nove, exploramos primeiro as margens do Merrimac naquela parte ao longo dos cortiços então poloneses da Lakeview Avenue onde o rio nadava sujo, manso sem ruído de rocha ao longo das imensas paredes vermelhas da Boott Mills – nas chuvosas tardes dominicais de fevereiro nós corríamos até lá pra chutar blocos de gelo e latas enferrujadas de querosene vazias e pneus e porcarias – Uma vez caímos até os quadris, ficamos molhados – Irmão mais velho Henry cagou contra uma árvore, efetivamente cagou, se agachou e mirou uma explosão numa linha lateral, horrível. Encontramos gordos amantes se desenredando imensas pernas femininas com covinhas e peludas pernas masculinas de uma relação sexual numa sujeirama de revistas de cinema, latas vazias, trapos de ratos, terra, grama e palha no meio da subida dos arbustos... uma tarde cinzenta no verão, os dois estavam deliciosamente atarefados num lixão à beira do rio...
... e de noite voltaram, mais escuros, mais selvagens, mais sexuais, com lanternas, revistas de sacanagem, mãos balançantes, chupadas, ouvindo furtivos o Som do Tempo no rio, as fábricas, as pontes e as ruas de Lowell... alucinados no céu eles treparam e foram pra casa.

Joe e eu saqueamos o rio lá embaixo... quanto mais escuro e mais chuvoso, tanto melhor... Pescávamos porcarias da correnteza. Uma desconhecida e esquecida manhã teve lugar no quintal de uma precária casa de dois andares esquina da Lakeview com Bunker Hill onde lançamos lenha e bolas pra cima e pra baixo pelo ar e mães gritaram conosco, novas amigas –, como no esquecimento da memória da seguinte manhã de segunda-feira na escola – agh é impossível esquecer o horror da escola... chegando... segunda-feira –

Certa tarde – nos pátios fantasmas da St Louis, os cascalhos crocantes do recreio, cheiro de banana nos armários, uma freira penteando meu cabelo com a água pingada do tubo do mictório, úmida penumbra escura e pecados de corredores e cantos onde também (no lado das garotas) minha irmã Nin disparava em eternidades ecoando de seu próprio horror – uma tarde enquanto a escola inteira se mantinha em silêncio no cascalho do meio-dia, ouvindo inquietamente, Joe, que cometera certo *pêcher* (pecado) durante o recreio, estava sendo golpeado na bunda com uma grande régua com bordas de ferro na sala da Madre Superiora – berrando e uivando ele estava, quando perguntei depois a respeito ele disse "Doeu" e não deu nenhuma desculpa pra gritaria que fez. Joe sempre foi um grande caubói. Brincávamos no campo de certo velho fazendeiro (Fazendeiro Kelly) – ele tinha uma solene casa de fazenda na West Sixth com decorrentes arvorezanas e celeiros, fazenda de 100 anos, no meio dos chalés de classe média de Centralville, por trás se abriam seus grandes campos, maçãs, vales, campinas, um pouco de milho perto, cercas –, com a paróquia de St Louis em seu flanco (presbitério e igreja e escola e auditório e maltratado tristecampo de recreio) (St Louis, onde o enterro do meu irmão escureceu num bruxuleio intermitente perante meus olhos... numa longínqua solidão sombria longe do aqui e do agora...

chuvas esquecidas amortalharam e remortalharam o cemitério)... Fazendeiro Kelly – sua velha casa oleácea iluminada por lâmpadas flimerava num glubo de árvores noturnas quando passávamos indo da minha casa pra casa do Joe, sempre ficávamos especulando que tipo de velho eremita misterioso ele devia ser, eu conhecia os fazendeiros e a vida de fazenda por causa do Tio John Giradoux nas matas de Nashua que eu frequentava nos verões... para um Sax coberto de teias de aranha das árvores da floresta –

Um garoto da rua do Joe morreu, ouvimos prantos; outro garoto de uma rua entre a minha e a do Joe morreu – chuva, flores – o cheiro de flores – um velho legionário morreu em horrores ouro-azulados de tecido e veludo e insígnias e guirlandas de papel e a morte cadavérica dos travesseiros de cetim – Ô yoi yoi detesto isso – minha morte toda e Sax está envolto em caixões de cetim – Conde Condu dormia num desses o dia todo embaixo do castelo – lábio arroxeado – menininhos eram enterrados neles – vi meu irmão num caixão de cetim, ele tinha nove, ele jazia com a quietude e com o rosto da minha ex-esposa no sono, realizado, lamentado – as listras do caixão, aranhas abraçam sua mão abaixo – ele deitava no sol dos vermes tentando ver os cordeiros do céu – ele nunca mais lodaria um fantasma naqueles mortalhosos salões de areia encarnada terra pendida em cortinas de grão no nível profundo imundo mundo – que coisa para embasbacar – E ATRAVÉS DO CETIM APODRECIDO.

Desisti da igreja para aliviar meus horrores – luz de vela demais, cera demais –

Prefiro rios na minha morte, ou mares, e outros continentes, mas nada de morte cetinosa em Cetim Massachusetts Lowell – com o bispo de St Jean de

Baptiste Stone, que batizou Gerard, com guirlanda na chuva, contas no nariz de ferro, "Mamãe ele me batizou?".

"Não, ele batizou Gerard", eu desejava – eu era simplesmente um pouco jovem demais para ter sido batizado por um Santo da Igreja Heroica, Gerard tinha sido, e assim ele morreu, batizado e santo – chuva na fachada da Rouault Gray Baroque Strasbourg Cathedral, Grande Face Monástica da igreja St Jean Baptiste na Merrimac St ao triste fim da Aiken – ascendente monte de pedra das habitações da Moody Street – rios gruquintes empilhados abaixo.

Doutor Sax atravessou as trevas entre os pilares da igreja na hora vespertina.

26

Finalmente Vinny Bergerac se mudou pra Rosemont – daquela habitação coletiva na Moody para os interiores pantanosos e planos de Rosemont, um roseado apartamento chalé nos sonhadores remoinhos e remunhos do Merrimac... Verdade é que eles tinham praia pra nadar naquela margem, Joe e eu nadávamos três vezes por dia na areia branca acumulada ali – onde regularmente dava pra ver pedaços de merda humana flutuando – tenho pesadelos de engolir uma bolota de bosta quando me levanto na minha meia rocha e aponto as mãos pra mergulhar, por Deus aprendi a mergulhar sozinho submergindo até a cintura – mas eis ali aqueles toletes flutuando no rio do tempo e me vejo prestes a praufar um deles, flubadegud – a praia ficava localizada em juncos junto ao mais oriental para-lama perdido do lixão onde os ratos corriam numa baça penumbra de vagas fumaças fumegando desde a semana do Natal – nas manhãs veranis do frescor e da meninice nós saltávamos para o vasto dia orvalhado num novelo de páscoas felizes, dois garotos numa baixada selvagem, fruindo momentos que nunca esqueceríamos – eu faço Buck Jones, você faz Buck Jones – todos os garotos querem crescer pra virar personagens intrépidos e durões, magros e fortes, que quando de fato envelhecem lançam amargurados semblantes escuros à mortalha, macule o seu cetim e guarde enrolado –

Doutor Sax está escondido no quarto escuro esperando passar a tarde cinzenta, hora avançada, com serenas cantorias infantis no quarteirão (na Gershom, Sarah) (enquanto espio das obscuras baças embotadas cortinas da tarde) – Sax se esconde naquela escuridão que vem de trás da porta, logo será noite e as sombras ganharão força e quem vo cê – Deuses do nível Felá Flagebus de voadoras garrafas de esterco azuis com sacolas e velho tapete boêmio preto cruzado listrado magricela do pote-relógio-sprale –

Ouvíamos as lutas de Henry Armstrong por entre raízes de folhas quebradas, ficávamos jogados no sofá de cabeça pra baixo nas escuras noites de verão com a janela aberta e somente o dial do rádio como fonte de luz, profunda penumbra marrom em brasa vermelha, Vinny, G.J., Lousy, Scotty, eu, Rita (irmã mais nova do Vinny) e Lou (seu irmão mais novo) e Normie (irmão mais velho seguinte, loiro, nervoso) – Mãe Charlie e Pai Lucky fora de casa, ela no turno da madrugada na fábrica, ele de leão de chácara numa boate franco-canadense (cheia de sinetas de vaca) – Nós na noite de verão nos entregávamos a várias audições de rádio (Gangbusters, The Shadow – que passa no domingo à tarde e sempre lugubremente deixando a desejar) – (grandes programas de Orson Welles no sábado à noite, Histórias de Bruxas às 11 em fracas estações –) Todos nós falávamos de comer Rita e Charlie, as mulheres do mundo só eram feitas pra trepar... – Havia um pomar nos fundos, com árvores, maçãs, chutávamos entre elas –

Certa noite fizemos um bailinho juvenil homossexual sem perceber o que era e Vinny saiu pulando com um lençol na cabeça e gritou "Uuuk!" (o fantasma esganiçado efeminado em comparação com o "Auuuulll" regular dos bobos fantasmas viris e regulares) (ui, Dizzy); também me lembro vagamente do desgosto que a coisa toda provocou em mim e G.J. Foi aquele doidivanas do Vinny, ele que foi. Um bobalhão horrível chamado Zaza andava grudado em Vinny, ele tinha quase 20 anos, Zaza mesmo – esse era o nome dele pra valer, era um verdadeiro épico de nação árabe – pelo lixão todo ele tinha babado desde a infância, espermatizando em todas as direções, punheteando cães e o pior de tudo chupando cães – viram ele tentando embaixo duma varanda. Doutor Sax, o Falcão de Cabelos Brancos, tinha conhecimento dessas coisas – O Sombra sempre sabe – umm hii hii hi ha – (eco câmara oca olá ondinha alguém aí-em-aí-em-aí-aí – Como? tomo? tomo?) – (conforme recua o tanque) – essa é a risada do Sombra – Doutor Sax espreitava sob varandas observando essas operações, do porão, fazia anotações, esboços, misturava ervas, bolar uma solução para matar a Cobra do Mal – que ele usou no último dia climático – o Dia em que a Cobra foi Real – e esgotada – e atirou uma buzina de raivas no mundo lamentoso – mas depois –

Ah Zaza de fato – um imbecil ninfomaníaco franco-canadense, hoje ele vive num hospício – eu vi Zaza se masturbando na sala de estar numa tarde chuvosa, ele fazia em público para divertir Vinny, que assistia à vontade como um paxá e às vezes dava instruções e mastigava doces – nada de pária naquele colegial – mas um super Luminar persa das Cortes Reluzentes – "Vamos lá Zaza seu louco, mais rápido –"

"Mais rápido não dá."

"Vai, Zaza, vai –"

A gangue toda: "Vai Zaza, goza!"

"Vai gozar!"

Ficamos todos rindo e observando a cena horrível de um jovem idiota bombeando seu suco branco com seu punho meneante num deslumbramento de frenesis e exaustão do espírito... nada mais a que se possa recorrer. Nós aplaudimos! "Viva o Zaza!"

"Treze vezes na segunda passada – ele gozou todas as vezes exatamente, não é mentira – o Zaza tem um suprimento infinito de porra."

"Esse é Zaza, o louco."

"Ele prefere bater uma do que morrer."

"Zaza o viciado em sexo – vejam!, ele tá começando de novo – Carale filho duma poota – Zaza mandando ver de novo –"

"Ah, o recorde dele é maior que isso –"

(Comigo mesmo: "*Quel* – que maldito imbecil.")

Acredito que Lou de oito anos deve ter visto – não, porque Vinny sempre cuidava que os irmãos mais novos não fossem envolvidos em nenhuma sacanagem... ele os protegia com santimônia e gravidade. – Sua irmã muito menos – como acontece com as pessoas primitivas –

Foi depois, quando Vinny foi morar de novo na Moody Street, mais para o centro da cidade, no zum-zum em torno de St Jean de Baptiste, que começamos a ter interesses menos infantis assombrados por escuridão e patetices – Depois nós simplesmente esquecemos os Saxes escuros e nos aferramos ao barato do sexo e do lacerado amor adolescente... onde para sempre os companheiros desaparecem... Houve uma grande puta chamada Sue, 90 quilos, amiga do Charlie, aparecia chamando na casa do Vinny pra sentar na cadeira de balanço e tagarelar mas às vezes levantava o vestido pra se mostrar quando soltávamos gracinhas a uma distância segura. A existência dessa imensa mulher do mundo me fazia lembrar que eu tinha um pai (que visitava suas roxas portas) e um mundo real para encarar no futuro – uau! Nevou no amortalhado um dois três do Ano Novo enquanto ríamos disso!

27

SÁBADO À NOITE ERA O MOMENTO do balão no céu quando eu ouvia Wayne King, ou uma daquelas grandes orquestras de André Baruch dos anos trinta (nosso primeiro rádio tinha um grande alto-falante de disco de papel falso cor-de-merda redondo e estranho) – sentar relaxado, imaginar – chapado além da eternidade enquanto eu escutava as individuais peças de música e instrumentos pela-primeira-vez-para-mim –, tudo isso junto ao literal vaso de flores dos Dourados Anos Trinta Davenport quando o majestoso Rudy Vallee era um alvorecente flerte fofinho de róseas gangorras lunares à beira de um lago, coruja arrulhante – perdido em devaneios de sábado à noite, mais cedo é claro tem sempre a Parada de Sucessos, fanfarra canção número um, bum, cataklam, o título? *Film Your Eyebrows in my Song, Tear* – com ascensão da banda e estrondo de acontecimentos enquanto viro minha página de passatempos de sábado à noite recém-lançada das carrocinhas dos garotos nas emocionantes ruas da noite de sábado pelas quais eu também me movimentava consideravelmente, certa noite com Bruno Gringas de braços dados lutando pelo caminho todo o até o brilhante mercado da Moody, da Prefeitura ao açougue Parent (onde Mamãe comprava tudo) – dava vontade de devorar até o açougueiro, de tão apetitoso que era o estabelecimento – Tempos rechonchudos, quando eu esbanjava 20 centavos em bolo, e eram os maiores bolos naquele tempo – negras sombras noturnas de sábado à noite enroscadas por chamejantes luzes de lojas e tráfego formam um vasto arranjo de negrume rendado para salcar e interclarar as visões e os calcanhares de espinhosas pessoas reais com roupas interpostas à selvagem escuridão azul, desaparece – o mistério da noite, que é um orvalho de grãos –

Grandes Lençóis Brancos da casa sendo passados a ferro por minha mãe na grande mesa redonda no meio da cozinha – Ela bebe chá enquanto trabalha –, Estou na solene mobília da sala de estar, as poltronas marrons da minha mãe, com couro e madeira, grandes e grossas, inconcebivelmente sólidas, a mesa é uma prancha maciça sobre um tronco redondo – lendo *Tim Tyler's Flying Luck* – Os móveis passados da minha mãe quase foram esquecidos, certamente perdidos, Ó perdidos –

No sábado à noite eu estava me acomodando sozinho em casa com revistas, lendo *Doc Savage* ou o *Phantom Detective* com *sua* mascarada noite chuvosa – a *Shadow Magazine* eu guardava para as noites de sexta, sábado de manhã era sempre o mundo dourado e opulento do sol.

28

Não muito tempo depois de nos mudarmos de Centralville para a Phebe e de eu ter conhecido Zap Plouffe, eu estava brincando no tardio-entardecer no quintal com zumbidos pós-jantar e portas de tela batendo por todo canto – com Cy Ladeau e Bert Desjardins em sua parte de sua própria infância que é tão antiga para mim que eles parecem inacreditavelmente monstruosos, tendo assumido formas mais normais nos moldes etários dos anos posteriores – Bert Desjardins era impossível ver jovem, com doze, seu longo e alto irmão chorão Al... Eu o vi chorar buá-buá na frente de uma completa galeria de espectadores de varanda composta por Gene e Joe Plouffe e outros no meio de um eclipse do sol que em parte eu estou olhando com meu vidro queimado--escuro do lixão e em parte ignorando para contemplar boquiaberto esse espetáculo do Al Desjardins soluçando na frente da gangue (pelo chute na bunda de certo Al Roberts, Al está lá sentado e dando risadinhas, ele era um grande receptor e rebatedor de bola longa) – enquanto a escuridão preenche todas as janelas marrons da vizinhança por um instante na flamejante tarde de verão – Bert Desjardins não menos excêntrico – brincando – ele atravessou a Moody Street Bridge comigo na primeira manhã em que fui à escola dos irmãos St Joseph – a grade corria à nossa esquerda, ferro, nos separando da queda de 30 metros até as estrondosas espumas das rochas em sua tenebrosa eternidade (que se tornavam cavalos histéricos de crinas brancas na noite) – ele disse "eu me lembro do meu primeiro dia na escola, eu não era alto o bastante pra olhar por cima da barra grossa dessa grade, você vai crescer mais alto que ela que nem eu – em pouquíssimo tempo!". Eu não conseguia acreditar.

Bert frequentava a mesma escola. Não sei o que fiz – irritei um garoto no recreio – eu estava apaixonado por Ernie Malo, era um verdadeiro caso de amor aos onze anos – comovedoramente percorri sua cerca na ponta dos pés na frente da escola – eu o feri uma vez com meu pé na cerca, foi como ferir um anjo, diante da foto de Gerard eu fiz minhas orações e orei pelo amor de Ernie. Gerard não se mexeu na foto. Ernie era belíssimo aos meus olhos – foi antes de eu começar a distinguir entre os sexos – tão nobre e belo quanto uma jovem freira – mas era só um menininho, tremendamente crescido (ele se tornou um ianque azedo, com sonhos de pequenos cargos de editor em Vermont) – Um garoto conhecido como Fish se aproximou sombriamente de mim enquanto eu tirava o pé da última tábua da Moody Bridge me aproximando do Textile e da caminhada por campos e lixões no rumo de casa – veio até mim, "Bem, aí está você", e me deu um soco na cara, e se afastou enquanto eu me debulhava em lágrimas. Fui para casa em prantos, cambaleando, horrorizado – por paredes e sob chaminés de tijolos alaranjados da eternidade dolorosa – procurei minha mãe – eu queria perguntar a ela por quê?, por que motivo ele me bateria?, jurei pela vida toda dar o troco em Fish e nunca dei – finalmente o encontrei entregando peixe ou recolhendo lixo pra prefeitura, no meu pátio, e não dei importância nenhuma – podia tê-lo acertado no cinza – o cinza está esquecido agora – e portanto a razão se foi também – mas o ar trágico se foi – um novo orvalho climático ocupa esses espaços vazios de Mil Novecentos Ó Vinte Dois dos quais nunca saímos – Tudo isso para explicar Bert Desjardins – e brincar com Cy Ladeau no quintal.

Lancei um fragmento de ardósia deslizando pelo ar e acidentalmente acertei Cy no pescoço (Conde Condu!, ele veio pela noite adejando sobre o banco de areia e cortou Cy no pescoço com seus ávidos dentes azuis sob as luas de areia do ronco) (a vez em que dormi na casa do Cy com Cy e Grande Irmão Emil quando família foi de carro pro Canadá no Ford 29 – lua estava cheia na noite em que eles partiram) – Cy chorava e entrou sangrando na cozinha da minha mãe com aquela ferida, ele derrama sangue no chão recém-lustrado, minha mãe o convence a parar de chorar, enfaixa seu pescoço, ardósia tão primorosa e mortal que todo mundo fica indignado comigo – dizem que a Colina do Castelo é chamada de Colina da Cobra porque tem tantas cobrinhas-ligas vadiando nela – ardósia serpenteante – Bert Desjardins disse "Você não devia fazer isso". – Ninguém conseguia entender que tinha sido um acidente, de tão sinistro – como o papel em que eu mandava o Ladrão Negro para o Dicky, sinistro – esse cinza está esquecido também, como eu disse Cy e Bert eram terrivelmente jovens num longínquo Tempo movente que é tão remoto que pela primeira vez assume aquele posto ou postura rígida semelhante à morte denotando a cessação de sua operação em minha memória e portanto na do mundo – um tempo prestes a se extinguir – exceto que agora nunca poderá, porque aconteceu – o que levou a novos níveis – enquanto o tempo revelava sua boca da morte, feia, velha, fria, para as piores esperanças – medos – Bert Desjardins e Cy Ladeau como qualquer presciência de um sonho são inapagáveis.

29

E LÁ ESTOU EU – BRINCANDO com meu jogo de beisebol na lama do quintal, desenhar um círculo com uma pedra no meio, para terceira, para interbases, segunda base, primeira, para posições de campo externo, e arremessar a bola em frente com um leve autopiparote, uma pesada condução da bola, taco é um prego grande, uap, há uma bola rasteira entre a pedra da terceira e interbases, rebatida pra esquerda porque também faltou rolar pelos círculos do campo interno – há uma bola voadora pra esquerda, cai no círculo do campo esquerdo, eliminado, joguei assim e acertei um homerun tão longo que era inconcebível, até então o diamante que eu tinha desenhado no chão e o jogo que eu estava fazendo eram sinônimos de distâncias regulares e estatísticas de beisebol, mas de repente acertei esse homerun inacreditável com a ponta do prego e conduzi a bola que era minha grande campeã de corrida Repulsion de $1.000.000 em sua vida-de-quarto-no-inverno, agora é primavera, florações no campo central, Dimaggio observa o crescimento das minhas maças – ela viaja por cima de um estádio intermediário, ou pátio, rumo aos verazes subúrbios da mítica cidade que localiza o mítico campo de jogo – rumo ao pátio da casa da Phebe Street onde morávamos – perdida nos arbustos lá – perdida minha bola, perdida Repulsion, o campeonato todo encerrado (e a Grama foi privada de seu Rei), um sinistro homerun do-fim--do-mundo tinha sido batido.

Sempre achei que havia algo de misterioso e amortalhado e agourento nesse evento que pôs fim à brincadeira infantil – deixou meus olhos cansados – "Acorde agora Jack – enfrente o medonho mundo negro sem os seus balões de avião na mão" – Atrás dos baques das maçãs no meu chão, e a cerca dele que tanto estremece, e o inverno no pálido horizonte outonal todo grisalho com suas próprias notícias numa caricatura mão-grande sobre armazenar carvão para o inverno (Temas da Depressão, agora são caixas de bombas atômicas no porão comunista do cartel de drogas) – uma enorme bobagem para encher o saco nos seus jornais – atrás do inverno minha estrela canta, espanta, estou muito bem na casa do meu pai. Mas a desgraça veio como um tiro, quando veio, como dizia o agouro, e como fica implícito na risada do Doutor Sax enquanto ele desliza em meio às lamas onde a minha bola condutora se perdeu, pela meia-noite de março que se sobrepõe com um clarão louco de suas ensanguentadas paisagens solares no conjunto com a férrea moita gru nas névoas de chamamento do lusco-fusco, através de vistas pantanosas – Sax dá suas largas passadas ali sem som sobre a folha de maçã em sua misteriosa noite de mergulho no sonho –

Quando na doce noite eu arrebanho todos os meus gatinhos, meu gato, arrebanho meu cobertor, ele entra sorrateiro, dá exatamente três voltas, cai pesado, ronrona o motor, pronto para dormir a noite toda até Mamãe chamar pra escola pela manhã – para o sensacional mingau com torrada nas fumegantes manhãs de outono – para os nevoeiros que bruxuleiam da boca de G.J. quando ele me encontra na esquina, "Jesuis que *frio*! – o maldito inverno botou seu bundão pra peidar lá do Norte antes que as damas do verão peguem suas sombrinhas e saiam."

– Doutor Sax, não me turbilhone Mortalhas – abra o seu coração e fale comigo – naqueles dias ele era silencioso, sardônico, ria em alta escuridão.

Agora o ouço gritar da cama da borda –

"A Cobra está Crescendo uma Polegada por Hora para nos destruir – e você aí parado, parado, parado. Aieee, os horrores do Oriente – não invente fantasias – entalhes no muro do Ti-bete do que o primo orelha-de-mula de um canguru – Frezels! Gróns! Acorda para o teste nos teus frágeis – Cobra é uma Matadora Suja – Cobra é uma Faca no Cofre – Cobra é um Horror – só os pássaros são bons – pássaros assassinos são bons – cobras assassinas não são."

Carinha de bolho ri, brinca na rua, não sabe outra coisa – Mas meu pai me avisou por anos, é um negócio sujo e serpenteante com um nome chique – chamado V-I-D-A – mais provavelmente F-R-A-U--D-E... Quão podres as paredes da vida chegam a ficar – quão desmoronada a viga do tendão...

LIVRO II

UM SOMBRIO FILMELIVRO

CENA 1 Duas horas – estranho – trovão e as paredes amarelas da cozinha da minha mãe com o relógio elétrico verde, a mesa redonda no meio, o fogão, o grande fogão de ferro fundido dos anos vinte agora usado apenas para colocar coisas em cima ao lado do moderno fogão a gás verde dos anos trinta sobre o qual se aqueceram tantas refeições suculentas e tortas de maçã folhadas, enormes, suaves, eba – (casa da Sarah Avenue).

CENA 2 Estou na janela da sala que dá para a Sarah Avenue e suas areias brancas gotejadas de chuva, dos móveis estofados e grossos e quentes que davam coceira, enormes como ursos, dos quais por algum motivo gostavam na época mas agora chamam de "estofados demais" – olhando a Sarah Avenue através das cortinas rendadas e das contas das janelas, na úmida penumbra junto ao vasto negrume do piano de costas quadradas e das poltronas escuras e do sofá ruminante e da pintura marrom na parede retratando anjos que brincam em volta de uma marrom Virgem Maria com Menino numa Marrom Eternidade dos Santos Marrons –

CENA 3 Com os querubins (veja bem de perto) bem sombrios em seus pequenos e tristes divertimentos entre nuvens e vagas borboletas deles mesmos e de alguma forma bastante desumanos e querubínicos ("Meu querubim me conta", diz Hamlet à equipe de atletismo Rosencrantz e Guildenstern voltando às pressas para Engla-terre) – (Estou correndo pra lá e pra cá com um balde alucinado nos invernos nessa rua agora-chuvosa, tenho um esquema pra construir pontes na neve e deixar que as sarjetas cavem cânions ocos por baixo... no quintal da primavera de beisebol na lama, no inverno cavo grandes e íngremes Wall Streets na neve e ando por elas lhes dando avenidas e nomes do Alasca, uma brincadeira que eu ainda gostaria de fazer – e quando as roupas lavadas da Mãe ficam congeladas no varal eu as desço aos poucos numa draga lateral rumo às acumulações da varanda e com a pá boto gloriettas mexicanas ao redor do poste-carrossel do varal).

CENA 4 O quadro marrom na parede foi feito por algum velho italiano que há muito desapareceu dos meus livros escolares paroquiais com suas tintas marrons não-Goudt e cordeiros tintadinhos prestes a ser abatidos pelo severo e metódico judeu Moisés com seu nariz lateral, não ouve os lamentos do próprio filho pequeno, prefere – o quadro ainda existe, muitos gostam dele – Mas veja de perto, meu rosto agora na janela da casa da Sarah Avenue, seis casinhas em toda a rua de terra, uma grande árvore, meu rosto contemplando de dentro através de gotas de orvalho da chuva, o interior especial da minha casa, sombrio e marrom em tecnicolor, onde também espreita uma penumbra nojenta de armários familiares no Gró Norte – estou usando calças de veludo cotelê, marrons, macias e confortáveis, e uns tênis, e um suéter preto sobre uma camisa marrom aberta na gola (Eu jamais usava distintivos de Dick Tracy, eu era um orgulhoso profissional da meia-luz com minha Sombra & Sax) – sou um garotinho de olhos azuis, treze anos, estou mastigando uma maçã mackintosh fresquinha e fria que meu pai comprou domingo passado no passeio dominical de carro em Groton ou Chelmsford, o suco simplesmente estoura e sai voando dos meus dentes quando resfrio essas maçãs. E mastigo, e masco, e olho a chuva pela janela.

CENA 5 Olhe para cima, a enorme árvore da Sarah Avenue, pertencia à sra. Floofap de cujo nome não lembro mas se elevava feito um Deus, um Emer Hammerthong nascido da terra azul de seu gigantesco pátio gramado (que corria livre até a longa e branca garagem de concreto) e disparava para o céu com galhos alastrados que transcendiam muitos telhados da vizinhança e o faziam sem tocar em particular qualquer um deles, agora imenso e gruquinte peotl vegetal Natureza na cinza barra chuva da Nova Inglaterra em meados de abril – a árvore pinga imensas gotas, ela assoma e se afasta numa eternidade de árvores, em seu próprio céu flambástico –

CENA 6 Essa árvore caiu no furacão afinal, em 1938, mas agora somente se curva e se tensiona com um poderoso gemido de membro lenhoso, dá para ver onde os ramos rasgam em seu verde, o ponto de junção entre tronco principal e tronco de braço, formas selvagens jogadas de cabeça pra baixo se debatendo no vento –, o estalo agudo e trágico de um galho menor arrancado da árvore pelo cão-tempestade. –

CENA 7 Ao longo das poças espirrantes do gramado, no nível da minhoca, esse galho caído parece enorme e demente em seus braços no granizo –

CENA 8 Meus olhos azuis de menininho brilham na janela. Estou desenhando suásticas toscas na janela embaçada, era um dos meus sinais favoritos muito antes de eu ouvir falar de Hitler ou dos nazistas – atrás de mim de repente você vê minha mãe sorrindo –, *"Tiens"*, ela está dizendo, *"je tlai dit qu'eta bonne les pommes* (Viu, eu te disse que eram boas as maçãs!)" – inclinando-se sobre mim para olhar pela janela também. *"Tiens, regard, l'eau est deu pieds creu dans la rue* (Viu, olha, a água está com dois pés de profundidade na rua) – *Une grosse tempête* (uma grande tempestade) – *Je tlai dit pas allez école aujourdhui* (Eu te disse pra não ir à escola hoje) – *Wé tu? comme qui mouille?* (Está vendo? como chove?) – *Je suis tu dumb?* (Sou boba?)".

CENA 9 Nossos rostos ambos espiam a chuva com carinho pela janela, pudemos passar juntos uma tarde agradável, dá pra sentir como a chuva tamborila na lateral da casa e na janela – não nos movemos um centímetro, só continuamos olhando com carinho – como uma Madonna e filho na janela da industrial Pittsburgh – só que esta é a Nova Inglaterra, meio como as chuvosas cidades mineiras galesas, meio a ensolarada e saltitante manhã de sábado do garoto irlandês, com roseiras – (Bold Venture, quando maio chegava e parava de chover, eu brincava de bolinha de gude nos lamaçais com o Gordão, elas se empilhavam com florações durante a noite, precisávamos desenterrá-las para o jogo de cada dia, florações das árvores chovendo, Bold Venture venceu o Derby naquele sábado) – Minha mãe atrás de mim na janela tem rosto oval, cabelos escuros, grandes olhos azuis, sorridente, querida, usando um vestido de algodão dos anos trinta que ela usava na casa com avental – sobre o qual sempre havia farinha e água do trabalho com os condimentos e pastelarias que ela estava fazendo na cozinha –

CENA 10 Ali na cozinha ela fica, enxugando as mãos enquanto eu provo um de seus cupcakes com glacê fresco (rosa, chocolate, baunilha, em copinhos) ela diz "Tudaqueles filme com a velha vovó noeste dando tapinha em seu garotinho das fronteira e na palmada 'Mão longe desses biscoito', Hein?, la velha Mamãe Angelique não faz isso contigo, hein?" "Não mãe, puxa", eu digo, *"si tu sera comme ça jara toujours faim* (Não mãe, puxa, se você fosse assim eu estaria sempre faminto)" *"Tiens – assay un beau blanc d'vanilla, c'est bon pour tué* (Aqui, experimente um bom branco de baunilha, é bom pra você.)" "Oh boy, *blanc sucre!* ("...") (Minha nossa, açúcar branco!)" *"Bon"*, ela diz com firmeza, virando-se, *"asteur faut serrez mon lavage, je lai rentrez jusquavant quil mouille* (Bom, agora preciso guardar minha roupa lavada, eu a trouxe pra dentro pouco antes de chover)" – (enquanto no rádio transmissões dos trinta de velhas novelas cinzentas e notícias de Boston sobre hadoque defumado e os preços, East Port a Sandy Hook, seriados sombrios, estática, trovão da velha América que trovejava na planície) – Enquanto ela se afasta do fogão eu digo, por baixo do meu pequeno suéter preto e quente, *"Moi's shfués fini mes race dans ma chambre* (Preciso terminar minhas corridas no meu quarto)" – *"Amuse toi* (divirta-se)" – ela exclama de volta – dá pra ver as paredes da cozinha, o relógio verde, a mesa, agora também a máquina de costura na direita, perto da porta da varanda, as galochas sempre empilhadas na porta, uma cadeira de balanço de frente para o aquecedor a óleo – casacos e capas de chuva pendurados em ganchos nos cantos da cozinha, painéis de madeira marrom encerada nos armários e lambris por todos os lados – uma varanda de madeira lá fora, reluzente de chuva – penumbra – coisas fervendo no fogão – (quando era bem pequeno eu costumava ler as páginas de passatempo deitado de barriga, ouvir no chão as águas ferventes do fogão com uma sensação indescritível de paz borbulhante, hora do jantar, hora do passatempo, hora da batata, hora da casa quente) (o ponteiro de segundos do relógio elétrico verde girando implacável, delicado, por entre guerras de poeira) – (eu observava isso também) – (Bacias de Lavagem na remota página de passatempos) –

CENA 11 Trovão de novo, agora você vê o meu quarto, meu quarto com a escrivaninha verde, cama e cadeira – e as outras estranhas peças de mobiliário, o Victrola pronto para funcionar com *Dardanella* e manivela de prontidão, pilha de tristes discos grossos dos anos trinta, entre eles *Cheek to Cheek* de Fred Astaire, *Parade of the Wooden Soldiers* de John Philip Sousa – Você ouve os meus passos inconfundivelmente subindo as escadas a mil, plap plop plup plep plip e estou correndo no quarto e fechando a porta atrás de mim e pego meu esfregão e com o pé pesado pressionado nele com força esfrego uma faixa estreita da parede perto da porta até a parede perto de janela – estou preparando a pista de corrida – o papel de parede mostra grandes linhas amendoins de roseiras num gesso vago e opaco, e uma foto na parede mostra um cavalo recortado de uma página de jornal (*Morning Telegraph*) e pregado, também uma imagem de Jesus na Cruz numa horrível escuridão de impressão antiga brilhando através do celuloide – (se você chegasse bem perto, conseguia ver as linhas de lágrimas negras e sangrentas escorrendo por sua bochecha trágica, Ó os horrores da escuridão e das nuvens, nenhuma pessoa, em volta da tempestade tormentosa de sua rocha está o vazio – você procura ondas – Ele andava nas ondas com pés trajados de prata, Pedro era um Pescador mas nunca pescou tão fundo – o Senhor falou a escuras assembleias sobre peixes sombrios – o pão foi partido... um milagre varreu o acampamento feito uma capa esvoaçante e todos comeram peixe... curta suas místicas em outra Arábia...). O esfregão com o qual estou esfregando a faixa estreita é só um velho cabo de vassoura com uma seca e desgrenhada cabeça de esfregão, como cabelo de velhinha no cabeleireiro – agora estou me ajoelhando energicamente para varrer com a ponta dos dedos, tateando em busca de grãos de areia ou vidro, olhando a ponta dos dedos com um sopro cuidadoso –, dez segundos se passam enquanto preparo meu chão, o que é a primeira coisa que faço depois de bater a porta atrás de mim – Você viu primeiro o meu lado do quarto, quando entro, depois à esquerda na minha janela e a chuva sombria respingando nela – levantando-me de novo, limpando dedos nas calças, eu me viro devagar e levantando punho até a boca faço "Ta-ta-ta-tra-tra-tra-etc." – o corneteiro faz seu chamado aos postos na pista de corrida, com uma voz clara e bem modulada efetivamente cantando numa inteligente voz-imitação de um trompete (ou corneta). E no quarto úmido as notas ressoam tristemente – fico ali parecendo pegajoso com autoadministrado espanto enquanto escuto a última nota triste e o silêncio da casa e o estalido da chuva e agora o claramente sonoro apito pegajoso da Boott Mills chegando alto e lamentoso do outro lado do rio e da chuva lá fora onde o Doutor Sax agora mesmo está se preparando para a noite com sua capa escura e úmida, em névoas – Minha faixa estreita para as corridas começou com um papelão inclinado sobre livros – um tabuleiro de Parchesi –, dobrado pelo lado do Dominó para evitar que o lado do Parchesi se apagasse (precursor do atual tabuleiro de Banco Imobiliário com damas do outro lado) – não, espere, o tabuleiro de Parchesi tinha um lado preto sem nada, pelo pano dele desciam bem sólidas e redondas as minhas bolas de gude quando eu as soltava por baixo da régua – Alinhados na cama estão os oito gladiadores da corrida, é a quinta corrida, o handicap do dia.

CENA 12 "E agora", estou dizendo enquanto me curvo diante da cama, "e agora a Quinta Corrida, handicap, a partir de quatro anos de idade etc." – "e agora a Quinta Corrida do gongo, vamos lá *Ti Jean arrete de jouer* e ande logo com o – eles estão indo para os lugares, os cavalos estão indo para seus lugares" – e ouço as palavras ecoando enquanto falo, mãos erguidas diante dos cavalos alinhados no cobertor, eu olho ao meu redor como um fã de corrida que se pergunta: "Olha só, certo que vai chover logo, eles tão indo pros lugares?" – o que eu faço – "Bem filho, melhor apostar cinco na Flying Ebony que a velha de guerra vai conseguir, ela não se saiu muito mal contra Kransleet na semana passada." "Ok pai!" – assumindo nova pose – "mas consigo ver Mate vencendo essa corrida." "O velho Mate? Que nada!"

CENA 13 Eu corro até o fonógrafo e boto *Dardanella* pra tocar com o braço.

CENA 14 Energicamente me ajoelho diante da barreira de largada, cavalos à minha esquerda, barreira da régua firme na linha de largada com mão direita,

Dardanella soando dadaradera-da, estou de boca aberta inspirando e expirando roucamente pra fazer ruídos de multidão de pista de corrida – as bolas de gude batem nos lugares com grande fanfarra, eu as endireito, "Opa", digo, "cui-dado – c-u-i-d-a-d-o não – NÃO! Mate se afastou do ajudante da largada – já pra trás – jóquei Jack Lewis exasperado na sela – arrumar todos retinho agora – 'os cavalos estão nos lugares!' – Ah, aquele velho bobalhão a gente sabe muito bem" – "Eles partiram!" "*O quê?*" "*Eles partiram!* – tchiram!" multidão suspira – bum! Eles partiram – "Você me fez perder minha largada com essa conversa sua – *e temos Mate assumindo uma liderança antecipada!*" E lá me vou, seguindo as bolinhas com os olhos.

CENA 15 Na cena seguinte, estou rastejando no maior cuidado ritmado seguindo minhas bolinhas, e vou narrando veloz "Mate por dois comprimentos" –

CENA 16 POU zás disparo de Mate a bolinha cinco centímetros à frente do grande claudicante Don Pablo com seus buracos de lasca (regularmente eu realizava titânicas cerimônias e "treinamentos" de esmagamento de bolinhas de gude e alguns dos corredores acabavam lascados e mancos, o grande Don Pablo tinha sido um grande campeão do Turfe, apesar de uma inclinação torta original em seu rolamento – mas agora lascado sem chance de conserto – um jarrete dianteiro incomum de tão tenro, matungo, proteções de madeira de sombrios ferreiros-chefes esmagando o chifre no casco do cavalo em tardes cinzentas na Salem Street quando ainda um pouco de bosta de cavalo perfumava as Ah Tardes de Lowell – trágicos gudes frenéticos numa crua floração do chão, do florido carpete de linóleo recém-seco por esfregão e limpo pelos carrinhos da pista de corrida – "Don Pablo segundo!" estou narrando no mesmo agachamento baixo do Doutor Sax – "e Flying Ebony avançando rápido depois de uma largada lenta – Time Supply" (listras vermelhas sobre branco), (ninguém além de mim jamais lhes dará nome), blam, acabou o tempo, já estou me inclinando com o braço estendido para cair inclinado na parede sobre a linha de chegada e penduro meu rosto tragicamente sobre o poço da reta final de madeira na entrada com vasto espanto e sem palavras – só consigo, de olhos arregalados, dizer – " – s-a-a-a-" –,

CENA 17 As bolinhas de gude colidindo com a parede.

CENA 18 "– Don Pablo capotou e se espatifou – caramba, lascado, ele é tão pesado! *Don Pablo-o!*" com as mãos na minha cabeça na grande catástrofe dos "torcedores" na arquibancada. (Certa manhã naquele quarto tinha havido tanta melancolia, nada de escola, o primeiro dia oficial de corrida, bem lá no início, o funesto e chuvoso 1934, quando eu costumava manter um histórico de mim mesmo – comecei muito antes de Scotty e eu mantermos um histórico do beisebol de nossas almas, em tinta vermelha, médias, P. Boldieu, 382 pontos no taco, 986 no campo – o dia em que Mate se tornou o primeiro grande vencedor do Turfe, conquistando um cobiçado e enevoado prêmio de tardes perdidas (a Futuridade Gró) além das colinas da pista de corrida de Mohican Springs "em Massachusetts Ocidental" na "região da Trilha Mohawk" – (foi só anos depois que passei disso para as estupidezes e quididades de H.G. Wells e Mosossauros – nessas partes em parênteses, assim (-), o ar é livre, faça o que quiser, eu posso – por quê? queem? –) das chuvas cinzentas e funestas eu me lembro, a trágica umidade na minha vidraça, a enxurrada de calor que jorrava pela janela da porta perto do armário, meu próprio armário, a melancolia dele, a desgraça dele, os balões pendurados dele, os papéis, as caixas, matadurgália como o armário de William Allen White em Wichita quando ele tinha 14 anos – meu anseio por manteiga de amendoim e biscoitos Ritz no final da tarde, a penumbra em volta do meu quarto naquela hora, estou comendo meus Ritz e engolindo meu leite nos destroços do dia – As perdas, os bilhetes rasgados, os passos mortificados desaparecendo pela rampa, o último débil bruxuleio dos placares na chuva, um papel rasgado rolando lugubremente nas rampas molhadas, meu rosto tristonho e ansioso examinando essa cena de junquilhos sombrios na fraternidade do solo – aquela primeira cinza-manhã de contabilidade quando Mate ganhou o Prêmio e da boca-papo do Victrola o elétrico iogo iugo que pequenos crooners de anos trinta retorciam rápido demais com uma orquestra pá-pum de restaurante chinês voamos para o mais recente sucesso de 1931, ukeleles, ro-bo-bos, ei lá, pá-ah! *hah!* atch a *tcha!* mas geralmente era só "Dou-dou-dou, tadudo-lamp!" – "Caramba como gosto de um quente jiazz" –

Snazzz!)

– mas naquele quarto tudo se convertia em algo escuro, frio, incrível sombrio, meu quarto em dias de chuva e tudo nele era uma saturação do Yoik cinza do Desolado Paraíso quando os cantos da boca arco-íris de Deus pendem disfurdados numa arruda florida –

sem cor... o cheiro do pensamento e do silêncio, "Não fique nesse quarto abafado o tempo todo", minha mãe me disse quando Mike apareceu para o nosso compromisso de Buck Jones em Dracut Fields e em vez disso eu estava ocupado tocando a Futuridade Moicana e escavando os registros anteriores da minha antiguidade em busca de contexto para a pequena matéria de jornal anunciando a corrida... impressa à mão em lúgubres folhas verde-acinzentadas do Tempo.

OITAVA CORRIDA: Valendo $1.500, para 4 anos ou mais. 1.200 metros

Poste: 5:43 TEMPO: 1:12 4-5
        CAW CAW (Lewis) $18,60 7,40 3,80
        FLYING HOME (Stout) 2,40 2,30
        SUNDOWN LAD (Renick) 11,10

TAMBÉM CORRERAM: Flying Doodad, Saint Nazaire, a--Rink, Mynah, a-Remonade Girl, Gray Law, Rownomore, Going Home. Eliminados: Happy Jack, Truckee. registrado por Jack Lewis.

– ou meus jornais tinham manchetes:

REPULSION CHEGA PARA O GRANDE 'CAP' LEWIS PREVÊ TERCEIRA VITÓRIA CONSECUTIVA PARA O REI

4 DE ABRIL DE 1936 – O poderoso Repulsion chegou hoje de van de seu local de descanso em Lewis Farms; acompanhavam-no Jack Lewis, proprietário e jóquei, o treinador Ben Smith e seus leais assistentes e taças de Derby.	**DICAS DE LEWIS** HOJE S Springs, 3º CARMAK

Céus brilhantes e uma pista rápida precederam a chegada desses tremendos luminares ao cenário de um grande fim de semana de corridas com mil dólares jorrando dos bolsos individuais de loucas apostas do jockey club, ao passo que fãs de turfe menos sofisticados (como eu e Papai do Arkansas) nos apoiamos na grade, empoleirados, compenetrados, olhos de lince, magros, oriundos do Kentucky, irmão de sangue em função dos equinos e pai e filho numa trágica família sulista que ficou na miséria somente com dois cavalos com os quais às vezes eu de fato armava corridas colocando renomados campeões em treinos com bolinhas luminares menos luminosas, e indicava o vencedor no meu espaço de dicas para tal honra e também para os pequenos cavaleiros pai-e-filho que precisam do dinheiro e seguiram o meu (de Lewis) conselho – eu era Jack Lewis e era dono do maior cavalo, Repulsion, sólido rolador com meia polegada de espessura, ele avançava para fora do tabuleiro de Parchesi pelo linóleo tão macio e silencioso mas tão pesado quanto uma retumbante bola de aço toda trabalhada na lisura, às vezes chutava as pobres bolinhas de alumínio pra fora de vista e pra fora da pista na protuberância do fundo da rampa – às vezes chutava outras rumo à vitória também – mas em geral rolava suavemente pra fora da prancha e triturava qualquer vidrinho ou poeira no chão (enquanto bolinhas menores balançavam no infinitesimal microcosmo liliputiano do linóleo e Mundo) – e zunia velozmente toda prateada brilhante pela pista de corrida na direção de sua designada reta final na madeira rochenta onde simplesmente assumia um novo poder estrondoso e profundo rumor de assoalho e se enganchava na linha de chegada com impulso cinético – uma tremenda arremetida de touro na reta, feito Whirl-away ou Man O War ou Citation – outros gudes não eram capazes de competir com aquele poder monumental, vinham todos na rabeira, Repulsion foi o rei absoluto do Turfe até que o perdi ao lançá-lo pra fora do meu pátio para o pátio da Phebe Avenue a um quarteirão de distância – um fabuloso homerun como falei, virou meu mundo de ponta-cabeça como a Bombatômica – Jack Lewis, eu, era o dono daquele grande Repulsion, também montava pessoalmente o bicho, e o treinei, e o encontrei, e o reverenciava, mas também organizava o Turfe, era o Comissário, Handicapper da Pista, Presidente da Associação de Corridas, secretário do Tesouro – nada faltou a Jack Lewis enquanto ele viveu – seus jornais prosperavam – ele escrevia editoriais contra o Sombra, não tinha medo de Ladrões Negros – O Turfe era tão complicado que não acabava nunca. E numa treva de êxtase. – Lá estou eu, segurando minha cabeça, os fãs na arquibancada vão à loucura. Don Pablo a 18-1 estragava os planos, ninguém esperava que ele sequer chegasse à parede com sua andadura tosca e suas grandíssimas lascas, teria sido um 28-1 se não fosse por sua velha reputação de veterano alquebrado antes de se lascar – *"Ele foi lá e conseguiu!"*, digo a mim mesmo com espanto – bum!

CENA 19 Estou diante do Victrola colocando um novo disco, velozmente, é *The Parade of the Wooden Soldiers*, todo mundo está saindo da pista de corrida –

CENA 20 Você me vê marchando pra lá e pra cá onde estou, movendo-me devagar pelo quarto, as corridas terminaram, estou marchando pra fora da arquibancada mas também balançando a cabeça de um lado para o outro, intrigado, como um apostador descontente, rasgando meus bilhetes, uma grosseira pantomima infantil daquilo que às vezes eu via o meu pai fazer depois das corridas em Narragansett ou Suffolk Downs ou Rockingham – Na minha pequena escrivaninha verde os papéis estão todos espalhados, meu lápis, minha mesa editorial da administração do Turfe. Na parte de trás dessa escrivaninha ainda havia marcas de giz que Gerard tinha feito quando estava vivo na escrivaninha verde – essa escrivaninha chocalhava em meus sonhos por causa do fantasma de Gerard nela – (sonho com ela agora nas noites chuvosas quase transformado em vegetal pela janela aberta, lividamente verde, como um tomate, enquanto a chuva cai no vazio da quadra-oca lá fora tudo úmido, escuro e pingante... odiosas paredes da Caverna da Eternidade subitamente aparecendo num sonho marrom e quando você desacelera a cortina, pesca a mortalha, molda sua boca de baba e buba nesse imenso tanque respilhante chamado Chuvoso –, você consegue ver o vazio agora). Empurrada contra o canto pelo Victrola, minha pequena mesa de bilhar – era uma mesa de bilhar dobrável, com verde veludo, buraquinhos e caçapas de couro e pequenos tacos com pontas de couro nas quais você podia passar giz com o giz azul da mesa de bilhar do meu pai na pista de boliche – Era uma mesa muito importante porque eu brincava de Sombra nela – O Sombra foi o nome que dei a um sujeito alto e magro com nariz-de-falcão chamado St Louis que vinha ao Pawtucketville Social Club e às vezes jogava bilhar com o proprietário, meu pai... o maior embusteiro de bilhar jamais visto, imenso, enormes mãos com dedos cujo comprimento aparentemente alcançava 25 centímetros estendidos em garra no veludo para formar seu apoio de taco, seu dedo mindinho sozinho brotava e disparava de sua mão-montanha a uma distância de 15 centímetros daria pra dizer, limpo, esmerado, ele metia o taco por um orifício pequenino entre o polegar e o indicador, e deslizava todo amadeirado brilhante pra se conectar com a bola branca no beijo-do-taco – ele mandava tacadas sem tirar nem botar, fuap, a bola cacarejava na cesta de couro feito um bicho morto – Tão alto, amortalhado, ele se curvava longo e longínquo e esguio para suas tacadas, momentaneamente recompensando seu público com uma visão de sua enorme cabeça-gravidade e grande nobre misterioso nariz de falcão e olhos inescrutáveis que-nunca-diziam – O Sombra – Nós o víamos chegando no clube da rua –

CENA 21 E de fato isso é o que vemos agora, O Sombra St Louis está chegando ao Social Club para jogar bilhar, usando chapéu e casaco comprido, de certa forma sombrio enquanto avança junto à longa parede de compensado pintada de cinza, leve, mas chegando a uma pista de boliche comum com quatro pistas que vemos à esquerda do Sombra e apenas duas pistas ocupadas e dois arrumadores de pinos trabalhando (Gene Plouffe e Scotty Boldieu, Scotty não era assíduo que nem Gene mas como ele era o arremessador do nosso time meu pai o deixava ganhar uns centavos extras ajudando nas pistas) – A espelunca não passa de um porão de teto baixo, dá pra ver os tubos do encanamento –, Estamos observando a entrada e subida do Sombra junto às paredes de compensado de nossos assentos na frente das pistas, Coca Colas, quadros de pontuação ao nosso lado, na estante, e as bolas duckpin na estante e as duckpins dispostas ao nível da pista e brilhantes com uma faixa vermelha em sua madeiradouro – sexta-feira chuvosa 6h30 fim de tarde nas pistas do P.S.C., nós vemos que a fumaça amortalha até mesmo o amortalhado Sombra enquanto ele ascende, ouvimos murmúrios e burburinhos e rugidos ecoantes do salão, estalidos de bilhar, risadas, conversa...

CENA 22 Meu pai está no pequeno escritório-gaiola nos fundos, perto da porta da rua Gershom, fumando um charuto atrás do balcão de vidro, aquilo sobe dele numa nuvem, ele franze a testa com raiva para uma folha em sua mão. "Jesus Cristo mas de onde veio *essa* coisa? –" (olhando para outra) – "isso aqui é um? –" e ele afunda numa carrancuda meditação consigo mesmo por causa dessas duas folhinhas, os outros camaradas no escritório estão conversando... eis Joe Plouffe, Vauriselle e Sonny Alberge – todo mundo pulando – Nós estamos apenas olhando pela porta, não dá pra ver o escritório todo, na verdade estamos olhando o escritório numa altura de mais ou menos um metro e oitenta na porta, a trinta centímetros dela num degrau de pedra ao nível do piso do escritório, estamos praticamente na altura do nariz do Sombra enquanto espiamos com O Sombra cujo semblante de falcão se inclina de nós num Imenso. Meu pai nem olha pra cima, exceto brevemente, frio, pra ver quem é, então um mero relance do olho significando saudação – na verdade saudação nenhuma, ele apenas olha pra cima e pra baixo de novo com aquela expressão perplexa e perscrutadora que meu pai sempre teve, como se alguma coisa o estivesse lendo e comendo por dentro e ele todo enrolado e calado naquilo. O St Louis, então, o rosto dele não se mexe nadinha, somente se dirige aos três – *"Ça vas?* (tudo certo?)" – *"Tiens, St Louis! Ta pas faite ton 350 l'autre soir – ta mal au cul* (tu não fez teus 350 naquela noite, vai tomar no teu rabo)." Isso foi dito por Vaurisselle, um sujeito alto e desagradável do qual meu pai não gostava – resposta nenhuma de St Louis, que apresenta apenas um imutável sorriso de falcão. Agora Sonny Alberge, alto e atlético e bonito, virou interbases do Boston Braves dali a poucos anos, com um grande sorriso de dentes limpos, um verdadeiro garoto caipira em seu auge no lar, seu pai era um triste homenzinho mirrado que o adorava, Sonny respondia ao pai como um túmulo de herói de Ozark e carinhoso como Billy- -the-Kid mas com a severa gravidade franco-canadense que sabe o que virá para todos no Céu com o decorrer do Tempo – sempre foi assim no fundo da minha alma, as estrelas derramam lágrimas pelos lados do Céu – Sonny diz para Louis – *"Une game?"*, o sorriso seco de St Louis, embora imóvel, ganha significado, e ele abre seus lábios azuis de falcão para dizer com súbita e surpreendente voz jovem *"Oui"* – e eles se olham no desafio e se encaminham pro boliche – Vauriselle e Joe Plouffe (sempre um ouvinte breve, irônico e consistente, e chefão entre os heróis de Pawtucketville) seguem – meu pai fica sozinho no escritório com seus papéis, olha pra cima, confere a hora, bate o charuto na boca e sai atrás dos rapazes num afazer só dele, procurando chaves, perplexo, enquanto alguém grita com ele na visão seguinte.

CENA 23 (enquanto ele desce do escritório com aspecto de gordo e atarefado proprietário e olhadela na corrente da chave no bolso), das auras de fumaça e resplendor de mesa de bilhar brilham um homem escuro e sombreado com um taco no fundo nojento de latas e madeira exclama "Ei, Emil, *il mouille dans ton pissoir* (tá chovendo no teu banheiro) – *a tu que chose comme un* *plat pour mettre entours?* (tem alguma coisa tipo uma panela pra botar embaixo?)" Há outro embusteiro de bilhar no fundo verde-escuro da noite azul de chuva no clube dourado com seu piso de pedra úmida e brilhantes bolas de boliche pretas – Na fumaça – gritos (enquanto meu pai Emil fica resmungando e fazendo que sim com a cabeça) (e St Louis, Joe, Sonny, Vauriselle atravessam a cena em fila, como índios, o Sombra está tirando seu casaco) – *"Pauvre Emil commence a avoir des trou dans son pissoir, cosse wui va arrivez asteur, whew! – foura quon use le livre pour bouchez les trous* (O coitado do Emil tá começando a ter buracos em seu mijadeiro, o que é que vai acontecer agora, puxa!, vamos ter que usar o livro para tapar os buracos!!!)" *Hey la tu deja vu slivre la* – (Ei, alguma vez tu já viu esse livro?)", um embusteiro de bilhar na luz, o jovem Leo Martin dizendo a LeNoire que morava na frente do clube do outro lado da rua, na Gershom, adjacente à loja do Blezan, numa casa que sempre me pareceu assombrada por tristes vasos floridos de linólea eternidade num vácuo ensolarado também escurecido por uma treva interna quase idiota que os lares franco-canadenses parecem ter (como se uma criança com água na cabeça estivesse escondida no armário em algum lugar) – LeNoire um malandrinho, eu conhecia seu irmão mais novo e trocava bolinhas de gude com ele, eles tinham parentesco com certo vago parente do passado sobre o qual me falaram – senhoras com grandes chinós de cabelo branco costurando nas salas de Lowell, uau – LeNoire: (estamos observando no fim da parede de compensado, mas quase na pista Número Um nessa espraiada e esfumaçada cena de conversa) *"Quoi? – Non. Jaime ra ça, squi est?* (o quê, não, eu gostaria disso, onde tá?)" LeNoire diz isso agachado sobre sua bola branca – Ele também era um ótimo jogador de boliche, St Louis tinha dificuldade para vencê-lo no boliche – vagamente avistamos cadeiras dobráveis marrons ao longo da parede da Gershom, com secretos espectadores escuros mas muitíssimo próximos da mesa e ouvindo cada palavra – um salão de bilhar felá, se é que já existiu um – A porta se abre depressa e da chuva entro eu, silencioso, ágil, deslizando como O Sombra – esgueirando-me até o canto da cena para observar, sem tirar o casaco nem me mexer, já estou preso no pasmo da cena.

CENA 24 "*Tiens, Ti Jean, donne ce plat la a Shammy*", meu pai me diz, voltando-se da porta aberta do depósito com uma panela branca de estanho. "Aqui, Ti Jean, dá essa panela pro Shammy." Meu pai está parado com peculiares pernas arqueadas franco-canadenses ainda meio agachado com a panela estendida, esperando que eu a pegue, ansioso por isso, quase dizendo com seu grande rosto espantado e carrancudo "Bem meu filhinho o que é que estamos fazendo no peniguilar, nesta estranha morada, nesta casa da vida sem telhado pendente numa noite de sexta com panela na minha mão na penumbra e você com suas capas de chuva –" "*Il commence a tombez de la neige*", alguém grita no fundo, vindo da porta ("Neve tá começando a cair") – meu pai e eu ficamos naquele instante imóvel comunicando telepática paralisia-de-pensamento, suspensos juntos no vazio, compreendendo algo que sempre já aconteceu, especulando onde é que estávamos agora, devaneios conjuntos num mudo atordoamento no porão dos homens e da fumaça... tão profundo quanto o Inferno... tão vermelho quanto o Inferno. – Eu pego a panela; atrás dele, a desordem e a tragédia dos velhos porões e depósito com sua úmida mensagem de desespero – esfregões, dolorosos esfregões, retinintes baldes tingidos por lágrimas, prafos extravagantes pra sugar espuma de sabão de vidros, latas gotejantes de jardim – ancinhos apoiados em rocha carnuda – e pilhas de papel e equipamentos oficiais do Clube – Agora me ocorre que meu pai passou a maior parte do tempo quando eu tinha 13 anos, no inverno de 1936, pensando exclusivamente numa centena de detalhes que precisavam ser resolvidos no Clube sem falar na casa e no estabelecimento de negócios – a energia dos nossos pais, eles nos criaram para sentar em pregos – Enquanto eu me dedicava o tempo todo ao meu pequeno diário, meu Turfe, meus jogos de hóquei, trágicos jogos de futebol de domingo à tarde na mesinha de bilhar de brinquedo marcada com giz branco... pai e filho em brinquedos separados, os brinquedos ficam menos amigáveis quando a gente cresce – meus jogos de futebol me ocupavam com a mesma seriedade dos anjos – tínhamos pouco tempo para conversar um com o outro. No outono de 1934 fizemos uma soturna viagem ao sul na chuva até Rhode Island para ver Time Supply vencer o Narragansett Special – com o Velho Daslin nós estávamos... uma viagem soturna, por cidades excitantes de grandes neons, Providence, a névoa nas turvas paredes dos grandes hotéis, nada de Turkeys na neblina crua, nenhum Roger Williams, só um trilho de bonde cintilando na chuva cinzenta – Seguimos rodando, solenemente augurando sobre gráficos de desempenho precedentes, passando por desertas sorveterias Dutchland Farms em forma de concha em meio à molhaceira chuvosa de Nov. – blup, era o tempo na estrada, reluzente estrada de asfalto preto dos anos trinta, cobrindo enevoadas árvores e distâncias, de repente uma encruzilhada, ou só uma estrada lateral, uma casa, ou celeiro, um panorama lacrimosas névoas cinzentas sobre certo milharal dividido com distâncias de Rhode Island nos pantanosos caminhos e o aroma secreto de ostras do mar – mas algo escuro e traiçoeiro. – *Eu já tinha visto antes...* Ah cansada carne, sobrecarregada de uma luz... aquela pousada cinza-escura em Narragansett Road... essa é a visão no meu cérebro enquanto pego a panela do meu pai e a levo para Shammy, saindo do caminho para que LeNoire e Leo Martin avancem até o escritório pra ver o livro que meu pai tinha (um livro de saúde com costas sifilíticas) –

CENA 25 Alguém rasgou o pano da mesa de bilhar naquela noite, rasgou com um taco, corri de volta e peguei minha mãe e ela deitou em cima meio que no chão como um grande embusteiro prestes a dar uma tacada sob uma centena de olhos só que ela tem um fio na boca e está costurando com o mesmo rosto de grave doçura que você viu pela primeira vez na janela por cima do meu ombro naquela chuva de um entardecer de Lowell.

Deus abençoe as crianças deste quadro, deste filmelivro.

Estou avançando rumo à Meia-luz.

LIVRO III

MAIS FANTASMAS

1

ELE VEIO A MIM DA ETERNIDADE – é uma tarde de domingo em Lowell, absolutamente não fotografável é que eu estou sentado no meu quarto com boas roupas domingueiras, recém-chegado de um passeio de carro para Nashua, sem fazer nada, meio começando a presidir de forma embotada e distraída talvez meu estrondaçante jogalhão de hóquei que consiste num monte de bolinhas de gude brigando por uma bolinha-disco que deve ser chutada para o gol assim matando dois pássaros c.u.p.s. tornando-se também a Cerimônia oficial entre as temporadas de lascantes corridas de cavalo, *destinantes* corridas de cavalo, as coisas precisam mudar numa imagem orgânica do mundo, meu Turfe era bem assim, os cavalos tinham de passar por processos de apogeu e decadência como cavalos de verdade – mas em vez de realmente me incomodar (fosse também um jogo de basquete ou futebol, o futebol era um bruto rebento Profissional de ferro na linha, parei porque muitos dos meus cavalos de corrida estavam morrendo rachados no meio nessa carnificina) – cansado de jogos, simplesmente ali sentado sobre a minha mesa de bilhar, vermelha tarde dominical em Lowell, na Boot Mills a grande luz silenciosa amortalhava os tijolos vermelhos num labirinto de cerração tristonha, algo mudo mas prestes a falar espreitava na visão dessas silentes fábricas brilhantes vistas em estúpidos domingos de sufocada limpeza e odores de flor... com apenas um traço da terra vermelha rastejando grão por grão pra fora do verde e voltando à vida real para esmagar a sufocada vida dominical, voltar à terra para o problema, consigo *noite* posteriormente... algo secretamente selvagem e pernicioso nos clarões da alma infantil, o masturbatório e crescente triunfo do conhecimento da realidade... nesta noite Doutor Sax vai andar à espreita – mas ainda é a hora em que o domingo segue vivo, cinco da tarde em outubro, mas a hora em que o silêncio vermelho na cidade inteira (acima do rugido do rio branco) criará uma risada azul nesta noite... um longa rizzada sepulcral e azul – Eis ali uma grande parede vermelha de mistério – eu fico vidrado contemplando uma partícula de poeira numa bolinha de gude num canto, minha mente está vazia, de repente me lembro de quando eu era um garotinho de cinco anos na Hildreth e costumava fazer o Grande Pássaro perseguir o Pequeno Homem, o Pequeno Homem está correndo com dois dedos, o Grande Pássaro que saiu da eternidade mergulha do céu com seu dedo-bico e vai baixando pra colher o homem... meus olhos se arrondalam no silêncio desse velho pensamento-momento não fotografável – *"Mende moi donc cosse qui arrive* (o que será que está acontecendo)*"*, estou dizendo a mim mesmo – Meu pai, tendo labutado escada acima, parou na porta bufando, rosto vermelho, chapéu de palha, olhos azuis, *"Ta tu aimez ta ride mon Ti Loup?* (Tu gostou do teu passeio meu Lobinho?)*"*

"Oui Pai –"

Ele está indo para seu quarto trágico atrás de alguma coisa – já sonhei com aquele quarto cinza – *"dans chambre a Papa"* (no quarto do Papai).

"Change ton butain", ele diz, *"on va allez manger sur Chin Lee.* (Troca de roupa, nós vamos comer no Chin Lee.)*"*

"Chin Lee?!! Uau!"

Era o lugar ideal nos tristes domingos vermelhos... Fomos de carro, com Mãe e Nin, no velho Plymouth 34, atravessando a Moody Street Bridge, atravessando as rochas da eternidade, e descendo a Merrimac Street, nas periculosas solidões do Sabá, passando a igreja St Jean Baptiste, que nas tardes de domingo parece aumentar de tamanho, passando pela Prefeitura, rumo à Kearney Square, transeuntes de domingo, resquícios das gangues de garotinhas que frequentavam os cinemas com novas fitas e casacos cor-de-rosa e agora estão curtindo as últimas horas vermelhas do dia-de-cinema no centro das Solidões dos tijolos vermelhos da cidade, junto ao Relógio da Paige exibindo a Hora Desolada –, rumo aos rolinhos serpentiformes e brotos de feijão do interior escuro chinês com rico e comovente compartimento familiar no restaurante, onde eu sempre me sentia tão contrito e humilde... os simpáticos e sorridentes chineses realmente nos serviam aquela comida de um cheiro tão saboroso que pairava no corredor de tapetes de linóleo no andar de baixo.

2

O PRÓPRIO ESQUELETAL DO COMEÇO DA HISTÓRIA – Os Paquin moravam na Sarah numa Casa Marrom Dourada, uma habitação de 2 andares mas com varandas vastaças (piazzas, galerias) e belinhos beirais de gengibre e *Telas* nas varandas criando um escuro Interior... para longas tardes livres de moscas bebendo Orange Crush... Os irmãos Paquin eram Beef e Robert, o grande Beef da bunda bamboleando pela rua, Robert era um gigante fervoroso e sardento, bem-intencionado com todos, nada de errado com Beef, sardento também, boa índole, minha mãe diz que estava sentada na varanda certa noite e o Beef apareceu com a lua pra conversar com ela, contou seus mais profundos segredos sobre como queria simplesmente sair e desfrutar da natureza no que lhe dizia respeito – ou algo assim – ela minha mãe ficava ali sentada presidindo loucas conversações, Jean Fourchette o idiota chegou pisando pesado com seus fogos de artifício e riu risadinhas nas ruas do fim da tarde ensolarada do Quatro de Julho em Lowell 1936 e fez dancinhas de macaco gingo para as senhoras cujos filhos provavelmente naquela altura estavam todos no centro da cidade se dispersando entre multidões dos Festejos e Fogos do Quatro de Julho no South Common, grandes noites – vou te contar – Jean Fourchette viu minha mãe sentada na varanda num embaraço noturno e perguntou se ela estava sozinha será que ela gostaria de se divertir com uns fogos de artifício, ela

falou ok, e o louco do Jean sacou tudo-que-tinha-no-
-bolso-plá-plou, espalhado, zum; cruz – ele entreteve
as senhoras da Sarah Avenue menos de vinte minutos
antes que bombasse a abertura lá no Common por sobre os suaves telhados de julho em Lowell direto dos
brancos imóveis cremados da varanda de Mt Vernom
até a louca bobalhona Bloozong Street do outro lado
do rio perto das tinturarias, dos curtidores, da tua
Lu-la, Lowell – dos teus longos urras, rugido gemido
gemido regido – regido metido medo retido – na perna pendurada do pijama, din, com os brancos obas
flangeando à direita, viraram à esquerda num amplo
giro, ganharam do tempo com cada tiro, respiro, nada
viram nos olhos do céu além de sinos-de-prateadas-
-estrelas, de todos os tipos, a salvo mas ele nem se deu
conta, ele tentou de todos os meios explicar ao estranho festival de figuras reunidas em volta de sua calça-
deira, "Olhaqui senhoras e senhores" –, enquanto eu
e G.J. e Vinny e Scotty tumultuamos no Festejo – (minha mãe está sorrindo para Jean Fourchette) (Bum!)
os fogos de artifício estão começando, o escalador de
putas junto ao córrego está mostrando como correm
os cavalos no hullah selvagem, eles tinham – Havia
corridas disputadas por cavalos achatados de madeira
saltando em frente num lance de dados – eles giravam
os dados tão rápido (em gaiolas) que dava pra ver cavalos saltando à frente na vitória – uma corrida louca,
selvagem, inanimada, como se você imaginasse anjos
correndo... quando eles sentem – X era a marca onde
as luzetes piscavam, na névoa noturna um palhaço de
cartola comandava o placar – Mais adiante cheirá-
vamos merda na grama, víamos câmeras, comíamos
pipoca, soprávamos para o céu os balões de barbante
– A noite chegou amortalhando azulmente abanan-

do os braços no hiarzan – Musgo pendente (como o musgo no Castelo pendendo enquanto você ouve um garoto assobiar para seu balão) (na grama os garotos menores estão lutando num Diminuto Espaço Opaco que mal se pode ver – grandes almas de pequenas bolotas – Buzinas brigantes por todos os lados dos tubos vaporosos, amendoins furtefutes à venda, descolados furtivos do tempo, poeiras de suave camurça sob os pés) – Beef Paquin, agora, anos depois, eu vejo encolhido num casaco de futebol com capuz, voltando das fábricas para casa em meados de dezembro, curvando-se ao vento na esquina do Blezan, avançando na direção de casa para o jantar de hambúrguer do clima superior, a dourada e opulenta consistência da cozinha de sua mãe – Beef está entrando na Eternidade em seu fim sem mim – meu fim está tão longe do dele quanto a eternidade – A Eternidade ouve vozes ocas numa rocha. A Eternidade ouve vozes comuns na sala de visitas. Sobre um osso a formiga vai descendo.

3

A CENA SE PASSA NO CASTELO, num dos quartos mais suntuosos de frente para as florestas de Billerica, enquanto as nuvens-lebre-de-março correm para o preto –, falando bem nesse momento ("É claro que isso não indica que alguma coisa virá dessas tentativas") estava (é noitinha) o Conde Condu, impecavelmente vestido, recém-saído do caixão da véspera, a caixa-perdição de cetim com seus metamorfoseados escraveninhos spenglerianos na tampa. O destinatário de seu discurso é o espirituoso e jovial embaixador do Cardeal Negro, nosso bom amigo Amadeus Baroque – sentado com as pernas por baixo, em elegante *longue*, bebericando bebida, lábios ridentes e todo ouvidos.

"Sim meu caro Conde, mas você sabe não é mesmo quão abSURDO será que *qualquer* uma dessas coisas" – (seu salivante júbilo) – "tenha qualquer efeito sobre alguém, Dheus! – será preciso –"

"Segundo, eu lhe mostro –"

"– *positivamente* –"

"– hereges na igreja é o que eles são – mestres de cães do chifre de Francis, enlutados por fantasmas, golúpalos em suas mortalhas, acham que podem fazer todo mundo balançar – é isso que está aí, esses pombistas atraiçoam a decadência – qualquer organização fica decadente..."

"Mas meu caro, tão barroco – eu *não* gostaria de usar meu nome – tão jovial –"

"É com ele, afinal, que você mede tudo. Eu queria força na festa, sangue – nada de Zouns e bundas em suas folificações, fazendo almofadas de pera na sombra – bem, cagar por aí eles conseguem – não vejo nenhuma razão, se o Feiticeiro de Nittlingen estiver disposto – a *permitir* digamos assim, dou meu apoio, não tenho preferência no assunto –" Ele se virou, sacou seu chaveiro... a chave de seu caixão, ouro.

"Os pombistas são, afinal de contas, meros amantes de – não são diferentes dos Brownings de outras Romas, gemidores de outras tagarelices – quero *dizer*..."

Conde Condu estava parado na janela de pedra contemplando severamente a noite; nos elegantes aposentos de Baroque era possível relaxar, de modo que ele usava sua malaganta – encapuzada, sua cabeça olhava por cima dos ombros como que alada – Uma batida na porta, Sabatini introduziu o jovem Boaz, o filho do Zelador do Castelo que era um velho e misterioso pateta – O jovem Boaz, com seus longos pés escuros e olhar malicioso, estranha e satanicamente bonito feito uma cabeça de argila esticada, sofisticado filho de um eremita, "Ah –! – Baroque está aqui."

"Devo dizer, queridinho, que é o meu quarto."

"*Seu* quarto! Achei que era do Conde Condu. Bem, posso fechar a porta –?"

"Não, voe para uma noite", resmungou o Conde em sua taça.

"As mais loucas notícias", disse Boaz.

"E agora –?" empertigou-se Baroque com expectativa (ele usava seu brocado pijama-túnica de seda branca à la cossaco com um grande coágulo sanguíneo em fio vermelho sobre o coração, fumava com elegante piteira, "perfumada é claro", brilhante sagacidade nas Galerias da Arca da Estante onde estivera por um tempo antes de descer (não cursar aulas numa escola de táxi) para preservar as posteriores migamias pelos bens de sua mãe e bancar o herói, e fazer as vezes de Velhote Provedor ao mesmo tempo, então aqui estava ele) (o irmão do Feiticeiro, o manso e mal-humorado rainha-velha Flapsnaw, nós nunca o víamos em canto algum).

"E agora", informou Boaz, "eles denunciaram oficialmente os pombistas como hereges clandestinos do Movimento Livre –"

"Movimento *livre*", bufou Condu – "alguma espécie de disenteria? Seria uma piada e tanto se a Cobra vomitasse como um grande peido molhado aguando e salpicando a terra com um pedaço de seu próprio já vai tarde –"

Na janela, de repente, despercebido por todos, Doutor Sax aparece, escuro, mesclado com a sacada, amortalhado, calado, enquanto eles conversam.

"Que ideia", riu B. "Que as pombas sejam aparentadas das cobras, meu querido!"

"Isso é deduzido das proximidades entre pombas e cobras."

"Deduzir sem provas é menos do que deduzir sem provas e sem motivo – essas pessoas dão mostras de ignorância sem charme."

"Bem, buu pra você também", disse Boaz, curvando-se e batendo suas luvas brancas. "Talvez te joguem na chuva uma hora dessas num plap, então onde estará o seu verdete? lá no jardim, debaixo de uma cebola."

"Cebolas mostram pedras" – Baroque contribuiu.

"Seria melhor se os iteradores sofisticados repensassem sua bigorna numa sagacidade"

"Touché".

O Doutor Sax desapareceu – lá fora no pátio se podia escutar, um fraco, triunfante, distante ha ha ha ha ha de íntima e secreta segurança no preto – em volta do banho de pássaros sua mortalha se esguelhou num desvanecimento – a lua coaxou – Blook vagou pelo Jardim dos fundos com uma guirlanda de galhos de manteiga de amendoim no cabelo, ali colocado por Semibu, o anão desconfiado, era para apartar a Cebola. Blook tinha orror de cebola – No campanário do castelo, triunfante, soslaiava o Morcego do pânico – uma Aranha pendurada na parede de frente para o rio com seu fio prateado de luar todo empoeirado, um leão imponente descia os degraus nos porões onde o ficava zoológico, um caminhão de Gnomos vinha bambando pelo arame – (em túneis subterrâneos).

Condu, olhando pela janela, meditava.

Baroque lia o livreto de poemas pombistas em sua cama.

Boaz, rigidamente sentado à mesa, escrevia sua elegia aos mortos sob a lamparina.

"No Dia", leu Baroque, "nuvens de Seminais Pombas Cinzentas emanarão da Boca da Cobra e ela desabará num Campo Profético, eles vão se rejubilar e exclamar no Ar Dourado, 'Era meramente uma casca de pombas!'"

"*Ela* vai descascá-las", espofou Condu, gargarelando em suas mãos de riso barbado –, "casfa – o quê?"

"Imagino", disse Boaz levantando a cabeça, "que a Cobra vai devorar aquelas que merecerem", mas o disse de um jeito que Condu não conseguiu deduzir se era uma corriqueira declaração amigável ou não –

"Simplesmente – *divino*!", concluiu Baroque, fechando o livro. "É *tão* revigorante – precisamos de *qualquer* tipo de reavivamento, meu querido, pois você sabe que há nele grandes elementos ioiques de Coney Island Cristã." Ele se inclinou e ligou seu disco favorito... Edith Piaf morrendo.

Conde Condu se foi – ele se transformara em sua forma de morcego, enquanto ninguém olhava, e rumo à lua Voou – Ai de mim, Lowell na noite.

4

Havia um beco no centro da cidade entre os suaves tijolos vermelhos do Keith's Theater e da Bridge Street Warehouse, com uma loja de doces de neon vermelho das antigas noites de sábado das páginas de passatempo ainda cheirando a tinta e sorvete de morango todo rosado e espumoso do refrigerante com orvalho por cima, na Dana's – do outro lado da rua no beco – No próprio beco havia cinzas, levando à porta do palco – Algo ali naquele beco era tão fantasticamente riste triste – por ele W.C. Fields caminhara em vida, vindo de um bico de tarde chuvosa no Vod Bill de 6 Atos (com máscaras boquiabertas ha-ha) – girando aquela bengala de Old Bull Balloon, W.C. Fields e os trágicos Irmãos Marx dos primeiros tempos oscilando precariamente das imensas escadas e pateteando em um holocausto medonho de Tristeza do Grande Palco todo vasto com ondulantes adereços cadentes e cortinas de gelatina no meio do dia, 1927 – em 1927 eu vi os Irmãos Marx, Harpo na escada – em 1934 eu vi Harpo na tela, *Os galhofeiros*, num jardim escuro e inacreditavelmente Doutor Sax onde Como-Neo Como-Deus a chuva e o sol simplesmente se misturaram para uma Piada Cósmica de Chico, "Não saia por essa porta, está chovendo – tente esta" – piu-piu pássaros – "viu só?" e Harpo derruba pratarias no escuro, Deus como Joe e eu na galeria escura ficamos paralisados por aquela imagem dos nossos sonhos conjuntos roncando nos sótãos escuros de nossa infância compartilhada... irmãos do espirro frenético no Bosque, aos oito anos, quando, com Beauty o imenso cão pastor dos Fortier e o pequeno Philip Fortier apelidado Snorro, partimos numa caminhada de 30 quilômetros até Pelham New Hampshire para deslizar pra cima e pra baixo no palheiro de certo produtor de leite – havia corujas mortas espetadas no pinheiro, poços de cascalho, maçãs, distâncias dos normandos campos verdes numa névoa do mistério do Espaço Inescrutável da Nova Inglaterra – na marca das árvores no céu no horizonte, julguei que eu estava sendo arrancado do ventre da minha mãe a cada passo para longe do Lar Lowell rumo ao Desconhecido... uma séria perda que nunca se consertou em minha carne despedaçada muda-pendente pela luz...

Mas Joe nunca teve nada a ver com aquele beco da tragédia harpo marx correndo por Variedade graxenta estampa antiga marrom crepitante, com máscaras num brilhante salão de baile no menu –, Noites de 1922 quando nasci, no inacreditável e resplandecente Mundo de Ouro e Rica Escuridão da Lowell do meu pai primevo, ele acompanhava minha mãe Tilly the Toiler de sua coluna semanal de atrações (com quem discutiu em verbosas gírias sobre a qualidade dos filmes) ("Ah puxa vida, na próxima quarta-feira vai dar pra gente ver *O grande desfile*, com Karl Dane, o Herói Morto John Gilbert –") – acompanhava minha mãe até o cinema entre os tropéis de papelão preto de tanto tempo atrás nos anos 1920 dos EUA, o triste laço groque do relógio da Prefeitura iluminando ou contemplando tristemente os penyons de verdadeiro esforço em outro ar, outro tempo – diferentes clamores na rua, diferentes sentimentos, outras poeiras, outras rendas – outras páginas de passatempo, outros postes de luz bêbados – a inconcebível alegria que fermenta em minha alma com a ideia do garotinho na página de passatempo embaixo de sua colcha na meia-noite de Ano Novo quando pela doçura azul de sua janela entram os sinos e as cornetadas e buzinas e estrelas e batidas do Tempo e dos Ruídos, e as cercas azuis da noite acolchoada são orvalhadas na lua, e estranhos telhados italianos de habitações parlamentares em Terrenos situados em velhas páginas de passatempo – o beco de tijolos vermelhos por onde meu pai com grande chapéu de palha caminhava, com anúncios dos vaudevilles de B.F. Keith despontando de seu bolso, fumando um charuto, não um pequeno homem de negócios numa cidade pequena, um homem com chapéu de palha andando apressado por um beco de tijolos vermelhos da Eternidade.

Mais adiante, os trilhos ferroviários atrás do Depósito, alguns trocam trilhos para as fábricas de algodão, o Canal, os Correios à direita do outro lado – terrenos rampados, caixa de engradado encalorando a tarde, o escuro e úmido e farto beco georgiano de tijolos vermelhos feito uma grande rua no autointerior de Chinatown entre escritórios de atacado e gráficas – meu pai gingava seu velho Plymouth gemente do Tempo Cró naquela pequena esquina, metendo a mão na buzina – chegando à retinta escuridão do armazém de sua fábrica, onde num sábado à noite num trágico-sonho obstáculos ou abstáculos estão ocorrendo e meu pai se atarefa com um de seus intermináveis auxiliares em certa imensa incomodação do troço, não há como dizer o que é que eu realmente vejo nesse sonho – para o futuro realmente. Os sonhos são onde os participantes de um drama reconhecem a morte um do outro – não há ilusão de vida nesse Sonho –

Muito muito tempo atrás antes dos minilinóleos da Lupine Road e até da Burnaby Street havia, e haverá, inconcebíveis e opulentas suavidades vermelhas na consistência do ar nas noites de ida-ao-espetáculo. (Um desses insetinhos inomináveis, tão pequenos que você nem sabe o que são, tão minúsculos, passou voando pelo meu rosto.)

Alguma espécie de tragédia marrom se dava, na fábrica –, o canal espectral vai fluindo em sua própria noite, a penumbra marrom das cidades da meia-noite vai pressionando as janelas, lâmpadas opacas como de jogos de pôquer iluminam a solidão do meu pai – assim como em Centralville ele está completamente indisponível na noite da Lakeview Avenue de antigamente – Ó, o silêncio disso – ele tinha um ginásio lá, com boxeadores, fato da vida real – Quando W.C. Fields embarcou no trem do destino, por fuliginosos quilômetros até Cincinnati, meu pai corre pelo beco do B.F. Keith abre a porta, ingressa em empreitadas perdidas vinhadas do Canal de espermacetes e óleo que flui entre as fábricas, embaixo da ponte – O mistério da noite de Lowell se estende até o coração do centro, espreita nas sombras das paredes de tijolos vermelhos – Algo em velhos registros mofados na Prefeitura – um velho, velho livro nos arquivos da biblioteca, com gravuras de índios – uma risada sem nome junto às purezas da névoa ondulada na margem do rio, na calada da noite de março ou abril – e ventos vazios da noite de inverno sob a Moody Bridge, dobrando a esquina da Riverside com a Moody, grãos de areia soprando, lá vem o velho Gene Plouffe no frio sombrio do alvorecer se encaminhando para o trabalho nas fábricas, ele estava dormindo em sua mortalha e noite marrom na velha casa da Gershom, a lua está chutada para um lado, estrelas frias cintilam, lançam brilho no terreno vazio da habitação de Vinny Bergerac onde agora os varais estalam, O Sombra rasteja –, os fantasmas de W.C. Fields e do meu pai emergem juntos do beco de tijolos vermelhos, enchapelados de palha, dirigindo-se às iluminadas paredes negras da noite do gato vesgo, enquanto Sax arreganha os dentes...

LIVRO IV

A Noite em que o Homem da Melancia Morreu

1

E AGORA AQUELE HALO TRÁGICO, meio douradura, meio escondido – a noite em que o homem da melancia morreu – será que digo – (Oh Ya Ya Yoi Yoi) – como ele morreu, e arabescado nas tábuas da ponte, mijando a morte, olhando as ondas mortas, todo mundo já está morto, que horror saber – o pecado da vida, da morte, ele mijou nas calças seu último ato.

Era uma noite negra e venenosa de todo modo, cheia de mortalhas. Minha mãe e eu acompanhamos Blanche até a casa da Tia Clementine. Era uma casa marrom terrível e tenebrosa em que o Tio Mike estava morrendo fazia uns cinco, dez, quinze anos, *pior* – ao lado de uma garagem para carros fúnebres alugados por um dos agentes funerários na esquina da funérea Pawtucket Street e tinha um depósito para – caixões –

Nossa, eu tinha sonhos instáveis e estranhos com aquela garagem-celeiro – eu odiava ir na casa do Mike por esse motivo, era asqueroso o cheiro dos cigarros de marijuana-sheeshkabob cigarros que ele fumava para sua asma, Cu Babs – O troço que deixou Proust tão supervidrado – em sua moldura de grandeza – Correta Referência Marcel – Velho Abissínio da Barba Espessa – Tio Mike bliazastando chá médico legal em suas tardes de trevosa-especial meditação – cismando junto às cortinas marrons da janela, tristeza – Ele era um homem extremamente inteligente, lembrava-se de vastíssimos períodos de história, discorria longamente com sua melancólica e áspera respiração sobre as belezas da poesia de Victor Hugo (Emil seu irmão sempre enaltecia os *romances* de Victor Hugo), o Poeta Mike foi o Duluoz mais triste do mundo – isso é muito triste. Eu o vi chorar incontáveis vezes – *"O mon pauvre Ti Jean si tu sava tout le trouble et toute les larmes epuis les pauvres envoyages de la tête au sein, pour la douleur, la grosse douleur, impossible de cette vie ou ons trouve daumé a la mort – pourquoi pourquoi pourquoi – seulement pour suffrir, comme ton père Emil, comme ta tante Marie –* por nada, meu menino, por nada –, *mon enfant pauvre Ti Jean, sais tu mon âme que tu est destinez d'être un homme de grosses douleurs et talent – ça aidra jamais vivre ni mourir, tu va souffrir comme les autres, plus"* – Dizendo: "Ah meu pobre Ti Jean se você soubesse todos os problemas e todas as lágrimas e todos os envios da cabeça ao peito, pela tristeza, grande tristeza, impossível esta vida onde nos encontramos condenados à morte – por que por que por que – só pra sofrer, como teu pai Emil, como tua tia Marie – por nada – minha criança meu pobre Ti Jean, você sabe meu querido que você está destinado a ser um homem de grande tristeza e talento – nunca vai ajudar a viver ou morrer, você vai sofrer que nem os outros, *mais"* –

"Napoleon était un homme grand. Aussie le General Montcalm a Quebec tambien qu 'l a perdu. Ton ancestre, l'honorable soldat, Baron Louis Alexandre Lebris de Duluoz, un grandpère – a marriez l'Indienne, retourna a Bretagne, le père la, le vieux Baron, a dit, criant a pleine tête, 'Retourne toi a cette femme – soi un homme honnete et d'honneur." Le jeune Baron a retournez au Canada, a la Rivière du Loup, il avais gagnez de la terre alongez sur cette fleu – il a eux ces autres enfants avec sa femme. Cette

femme la etait une Indienne – on ne sais pas rien d'elle ni de son monde – Toutes les autres parents, mon petit, sont cent pourcent Français – ta mère, ta belle tite mère Angy, voyons donc s'petite bonfemme de coeur –, c'etait une L'Abbé tout Français au moin qu'un oncle avec un nom Anglais, Gleason, Pearson, quelque chose comme ça, il y a longtemp – deux cents ans –"

Dizendo: "Napoleão foi um grande homem. Também o General Montcalm em Quebec embora tenha perdido. Teu antepassado, o honrado soldado, Barão Louis Alexandre Lebris de Duluoz, um avô – se casou com a índia, voltou à Bretanha, o pai lá, o velho Barão, disse, gritando a plenos pulmões, 'Volte para aquela mulher – seja um homem honesto e um homem de honra'. O jovem Barão voltou ao Canadá, ao Rivière du Loup (Rio do Lobo), ele ganhara terras ao longo desse rio – ele teve seus outros filhos com sua esposa. Essa mulher era uma índia – não sabemos nada sobre ela ou seu povo – Todos os outros parentes, meu pequeno, são cem por cento franceses – tua mãe, tua linda mãezinha Angy, pobrezinha de tão bom coração – ela era uma L'Abbé, toda francesa exceto por um tio de nome inglês, Gleason, Pearson, algo assim, faz muito tempo – duzentos anos –"

E então: – ele sempre terminava com seus lamentos e lástimas – terríveis agonias do espírito – *"O les pauvres Duluozes meur toutes! – enchainées par le Bon Dieu pour la peine – peut être l'enfer!"* – *"Mike! weyons donc!"*

Dizendo: "Ah, os pobres Duluoz estão todos morrendo! – acorrentados por Deus à dor – talvez ao inferno!" – "Mike! Minha nossa!"

Então falo pra minha mãe *"J'ai peur moi allez sur mon-oncle Mike* (Tenho medo de ir na casa do

Tio Mike...)". Eu não podia contar a ela os meus pesadelos, como um sonho no qual certa noite em nossa velha casa na Beaulieu quando alguém estava morto Tio Mike estava lá e todos os seus parentes Marrons (com Marrons quero dizer todos gri-obcscurecidos na sala como nos sonhos) – Mas ele era horrível, suíno, gordo, com cara de doente, careca e verde. Mas ela adivinhava que eu era um preguiçoso com medo de pesadelos. *"Le monde il meur, le monde il meur* (Se as pessoas morrem, as pessoas *morrem*)", é o que ela dizia – "O Tio Mike está morrendo faz dez anos – a casa inteira e o pátio cheiram a morte –"

"Inda mais com os caixões."

"É, inda mais com os caixões, e você tem que lembrar, querido, que a Tia Clementine sofreu todos esses vários anos tentando segurar as pontas... Com teu tio doente e perdendo a mercearia – lembra os grandes barris de picles na mercearia dele em Nashua – a serragem, a carne – e ainda tendo que trazer Edgar e Blanche e Roland e Viola *pauvre tite bonfemme – Ecoute, Jean, ai pas peur de tes parentes – tun n'ara plus jamais des parents un bon jour.* (... e Viola pobrezinha – Ouça, Jean, não tenha medo dos seus parentes – um belo dia você não terá mais parente nenhum.)"

Então certa noite, da casa da Phebe, acompanhamos Blanche (que posteriormente numa dessas caminhadas insistiu em levar meu cão Beauty porque tem medo do escuro e enquanto o bichinho a escoltava para casa ele saiu correndo e foi atropelado por Roger Carrufel de Pawtucketville que de alguma forma dirigia um minúsculo Austin naquela noite e o para-choque baixo matou o cão, anteriormente na Salem Street na porta do gramado de Joe ele tinha sido atropelado por um carro comum mas rolou com as rodas e nem se machucou – tomei conhecimento de sua morte precisamente no momento da minha vida em que estava deitado na cama descobrindo que a minha pica tinha sensações na ponta – gritaram pra mim pela janela da porta, *"Ton chien est mort!* (Teu cachorro morreu!)" e o trouxeram para casa morrendo – no chão da cozinha nós e Blanche e Carrufel com chapéu na mão observamos Beauty morrer, Beauty morre na noite em que descubro o sexo, e não entendem por que sou louco –) – Então agora Blanche (isso é antes de Beauty nascer, 2 anos antes) quer que eu e Mamãe a escoltemos para casa, então lá vamos nós, uma linda e suave noite de verão em Lowell. As estrelas estão brilhando na profundeza –, milhões. Atravessamos a grande escuridão da Sarah Avenue junto ao parque, com suspiros de vastas árvores acima; e a maligna escuridão da Riverside Street e as mortalhas das estacas de ferro e rumando à Moody e atravessando a ponte. Na escuridão-veranil, muito abaixo, os suaves cavalos brancos da espuma-tordo sobre as pedras vão ondeando num Amoroso Encontro Noturno com Mistério e Névoas que Rebentam nas rochas, num Vazio Anátema Cinza, tudo urro-murro-surro... uma louca visão jônica e assustadora – dobramos na Pawtucket e passamos pelo cinzento conjunto habitacional e pelo Hospital St Joseph's onde a minha irmã teve apendicite e pelas funerárias do escuro Flale lá depois da curva da gosmenta balancenta Salem curvacurvante – vastas mansões aparecem, solenes, assentadas com pompa em gramados, todas com letreiros pendurados – "R.K.G.W.S.T.N. Droux, Diretor Funerário" – com carros fúnebres, janelas rendadas, opulentos e aconchegantes interiores, úmidas garagens funerárias para choferes, arbustos em volta do gramado, as grandes encostas do rio e o canal despencando da grama preta para grandiosa escuridão e luzes da espuma e da noite – ha rio! Minha mãe e Blanche vão discutindo astrologia enquanto caminham sob as estrelas. Às vezes recaem na filosofia – "Não é uma noite perfeitamente linda, Angy? Ah meu *destino*! –", suspirando – Blanche tentara cometer suicídio pulando da Moody Bridge – ela nos contara entre pianos sombrios – tocava piano e falava de seus estados de espírito, era uma visitante elegante em nossa casa que às vezes meu pai considerava insuportável sobretudo porque nos ensinava tão bem – explicando o *Murmúrio da primavera* de Rachmaninoff e o tocando para nós – uma bela loira, bem conservada – o velho Shammy estava de olho nela, ele morava naquela velha casa branca na Riverside do outro lado das estacas de ferro do Textile sob uma imensa árvore de 1776 e nós sempre falávamos sobre Shammy quando passávamos à noite pela casa onde ele morava com sua esposa (Tristes Harmonias da Noite Amorosa de Lowell) –

A Gruta – ela se Apalermava Imensamente à nossa frente, à direita... naquela noite maligna. Ela pertencia ao orfanato na esquina da Pawtucket Street com a School Street na cabeceira da White Bridge – uma grande Gruta é o seu quintal, louco, vasto, religioso, as Doze Estações da Via Sacra, pequenos doze altares individuais montados, você entra na frente, se ajoelha, tudo a não ser incenso no ar (o rio rugindo, mistérios da natureza, vaga-lumes na noite tremeluzindo para os ceráceos olhares de estátuas, eu sabia que Doutor Sax estava lá fluindo nos fundos escuros com sua capa selvagem e presunçosa) – tudo era culminado pela gigantesca pirâmide de degraus sobre a qual a própria Cruz se projetava falicamente com seu

Pobre Fardo o Filho do Homem todo espetado em sua Agonia e Pavor – sem dúvida essa estátua se movia na noite – ... depois que o... último dos adoradores se fosse, pobre cão. Antes de acompanhar Blanche até sua casa e as horríveis penumbras marrons que cercavam seu pai moribundo – nós visitamos essa Gruta, como de hábito, para um pouco de oração. "Desejando, eu teria mais chance", Blanche dizia. "Ah, Angy, se ao menos eu conseguisse encontrar o meu homem ideal."

"Qual é o problema com o Shammy, ele é um homem ideal."

"Mas ele é casado."

"Se você está apaixonada por ele, não é culpa dele – você tem que aceitar o ruim com o pior." Minha mãe tinha um grande amor secreto por Shammy – dizia isso a ele e a todo mundo – Shammy retribuía com grande gentileza e charme – Quando não estava no Clube jogando boliche ou bilhar, ou apagado em sua cama, ou dirigindo seu ônibus, ele participava de grandes festas na nossa casa com Blanche e meu pai e minha mãe e às vezes um estudante do Textile Tommy Lockstock e a minha irmã – Shammy nutria uma verdadeira afeição por Blanche –

"Mas ele não passa de um caminhoneiro", ela dizia. "Não tem nada de realmente *refinado* nele." Ela provavelmente queria dizer que ele era só bobo e calado, Shammy era mesmo, nada o incomodava muito, ele era um homem bonito e tranquilo. Blanche queria Rachmaninoff em suas xícaras de chá.

"Ah, a ironia da vida."

"É", minha mãe ecoava, "a ironia da vida, *oui*" – e entrelaçava os braços dos casacos com Blanche na bruma do fim de noite, e eu, Ti Jean, caminhando ao lado delas às vezes ouvindo mas na maior parte do tempo contemplando as sombras escuras da noite, do parque da Sarah aos Funerais e às Grutas da Pawtucket, procurando pelo Sombra, pelo Doutor Sax, tentando escutar a risada, "mmuii hi hi ha ha", procurando aquele gramado onde G.J. e eu e Dicky Hampshire lutamos, o lugar onde Vinny Bergerac e Lousy jogaram pipoca um no outro etc. E também profundamente envolto naquele sonho da infância que não tem fundo e instantaneamente voa para devaneios impossíveis, deixei a cidade inteira de Manhattan paralisada, estou zanzando com uma supercorrente-zumbidora em mim que expulsa tudo do caminho e também estou invisível e tirando dinheiro das caixas registradoras e avançando a passo largo pela 23rd Street com fogo na minha cabeça e fazendo as elevadas ressoarem com a minha eletricidade, em aço e pedra etc. – Do outro lado da rua, pouco antes de entrarmos na Gruta, fica a loja da qual Tio Mike foi dono por um breve período antes de ficar doente demais e por um tempo Edgar tocou a loja e certa noite de verão eu o escutei dizer aquela nova palavra "atração sexual" e todas as mulheres riram –

Enquanto viramos da calçada rumo à escuridão da Gruta (são mais ou menos onze horas) Blanche está dizendo "Se ele apenas tivesse ganhado algum dinheiro de alguma forma, se tivesse ficado rico como alguns homens ficam com lojas –, em vez da miséria daqueles anos e daquela casa, falando sério Angy eu nasci pra algo muito mais grandioso, você não sente isso na minha música?"

"Blanche, eu sempre disse que você era um grande pianista – ou não? –, uma grande artista, Blanche, eu te entendo, quando você comete um erro no piano eu sempre sei, sempre foi assim – não foi?"

"Você de fato tem um bom ouvido, Ange", admitiu a Princesa.

"Você tá certíssima – pergunte a qualquer um se eu não tenho um bom ouvido, Ti Jean, vou te dizer" (voltando-se para mim), *"a toutes les fois que Blanche fait seulement quainque un ti mistake sur son piano, pis je'll sais tu-suite, ... Hein?"* (Repetindo o que dissera.)

E eu salto atleticamente para pegar um galho alto da árvore em resposta e provar que o meu mundo é mais ação – tão absortos estávamos em nossa conversa, já chegamos na Gruta! – profunda, também – a meio caminho da primeira Estação do Fantasma. A primeira das estações ficava de frente para o lado de uma funerária, então você se ajoelhava ali, à noite, olhando as débeis representações da Virgem, capuz na cabeça, os olhos tristes, a ação, a madeira e os espinhos torturantes da Paixão, e as suas reflexões sobre o assunto se espelham na funerária onde uma luz opaca fixada no teto de uma garagem de chuva para carros fúnebres brilha opacamente na penumbra do cascalho, com os limítrofes gramados e arbustos orvalhados para dar o aspecto bem cuidado, e as cortinas das janelas mostrando, inacreditavelmente, onde mora o próprio agente funerário, em sua Casa da Morte. *"Este é o nosso lar."* Tudo ali era para lembrar a Morte, e nada em louvor da vida – exceto pelo rugir do corcunda Merrimac passando sobre as rochas em formações e braços de espuma, às 11h15 da noite. Entre os arbustos da gruta selvagem e da funerária senária eu sei ali na verde opulência dos dólares e na gruta tristezas de pedras e gesso... cascalho coaxante conduzindo para investigadores persetuários na errada estrada vexada rumo às imensidades flaminárias e flugo acima do pobre adornado e paladinado Palhaço Coroado de tristemaria perdição Neste globo-seja-como-for... o Jesus muitíssimo admirável em sua altura – nisso tudo Doutor Sax eu sabia, eu o via observando de uma mortalha nos arbustos à beira do rio... Eu o via esvoaçando pelas rochas enluaradas do rio-veranil para ver os visitantes na Gruta. Eu o via esvoaçar da Estação com sua capa agora pendurada nas paredes do lar dos órfãos lançando um olhar aguçado sobre os nossos feitos... Eu o via esvoaçando de Estação em Estação, das costas delas, em terrível oração de blasfêmia no escuro com tudo invertido – ele só estava seguindo para me ver, foi mais adiante quando a Cobra estava pronta e Sax me levou para ver, essa foi a última coisa que aconteceu e eu cobri meus olhos com medo daquilo que vi –

Percorremos as estações até o último pé da Cruz, onde minha mãe se ajoelhou, rezou e subiu um degrau no caminho da cruz, para me mostrar como algumas pessoas faziam até lá em cima – até o pé da própria Cruz, tremendas subidas a blasfemas alturas na brisa do rio e visões de longos panoramas de terra – Voltamos de braços dados pelo caminho de cascalho que atravessava a escuridão da gruta até as luzes da rua outra vez, onde nos despedimos de Blanche.

Eu sempre gostava de sair de lá...

E fomos para casa – Havia lua cheia naquela noite.

(Na lua cheia seguinte, no próximo mês de agosto, roubaram meu passe de ônibus enquanto eu o tinha preso atrás de mim nas luzes cintilantes da Kearney Square e um triste valentão dos becos de Lowell se aproximou e o roubou e saiu correndo pela multidão. "A lua cheia", exclamei, "duas vezes seguidas – está me dando – morte, e agora sou roubado, Ah Mamãe, Deus, o que você –, ei", e eu corri na terrível claridade da lua cheia de agosto pra me esconder dela... enquanto eu voava para casa pela Moody Bridge a lua fazia os loucos cavalos brancos espumarem totalmente lindos e próximos e brilhantes de modo que era quase convidativo – pular lá dentro – todos em Pawtucketville tinham a perfeita oportunidade de cometer suicídio voltando para casa todas as noites – é por isso que vivíamos vidas profundas –)

A lua cheia nessa noite era a lua da morte. Nós, eu e minha mãe, dobramos a esquina da Pawtucket com a Moody (diagonal diante do lar dos irmãos jesuítas paroquiais da franco-canadense St Joseph's, meus professores da quinta série, homens sombrios em seu sono negro agora), e pisamos as tábuas da Moody Street Bridge e seguimos sobre o canal que depois de um enorme muro de pedra oferecia o resto do leito d'água cavado em pedra-primorde ao rio que o cavava com suas línguas de beijo amoroso –

Um homem carregando uma melancia passou por nós, ele usava chapéu e terno na quente noite de verão; ele andava tranquilo pelas tábuas da ponte, revigorado, talvez depois de uma longa subida pela pobretona refuguenta Moody com seus bares rantancantes com as portas de vaivém, enxugou a testa, ou vinha por Little Canada ou Cheever ou Aiken, recompensado pela ponte noturna e pelos suspiros de pedra – a grande ponderosa carga das cataratas e fantasmas continuamente estacionários, continuamente anelantes, essa é sua recompensa depois de uma longa caminhada chata e quente até o rio por entre casas – ele vai a passo largo pela ponte – Nós seguimos atrás dele conversando sobre os mistérios da vida (inspirados estávamos pela lua e pelo rio), lembro que eu me sentia tão feliz – algo na alquimia da noite de verão,

Ah Sonho de uma Noite de Verão, Mundo das Nuvens, o tique do taque na rocha do rio que ruge – o velho glor-merrimac figalitando a parca marca toda espalhada – eu estava feliz também com a intensidade de algo que estávamos comentando, algo que estava me deixando alegre.

De repente o homem caiu, ouvimos o grande baque de sua melancia nas pranchas de madeira e o vimos caído – Havia outro com ele, também misterioso, mas sem melancia, que se curvou diante dele depressa e solícito como por assentimento e aceno de cabeça dos céus e quando cheguei junto vi o homem da melancia olhando as ondas abaixo com olhos brilhantes (*"Il's meurt,* ele está morrendo", diz minha mãe) e eu o vejo respirando com dificuldade, corpo débil, o homem que o segura gravemente observando sua morte, estou completamente aterrorizado e ao mesmo tempo sinto a profunda atração e me viro para ver o que ele está olhando naquela intensidade mortal com sua rigidez espumosa – eu olho pra baixo com ele e lá está a lua em brilhantes rochas espumosas, lá está a longa eternidade que estávamos procurando.

"Ele está morto?", perguntei à minha mãe. Como num sonho, ficamos postados atrás do morto, que está sentado perto da grade com seu olhar fixo, segurando a barriga com o pulso, todo colapsado, distante, nos espasmos daquilo que o carrega para longe de nós, algo privado. Outro homem concedeu uma opinião:

"Vou chamar uma ambulância no St Joseph's aqui, talvez ele esteja bem."

Mas minha mãe balançou a cabeça e fez aquela cara de escárnio que você vê no vasto mundo todo, na Califórnia ou na China, *"No, s't'homme la est fini* (não, esse homem aí já era)" – *"Regard – l'eau sur les planches, quand qu'un homme s'meurt ils pis dans son butain, toute part...* (Olha, a água nas tábuas, quando um homem morre ele mija na roupa, sai tudo.)"

Indubitável prova de sua morte eu vi naquela mancha trágica que ao luar era um leite espectralizado, ele não ia ficar bem coisa nenhuma, ele já estava morto, minha mãe não era profeta, era uma coisa certa desde o começo, seu conhecimento secreto sobre a morte tão sinistro quanto o cão felá que uiva nos becos lamacentos de Mazatlán quando a morte deitou sua mortalha sobre o morto no escuro. Eu queria olhar para o morto de novo – mas agora vi que ele estava realmente morto e levado – seus olhos já estavam vidrados nas águas leitosas da noite em seu rugido oco de rocha fria – mas foi *nessa* parte das rochas gigantes abaixo que ele decidiu morrer com seu olhar cravado – nessa parte que ainda vejo em sonhos de Lowell e da Ponte. Estremeci e vi flores brancas e senti frio.

A lua cheia me horrorizou com seu soslaio nublado. *"Regard, la face de skalette dans la lune!"*, minha mãe exclama – "Olha, o rosto dum esqueleto na lua!".

2

Árvores colossais na mata selvagem além da grade da ponte, as florestas do banco rochoso do Merrimac, onde tantas vezes eu vira o velho coração-Sax acelerar seu voo coque-cloque junto aos lados negros, dirigindo-se a uma perfídia de sujeira – em brumas de um março cru – selvagem alegria –

A história do Castelo remonta ao século 18, quando foi construído por um navegante louco chamado Phloggett que veio para Lowell à procura de uma extensão marítima do Merrimac e se decidiu pela bacia de Rosemont e construiu seu velho e assombrado monte de rochas no topo da colina de Centralville onde declinava para seus Pelhams e Dracuts (inúmeras vezes andávamos por lá, Joe e eu, colhendo maçãs verdes do chão junto a muros de pedra e achando para-lamas enferrujados pra mijar em cima no coração de cada floresta) – a velha e arruinada ossatura de uma casa, com torreões, pedra, entradas góticas, um caminho de cascalho que foi colocado por seus ocupantes de 1920 para carros abertos do Velhíssimo Epzebiah Phloggett, ele era um navegante, até onde sabemos era um comerciante de escravos – Navegava de Lynn na frota de melaço e rum – Aposentado, fixou residência em seu castelo de Lowell – não conhecida como Lowell então, e selvagem – nada além dos índios de Pawtucket levantando suas calmas tendas na noitinha com baforadas de fumaça – O velho

Smogette Phloggett ocasionalmente fazia caminhadas com seus lacaios para visitar os índios nas Cataratas – onde o rio deixou sua plataforma de xisto que lhe serviu desde antes de Nashua e agora deságua blonc na rocha desgastada – rocha macia como seda quando você a toca nos verões quentes e secos – Phloggett não tinha muito a fazer com os índios, ocasionalmente ele comprava uma índia jovem e a levava para o Castelo e devolvia numa semana – Havia algo de maligno no fundo de sua velha alma suja... algum segredo serpenteante do qual Sax tomou conhecimento posteriormente – Ele tinha uma longa e velha luneta-telescópio de antiquário que ele espichava nas cinzentas manhãs de março na sacada oeste e apontava para o vasto Merrimac selvagem como seu ancestral lavrou sua trilha original na floresta pelo lugar da Hoje-Lowell – não uma casa – a Nova Inglaterra estava sozinha nas matas do tempo. Onde fica o campo do Dracut Tigers agora, atrás da base final, nos arbustos e tocos de pinheiros, um índio vermelho espreitava na alvorada silenciosa – os pássaros que alaudavam no orvalho e apontavam olhos róseos para o novo Oriente Prometido são agora os pássaros que picam no galho do pó – vozes ancestrais na névoa muda da manhã, sem fanfarra ou grito, quietos, estava destinado a ser lá por muito tempo – Phloggett mira seu telescópio nessas matas, na corcunda do banco de areia em sua selvagem ilhota dourada meio verde –, a enorme árvore do outro lado da rua da minha casa na Sarah Avenue se mantinha então com a mesma altura e majestade acima da sólida esmagante vastidão verde da floresta de Pawtucketville – nenhum sonho – arranha-céus brotavam da Mt Vernon Street – George Washington era um menino perseguindo veados nas florestas planas da Virgínia – Na península de Gaspé ao norte, o primeiro Duluoz americano armoricano brigava com sua índia nas manhãs do Wolf River – perto de Pine Brook, no século 18, pacíficas, tendas de peles eram armadas no tapete relvado da primavera, sobre a colina dos pinheiros os corvos crocitavam, um caçador vinha vagando para casa pelo campo – um menino índio mergulhou marrom e nu com seu tufo de cabelo e pulseira de pedra vermelha na fria piscina da vida – foi séculos depois que apareci ali com Sebastian e Dicky Hampshire e cantamos poemas para o sol nascente – aventuras de jacarés africanos se davam ao longo de Pine Brook (Águas Lentas) direto até a junção de Rosemont (Ohio River em seu Cairo) com o Merrimac (Águas Velozes) nas tardes sonolentas das crianças indígenas – cantores felás com crinas e capas gordurosas soltavam pesarosos gritos hebraicos ao longo das *tecidas* muralhas de Cádiz na alvorada do século 18 – O mundo inteiro fresco e orvalhado, rolado até o sol – como vai rolar na manhã de amanhã, tão dourada –

O velho Epzebiah Phloggett, proprietário de Phlogget Hill Castle – que acabou virando Snake Hill Castle por causa da superabundância de cobrinhas e cobras-ligas que costumam ser vistas nessa colina – pequenos Tom Sawyers da primitiva Lowell pré-Guerra Civil escalaram aquela colina desde os velhos cortiços Coloniais da Prince Street ou Worthen onde Whistler nasceu, encontraram as cobras, renomearam a colina – Phloggett morreu em solidão e negro isolamento no castelo primordial... alguma coisa medonha foi enterrada com ele. Foi anos depois que o fresco lago da bacia foi ondulado pelos remos dos irmãos Thoreau, e o próprio Henry ergueu seus olhos para o

Castelo com um bufo de desprezo tão profundo que jamais escreveu a respeito – além do mais, seu olhar só queria saber do nenúfar, sua mão estava nos Upanixades –

Por uma razão de fato muito serpenteante, o inominável e maligno dono do Castelo morreu – de picada de cobra. Enterrado ninguém soube onde – o castelo abandonado imundou sozinho.

Phloggett vendera Marfim Negro para os Reis.

No século 19, ele foi comprado de alguma empresa em Lynn por uma família de proprietários de terras de Lynn, desdenhosa da pequena nobreza manufatureira, mas forçada a enfrentar os primeiros moinhos na beira da água; passou a ser a residência de verão. Pinturas a óleo foram penduradas nas paredes, em nichos, retratos de família, a lareira rugindo, os distintos filhos encaravam o Merrimac com um xerez pós-jantar – da sacada oeste avermelhada pelo sol nos crepúsculos de março, e ficavam entediados. Carruagens postais não conseguiam chegar ao Castelo, estrada ruim – então afinal a família ficou entediada – e aí as doenças começaram, todos morreram de alguma coisa ou de outra. Começou a ficar claro que o Castelo não era próprio para ocupação humana, ele tinha um feitiço. A família (os Reeves de Lynn) (haviam mudado o nome para Reeves Castle) fez as malas e se foi, exaurida – a mãe, uma filha e três filhos mortos, um deles uma criança de colo – todos eles haviam passado um verão no Castelo de Lowell – o pai e seu filho remanescente foram para Lynn, foram pulverizados com os ossos de Hawthorne nas proximidades –

E o Castelo foi um monte abandonado sem janelas e cheio de morcegos e retalhos de bosta de criançada por cem anos.

Em 1921 ele foi comprado pelo único tipo de pessoa que o desejaria. Comprado barato, registros empoeirados em Lynn tinham sido comidos por cupins, com selos e fitas se deteriorando – só a terra era boa. (Mas cheia de cobras.) Comprado por Emilia St Claire, uma Isadora Duncan maluca num manto branco de culto com carros abertos que vinham de Boston nos fins de semana – trocou o nome para Transcendenta.

Transcendenta! Transcendenta!
Dançaremos uma louca cadência!

Mmmuii hi hi ha ha, Doutor Sax estava pronto para todos eles –

Numa clara manhã de sábado, os cidadãos de Lowell viram a louca srta. St Claire (uma mulher terrivelmente rica com uma casa em Cuba e um prédio de apartamentos em São Petersburgo, Rússia, onde sua mãe permanecera depois da Revolução Bolchevique de 1917 –) vagando pelas estátuas de mármore dos jardins no entorno do castelo, uma coisa louca de se ver, garotinhos mijando pedras nas alturas ao redor do vale podiam vê-la, um ponto branco se movendo no pátio distante – Garrafas de uísque eram encontradas no quintal por garotinhos que matavam aula para explorar os terrenos do Castelo e jogar 21 em uma janela de sacada asquerosa. Certa noite, muito tempo atrás, nos anos trinta, no auge da Depressão, um jovem que voltava das fábricas para casa à meia-noite, pelo canal na Aiken perto da Cheever em Little Canada, no rumo de casa em Pawtucketville até um miserável quarto mobiliado acima do Textile

Lunch (o nome era Amadeus Baroque), viu um maço de papéis amarelos encaracolados deslizando na lua fria do vento de janeiro dos sulcos de lama congelada franco-canucks igualzinho à Rússia, junto aos estalos dos letreiros dos bares, ventos arenosos, canal duro de gelo – O que é que alguém faria vendo essa coisa, era como se falasse e implorasse para ser apanhado pelo jeito que se esgueirava para ele feito um escorpião – com seus maços secos cracalaque – uma farfalhante voz seca-retininte nas solidões de inverno do amargo Norte Humano – ele o apanhou com a ponta dos dedos, curvou-se para apanhá-lo em seu casaco de urso, viu o que estava escrito nele.

DOUTOR SAX, UM RELATO DE SUA AVENTURA COM OS HABITANTES HUMANOS DE SNAKE CASTLE – Escrito & Organizado por Adolphus Asher Ghoulens, Contendo uma Insinuação de Coisas que Ainda Não Viram Seu Fim

– ele mal teve tempo de ler esse macabro título e enfiou embaixo da roupa o lúgubre manuscrito que colhera da desolada noite do habitacional frio-norte como o Cordeiro é colhido das colinas negras pela Graça do Senhor, e foi para casa com ele.

Lá chegando, desdobrou seus mistérios serpenteantes – já tinha ocorrido a esse jovem e inteligente operário um pressentimento que satisfez seu gosto pela ambição. Ele não sabia, então, que tinha nas mãos a única escrita existente da pena do Doutor Sax, que de regra se limitava a alquimias e clamores – aquele fragmento de malucona doidice tinha sido brevemente esboçado com pena em suas forjas subterrâneas e buraco-de-sono vermelho (sob um eremita de arca de cabana na estrada do Dracut Tigers ele tinha um muro de pedra ao redor, uma cerca, uma horta com legumes e ervas, um bom cachorro grande e um único pinheiro desgrenhado) – numa noite quando bêbado – depois de uma visita para um jogo de pôquer de Old Bull Balloon de Butte e Boaz, o zelador de Snake Hill Castle, que permanecera por muito tempo depois que a srta. St Claire partira do Castelo para sempre – (no manuscrito Boaz é o mordomo, mordomo da srta. St Claire, mostra como Sax conheceu Boaz). Old Bull Balloon vinha casualmente uma vez por ano para um jogo com Sax, Bull viajava muito – o jogo era sempre realizado no barraco de Doc Sax na estrada do Dracut Tigers – isto é, na sala subterrânea, onde o gato preto gigante guardava os segredos do laboratório do doutor –

Essa era a história, em papéis borrados e amarelados com grampos enferrujados e manchados de inverno, lixo e mortalhas de areia – Baroque leu e riu (Doutor Sax não era um escritor sofisticado): –

Emilia St Claire era uma mulher extravagante; nisso, era uma tirana, na verdade uma tirana adorável. Podia se dar ao luxo de ser uma tirana porque era rica. Sua família lhe deixara milhões. Tinha um chateau na França (no máximo, tinha uma dúzia de castelos na Europa); tinha uma mansão em Nova York na Riverside Drive; uma villa na Itália com vista para Gênova; havia rumores de que possuía um retiro de mármore numa ilha perto de Creta. (Mas isso não é certo.)

Seu capricho exigia o barroco, o inusitado, muitas vezes o esquisito, às vezes até o pervertido; ela já vira coisas demais para ficar satisfeita com o comum. Como Isadora Duncan, chorava pelo camponês russo e comandava recepções orientais em seus salões.

Emilia St Claire não se importava com a Nova Inglaterra, não em qualquer sentido altivo, mas morava em Boston (o Polo da Cultura) uma roda de amigos seus que eram, em todos os sentidos, algumas das pessoas mais interessantes do mundo inteiro. Por essa razão, quando retornou de Atenas em março de 1922, Emilia St Claire encaminhou-se do Pier 42 em Nova York diretamente para sua casa na Nova Inglaterra, conduzida por seu chofer Dmitri (um irlandês de Chicago). A "casa" era uma mansão toda em pedra, com torres, situada numa colina na região norte de Massachusetts; em dias claros, você podia ficar nas alas do norte para ver o rio Merrimac descendo, sinuoso, de New Hampshire. Emilia St Claire não gostava muito de seu recém-adquirido refúgio na Nova Inglaterra, mas cansara um pouco do inusitado e decidira ficar lá em busca de um pouco do clima saudável e robusto da Nova Inglaterra que é famoso no mundo todo. Março, na Nova Inglaterra, é como uma lufada de algo cru e úmido e febril; há o degelo pesado e pungente de lamas escuras; no alto, nuvens pálidas, nuvens escuras fogem aterrorizadas pelos céus fantasmagóricos. Março é terror!

Emilia St Claire, sentada em sua sala matinal, bebia o chá que lhe fora trazido pelo alto e jovem mordomo Boaz e sorria perante a cena que seus olhos contemplavam, os céus escancarados e rasgados, os pântanos fumegantes, a bétula, os abetos curvados. Pensou com bastante carinho no nome que dera para seu retiro na Nova Inglaterra: "Transcendenta".

"Transcendenta na manhã cinzenta", Emilia St Claire refletiu consigo mesma, sorvendo seu chá.

Transcendenta! Transcendenta!
Dançaremos uma louca cadência!

O incomum! Ha! Doutor Sax certamente lhe forneceria isso!

Doutor Sax morava numa cabana de madeira atrás da colina sobre a qual repousava o nobre vulto de Transcendenta, originalmente Reeves Castle. Se alguém quisesse se aproximar da cabana pelos fundos, pelos lados, pela frente – nada seria revelado. A cabana era quadrada como um bloco perfeito; não sugeria nada. No quintal havia fileiras de vegetais e estranhas ervas. Havia Um na frente um pinheiro alto, altíssimo. Não havia cerca; ervas daninhas, milhões de ervas daninhas se espalhavam pela propriedade do Doutor Sax. (Seria dele? Ninguém sabe.) Nas noites de março, a neblina levantava e obliterava completamente a cabana, deixando apenas a nervura arqueada do pinheiro se projetando acima, balançando tristemente a cabeça no clima profano. Se alguém se aproximasse da cabana, Ah!, vejam agora uma luz brilhando numa das duas janelas, com aspecto avermelhado e fumacento essa luz! Será que deveríamos chegar mais perto e espiar? Que frascos, que caveiras, que pilhas de papel antigo, que gatos de olhos vermelhos, que névoa de que sinistra fumaça! Horrores, não, nós deixaremos a descoberta para... Emilia St Claire.

Depois de alguns dias telefonando e escrevendo, amigos começaram a se acumular em Transcendenta para ser recebidos pela fabulosa srta. St Claire. Jovens e dramáticos estudantes de olhos escuros perambulavam nas salas, enfeitados em seus indômitos cachos de cabelo preto e com flores da Nova Inglaterra. Estranhas jovens de calças compridas descansavam nos divãs e indolentemente forneciam resumées das últimas Artes para Emilia St Claire. Um era poeta; a outra, pianista. Uma era artista; o outro, escultor. Agora, ali, na sala de visitas, uma dançarina interpretativa! Agora, ali, na copa (devorando frango frio) – um célebre empresário do balé. Agora, chegando pelo caminho da entrada num carro aberto, um crítico de teatro, um compositor e suas amantes. Ah!, lá está Polly Ryan! (Você conhece Polly? Ela usa vestidos boêmios, seu rímel é aplicado para fins de um hábil mistério, ela insulta todo mundo, ela é uma querida.) O alto e oscilante Paul (tão alto, ele oscila), com suas mãos compridas que remetem ao palco (as mãos! as mãos transparentes!); a cantora das canções de amor não correspondido chegou de Paris com três de seus homens, um deles um ingênuo batedor de carteiras, segundo se diz; o curioso e jovem estudante do Boston College que foi seduzido pelo esplendor do fim de semana e talvez pelo lazer e pela boa comida e por um tempinho para estudar (Roger o arrastou – Roger o achava tão viril, tão autossuficiente!). Muito em breve, agora, a casa estará completa. Aonde Emilia St Claire vai, para lá vão, pela graça de Deus, os inconformistas!, os intelectuais!, os rebeldes!, os bárbaros alegrinhos!, os dadaístas!, os membros do "círculo"!

"Sejamos alegres!", cantou Emilia St Claire. "Quero que todos vocês fiquem tenebrosamente loucos! Sinto tanto a necessidade de algo diferente!"

Todos trataram de ficar alegres, loucos, diferentes. A dançarina interpretativa correu escada acima para vestir seus emblemas de dança das Mil-e-Uma-Noites. As belas mãos de Sergei, no teclado, suscitavam o encantamento de uma suíte de Zaggus. Um maligno Gidean, em tom entediado, descreveu sua recente experiência com o Monstro do Congo e um desamparado damasco angelical em Sadi-bel-Abi: com navalhas e cordas. Polly insultou o jovem estudante do Boston College: "Realmente, você estuda engenharia? Quero dizer, *realmente*?"

"Sim!", sorriu o rapaz do B.C. (enquanto Roger exibia um sorriso radiante). "Estou estudando para uma bolsa no M.I.T. Eu trouxe alguns dos meus exercícios de cálculo aqui pra fazer um pequeno trabalho... ha! ha! ha!... Espero encontrar tempo para estudar. Você frequenta escola?"

"E você também estuda Tomás de Aquino? Quero dizer, realmente *realmente*?"

"Claro! Ha ha!"

Polly se virou.

"Ha ha!", exclamou o estudante do B.C., com sua voz falhando no último "ha". Roger se virou para Polly e silvou, praticamente como uma víbora:

"Sua cadela lasciva!"

"Ah, faça-me o favor, Roger, não jogue sua fúria efeminada pra cima de mim", Polly reclamou, cansada.

Emilia St Claire riu com júbilo.

"Vocês, seus bostonianos", sussurrou extasiada. "Vocês são impossíveis, são maravilhosos."

A dançarina interpretativa entrou na sala e começou a balançar seus quadris nus enquanto sininhos tilintavam em suas mãos. Ela dançou, dançou! Logo, o suor já estava escorrendo de sua carne como luxúria. Todos assistiam com grande atenção. Um odor fétido impregnava a sala; fumaça, licores, luxúria, perfumes, incenso dos Budas de jade. Boaz, o mordomo, espiava por trás de uma cortina e observava. Não havia som algum, exceto pelos sininhos tilintantes, pelos pés calçados com sandálias e pela respiração pesada.

O leste!, o leste!, eles pensaram. Para quê? Tlim, tlim. Lá fora, porém, uma lua louca espiava de quando em quando por entre as nuvens rasgadas. O vento gemia, os abetos estalavam, todas as coisas se mostravam em suas vestes escuras. Uma figura se aproximou pelo caminho dos carros. Atravessou o gramado e se aproximou da janela. Olhou para dentro.

Transcendenta! Transcendenta!
Dançaremos uma louca cadência!

Polly vagou em direção à janela com um Fatima segurado ternamente entre os dedos brancos e frágeis. Ela disse a Joyce: "Minha querida, quando é que você vai apresentar esse seu amigo 'interessante'?"

"Ah Polly", cantou Joyce, seus olhos escuros cintilando, "você vai ficar simplesmente fascinada. Que postura que ele tem!"

"Ele faz *o quê*?" – por trás das palavras de Polly, a sala gorgolejava de tanta conversa, melodiava de risadinhas; copos tilintavam, o piano tilintava, vozes tilintavam.

"Ah, ele não faz nada", Joyce disse, aérea, "ele simplesmente não faz nada."

"Mas nada, *realmente*?", Polly entoou, indolente, e caminhou até a janela devagar; os olhos dos homens, de suas poltronas e seus sofás situados perto da lareira, perto do ponche, seguiram o lento movimento espiralado de seu corpo profuso, da carne cheia que parecia fazer força para se libertar do vestido apertado de veludo, observaram as costas cremosas com sua fenda sensual descendo em direção a um traseiro redondo, prestes a rebentar (como o de uma grande vaca florescendo após verões de pesada forragem); notaram os ombros como dois marfins reluzentes, o esterno como as planícies de neve perante o monte; observaram. Seus olhos reluziam. Os membros de Polly rolavam preguiçosamente. Ela parou na janela para contemplar a noite selvagem.

Ela gritou!

He he he he! He he he he he! Ela grita! Ela grita!

Doutor Sax estava na janela. Seus olhos eram de um verde-esmeralda, e lampejavam ao vê-la. Iluminavam-se de deleite com o grito. Quando ela desmaiou no chão, Doutor Sax jogou a capa em volta do ombro e deslizou, veloz, até a entrada da frente. Ele usava um grande chapéu de aba larga da mesma cor da noite. Num instante, já estava tocando furiosamente a campainha da porta, batendo nos painéis de carvalho com sua bengala nodosa.

Todos acharam que Polly sofrera alguma espécie de ataque (ela era apoplética, aliás); carregaram-na até o divã e lhe trouxeram água. Boaz bocejou involuntariamente e foi até a porta, seus longos sapatos pretos rangendo ao longo do sombrio e acarpetado corredor. Abriu a porta com um floreio de lacaio cuidadoso.

Um vento fétido, soprando com a lama rançosa dos pântanos, invadiu o corredor mofado. A figura de capa não se mexia.

Boaz gritou como uma mulher. Doutor Sax entrou rosnando.

"Eu sou o Doutor Sax!", uivou para o mordomo. "Vou me anunciar!"

Doutor Sax adentrou no salão, sua capa esvoaçando em rolos, seu chapéu de aba larga meio escondendo um olhar malévolo e secreto. Seu semblante era arroxeado, ele tinha cabelos ruivos e sobrancelhas ruivas, seus olhos eram de um verde feroz e chamejavam de alegria. Ele era muito alto. Ele correu sua bengala preta por todos eles e emitiu um rosnado feliz. "Saudações!", uivou. "Saudações a cada um e a todos! Posso me unir a sua encantadora companhia, hein? Posso me unir a todos vocês?"

Transcendenta! Transcendenta!
Dançaremos uma louca cadência!

Gritos! Gritos! Gritando, as mulheres caíram, uma por uma! Ha ha! Elas caíram, elas caíram! Os homens empalideceram, alguns desabaram no chão, alguns ficaram paralisados de horror. Emilia St Claire desmaiou no divã! Hii hii hii! Hii hii hii hii hii!

Doutor Sax se deslocou até o decantador e se serviu de um gole de conhaque Napoleon. Girou o corpo e encarou todos eles; só alguns homens se mantinham de pé, tremendo.

"O que te aflige, meu duende?", Sax indagou, aproximando-se de um dos mais robustos sobreviventes. Este último tombou e desmaiou com um gemido. Doutor Sax olhou ao redor, seus olhos verdes lançando raios de luz venenosa.

Ele estava se divertindo, ou melhor, estava encantado!

"Interessantes sois, pálidos companheiros, então por certo não podeis me conceder com relutância uma pequerrucha hospitalidade!" Não houve resposta. "Hein?", indagou. "HEIN?", uivou, voltando-se para o jovem mordomo Boaz, que havia cambaleado atrás dele pelo salão e se agarrava nas cortinas amortalhadas. Mas um sorriso maligno do Doutor Sax despachou o jovem, que fugiu pelo corredor e saiu pela insana noite de março com as batidas de seus longos sapatos pretos.

Doutor Sax correu atrás dele até a porta, voando e batendo sua rodopiante sombra togada:

"Ele foge! Ele foge! Heh heh heh! Para os nevoeiros vampíricos o imbeciloide foge!"

Doutor Sax parou por um instante na entrada e examinou o caos no salão com imenso deleite. Somente um jovem se equilibrava com firmeza, o jovem estudante do Boston College. Alegre, Sax esfregou sua bengala contra uma mandíbula roxa; suas sobrancelhas afogueadas se contraíram sobre um nariz aquilino. Tremendamente, ele começou a rir; não havia fim para sua alegria; seu particular conhecimento do mundo ressoou dos lábios roxos, divulgando a todos os cientes a sabedoria secreta, o vasto e malévolo humor, a sequer sonhada informação que se agachava oculta naquela cabeça profana sob aquele chapéu preto de aba larga. Então, com uma casquinada final de alegria (e aqui agora, pela primeira vez, podia-se detectar um toque de solidão em seu tom), ele girou sobre os calcanhares e deslizou de Transcendenta se fundindo com a noite como a noite, desaparecendo na esquisita penumbra do mato, parando, por um breve momento, para rir outra vez uma estrepitosa zombaria contra o mundo. E se foi.

Doutor Sax prestara seus cumprimentos a Emilia St Claire e seus convidados, e, tal como chegara, da mesma forma saíra, secretamente, com um vasto deleite que desconcertava tudo de conhecimento, razão e propósito que o homem reunira sobre sua vida. Ele sabia algo que nenhum outro homem sabia; um algo reptiliano; digam, era ele um homem?

Pela porta aberta jorrava uma brisa úmida e fétida de pântanos fecundos e lamacentos. A lua olhou insanamente, por um instante, através de uma fenda nos céus de março. Tudo era silêncio, exceto por alguns gemidos dos mortais acometidos.

Hii hii hii hii hii!

Doutor Sax prestara seus cumprimentos.

Hii hii hii hii hii!

Agora eles começam a recobrar a consciência, há uma agitação de mentes atordoadas.

Vamos todos rir.

Hii hii hii hii hii!

(finis)

Outro evento estranho e ligado a isso, depois que Emilia St Claire saiu de Reeves Castle, março (1932), cerca de sete, oito anos e quatro, cinco meses depois na afundada cama quente do verão de julho, altura na qual o Feiticeiro e suas forças do Mal reunidos do mundo todo (despesas pagas) (por Satanás lá embaixo) haviam tido tempo de sobra para arruinar o equilíbrio do mundo com lances de boa sorte, um maio particularmente propício (nada tendo a ver com a doce rosa que flui tão alegre na noite azul dos Açudes do alto Marrocrock Roil em Manchestaire, Aristook Falls, saliências próximas ao grande granito Stone Face, Laconia, Franconia, Notch –, não o maio da Odisseia da Rosa, mas o maio de Demter Hemter Skloom hachurando no céu aéreo sobre o gnômico sempre-visível-de-todas-as-partes-da-cidade Castelo feito um castelo amortalhado de fumaça azul no ar puro e verdadeiro de Lowell – eu me lembro de abrir meus olhos de Sono de Travesseiro Gigante e ver aquela forma gnômica no topo da colina cinzenta do rio, como se eu conseguisse enxergar através das paredes do meu quarto no rio) – o trabalho deles, tão bem-feito, rompeu a fantasiosa cadeia da realidade, e houve um tremor de terra. Toda Lowell o sentiu. Eu estava indo pra loja antes da escola na manhã friorvalhada de março e ali no chão do parque no trecho achatado por brigas de garotada e bagunças de gude havia uma enorme rachadura fendendo a terra, dois centímetros e meio de largura. Lá em cima na Colina da Cobra a rachadura tinha uns oito centímetros de largura (pelos Santos do Sol Vermelho) e quase mais larga embaixo – Alguns de nós fomos até lá pra ver, no sopé da Colina da Cobra, perto das velhas estacas de ferro e dos muros de granito dos portões dos abandonados grupos de castelos da gangue do Social Club amontoados chutando a rachadura. Por entre os pinheiros, acima na direção do Castelo (na mesmíssima porta para onde Condu voou até a Condessa naquela noite inaugural) – lá está Boaz, o velho zelador, ele transformou o salão principal do Castelo em seu barraco enfumaçado para cães e almas – aconchegado num fogãozinho com lenha junto à escadaria, um velho leito ao longo dos alicerces, pendentes cortinas ciganas-árabes de antiga decoração eremita, um Jean Fourchette das Solidões de Castelo em vez de destroços de lixo e fumaça – um Santo, o velho era um santo de olhos vermelhos, ele tinha visto coisas demais, havia uma rachadura em sua Árvore, um Golfo em suas cataratas – aquela primeira visão de Sax tão habilmente relatada pelo próprio Sax fez seu cabelo ficar grisalho da noite para o dia – resmungando, ele ficou lá em cima na porta olhando para Vauriselle, Carrufel, Plouffe e todos nós, investigadores de terremotos. Sem comentários.

Foi um incidente digno de nota – aquele abismo se escancarando.

3

Minha mãe e eu, bendita seja sua alma, saímos às pressas daquela cena de morte lunar na ponte maldita e corremos para casa. *"Bien"*, ela disse, *"c'est pas'l diable pleasant* (Bem, não é o diabo agradável!)" – "Vamos embora daqui" – Esquina onde aquele garoto Fish tinha me dado um soco na cara, lá estava ela, réplica irônica para luas esqueletais – Em casa, meu cabelo ficou de pé. Algo estava de alguma forma roxo e sombrio em nossa casa naquela noite. Minha irmã estava na cozinha, ajoelhada na mesa páginas de passatempo das jantas dos dias de semana sem graça, meu velho estava em sua cadeira junto ao rádio Stromberg Carlson (junto à entrada do carro, junto ao cachorro), o banco de areia meditava seus segredos do Doutor Sax numa noite mais funesta do que nunca – Contamos ao velho sobre o homem moribundo... música sombria tocava em minha alma... lembrei da estátua de Thérèse girando cabeça, as cabeças de peixe cortadas no porão, as portas escancaradas no armário da noite, aranhas pretas rastejando no escuro (pretas enormes) (como vi no Castelo quando tudo explodiu), fantásticos varais gruquintes brancamortalhados na noite, bairros-varais com lençóis pendurados, uquerias no celta élfico, *o cheiro das flores um dia antes de alguém morrer* – a noite em que Gerard morreu e todos os choros, gritos e discussões nos quartos da casa da Beaulieu Street nas penumbras marrons da família do Tio Mike (Mike, Clementine, Blanche, Roland, Edgar, Viola, todos estavam lá) e a minha mãe chorando, no quintal os primos estão soltando nossos fogos de artifício contra nossa vontade, é meia-noite meu pai está acossado e preocupado "Tá bom Ti Jean e Nin podem ir pra casa dos Dudley", (Tia Dudley também estava lá, horrível aglomeração de parentes quebrados e parentes excitados-pela-morte fumigando na fileira do sótão, todas as coisas que eu já tinha perdido e nunca soube achar, o medo constante que eu tinha de que minha mãe ou meu pai ou os dois morressem) (esse mero pensamento era tudo que eu precisava saber sobre a morte) – "Bem, não se preocupe", meu pai está dizendo – sentado macambúzio com lábios amuados brilhando nas luzes da cozinha da noite veranil de 1934, espera por mim – De repente ouvimos um grande baque que sacode a vizinhança, como se o mundo inflado em enorme melancia tivesse caído na rua lá fora para me lembrar outra vez, e eu falo *"Oooh coose que ça?"* e por um momento todos ficam ouvindo com corações batendo que nem eu, e mais uma vez o BAQUE, sacudindo a terra, como se o velho eremita Plouffe em seu porão na esquina estivesse levando para casa seu segredo com explosivas detonações da fornalha do inferno (será que ele era um cúmplice de Sax?) – a casa inteira, chão treme – agora sei que é a voz da perdição vindo profetizar minha morte com a devida fanfarra –

"É só o velho Marquand batendo no tronco com seu machado, *frappe le bucher avec son axe* –", e outra batida, *baque*, e todos concordamos que era isso mesmo. Mas aí jurei que havia algo de muito peculiar nessa história do Marquand com seu machado tão tarde, a morte o manteve acordado, ele tinha um contrato naquela noite para rimar seu machado com os funerais do meu medo, além disso imediatamente ao lado do velho Plouffe e sua casa tudo era cheio de cortinas, morte, contas, seu quintal era cheio de flores, algo que eu não entendia sobre os cheiros de outras casas e a concomitante baça perdição lá dentro –

Mas de repente ouvimos um grande gemido que subia do subsolo, na casa ao lado – Todos pulamos com medo. "G-e-m-i-i-i-i-d-o" –

"o-u-u-u-u-" – o maldito Homem da Lua tinha se materializado numa morte rouquenha no real chão de grão – Ele estava me encarando no rosto – "Uuuuu" – o Homem da Morte, não contente com sua ponte, tinha vindo me apavorar e gemer no capacho da minha mãe e assombrar o A M R E S Y da noite.

Até minha mãe – *"Mende moi donc, mais cosse qu'est cal s't'hurlage de bonhomme* – (Minha nossa o que é *isso!*, esse uivo de velho!)" – por um momento, acho que passou também pela cabeça dela que o homem que morreu na ponte ainda estava atrás de nós – seu espírito não queria desistir sem lutar – a loucura passou pelos olhos dela num clarão, nos meus ficou presa – eu pirei. Aquela noite toda eu me recusei a dormir sozinho, dormi com minha mãe e irmã – acho que a minha irmã não aguentou mais e se transferiu pra minha cama no meio da noite, eu tinha doze anos – Em Centralville era sempre, todas as noites eu rastejava entre as duas quando a escuridão me fazia chorar (Ah doces meias-noites natalinas quando encontrávamos nossos brinquedos ricamente deixados por eles agora voltando da igreja na varanda nevada enquanto rolamos de pijama sob a árvore do carpete) – De repente em Pawtucketville eu não temia mais que os escuros, inomináveis e religiosos fantasmas de malignas intenções funerárias tivessem dado lugar aos honrosos fantasmas amortalhados do Doutor Sax de Pawtucketville,

Gene Plouffe e o Ladrão Negro – Mas agora a morte ganhava terreno de novo, Pawtucketville estava também condenada e amarronzada para morrer – foi só no dia seguinte que soubemos que o terrível gemido saíra da boca do sr. Marquand, que teve um ataque em seu porão depois de cortar lenha – ele recebera uma mensagem de morte da ponte e de mim – Ele morreu bem pouco tempo depois... é sempre verdade, você sente o cheiro das flores antes da morte de alguém – Minha mãe cheirava desconfiada o quarto do meu pai, o velho sr. Marquand estava mandando suas rosas lá da casa ao lado – Nos jovens você pode ver as flores em seus olhos.

Estou encolhido nas grandes costas quentes da minha mãe com olhos abertos espreitando do travesseiro todas as sombras e folhassombras na parede e na tela, nada poderia me machucar agora... aquela noite inteira só poderia me levar se a levasse comigo, e ela não tinha medo de sombra nenhuma.

Felizmente depois disso, e por arranjo inconsciente, numa epidemia de gripe, minha mãe e eu ficamos em semiquarentena na cama por uma semana em que (na maior parte do tempo choveu) fiquei atirado lendo *The Shadow Magazine*, ou debilmente ouvindo rádio no andar de baixo em meu roupão de banho, ou bem-aventuradamente dormindo com uma perna jogada por cima da minha mãe durante a noite – tão seguro me tornei que a morte desvaneceu em fantasias de vida, os últimos dias foram bem-aventuradas contemplações do Céu no teto. Quando ficamos bem de novo, e nos levantamos, e nos juntamos ao mundo de novo, eu tinha vencido a morte e armazenado vida nova. Bela música, não me regale no meu esquife – por favor, derrube meu caixão numa briga embriagada em meio à dança, Deus –

4

Mistura-te, Rosa do Rio, Mistura-te...

O banco de areia mergulhava forte num ponto sobre o qual cavalgávamos vaqueiros selvagens –, tive um sonho com as últimas casas da Gershom transbordando até aquele mergulho fundo, cheio de cães policiais alemães –

Havia manhãs de sábado em que uma piscina marrom enlameada era jubilosa para o teste de garotos agachados... tão orvalhosa e matinal quanto pode ser a marrom água da lama –, com seus reflexos marrons de nuvens de caramelo –

O círculo vai se fechando, você não pode continuar para sempre –

A poeira dá uma voada e depois volta por baixo –

Doutor Sax fez uma viagem especial a Teotehuacan, México, para fazer sua pesquisa especial sobre a cultura da águia e da cobra – asteca; voltou carregado de informações sobre a cobra, nada sobre o pássaro – Nas imponentes paredes de blocos da Pirâmide da Ciudadela ele viu as pétreas cabeças de cobra com colares de girassol de Blake olhando de soslaio do inferno com o mesmo horror recatado das figuras de Blake, os olhos redondos de botão sobre as prognatas maxilas cerradas, o buraco-vulpo dentro, o osso do Olhar de Pedra – outras cabeças eram aparentemente cabeças de águia, e tinham o mesmo horror redondinho, reptiliano e inominável – (no topo ventoso da

Pirâmide do Sol, agora mesmo, enquanto eu levantava a cabeça das minhas tarefas perto dos varais da sra. Xoxatl ondulando nos níveis mais baixos do mesmo vento, vi o minúsculo movimento e o sonolento adejo do padre lá em cima arrancando o coração de alguma vítima para inaugurar mais um festival de 20 dias para seus clamores, a procissão é açoitada pelo vento na inclinação esperando que ele termine – sangue, um coração pulsante, é oferecido ao sol e à cobra –)

Eu vi o filme *Mercador das selvas*, a colina enegrecida-por-corredores no campo marrom da África – lasi lado, lasi lado, eles vinham correndo pela encosta redonda numa horda diabólica, todos agitando suas lanças de formiga e guinchando no sol selvagem da África, horríveis fuzzy wuzzies negros do mato para não falar do deserto, eles usavam ossos sujos em seus peitos, tinham cabelos espetados 30 centímetros para o alto como halos de Cobra de Blake e empunhavam lanças e penduravam pessoas de cabeça para baixo em cruzes com fogos – a colina lembrava *exatamente* a colina da fazenda sonhadora no topo da Bridge Street onde eu vi aquele Castelo se erguendo como fumaça cinzenta – sobre seu topo nu e careca (no filme ele era) vinha aquela massa de demônios gritando com seus dentes e bambus – com sua seca – eu me convencera de que o fim do mundo estava chegando e os demônios surgiriam fervilhando sobre uma colina ensolarada como aquela em todas as cidades grandes e pequenas dos Estados Unidos, achava que eles eram tão inumeráveis quanto formigas e se despejavam da África em caravanas frenéticas subindo um muro e descendo pelo lado fatigante – tumultos e exércitos de demônios descendo em cataratas pelo mundo uivando lasi lado, lasi lado, lasi lado – Parecia-me que uma seca viria, ressecando a terra, reduzindo Lowell e o mundo ao nada-parturiente com todos morrendo de fome e sede e chorando pela chuva, e de repente sobre aquela colina queimada de ouro sob os enxames de grandes nuvens brancobufantes debruçadas na tarde da eternidade azul que eu estaria observando de um terraço na terra deitado de costas com uma folha de grama na boca... viria a gigantesca primeira fileira dos bluggywuggies agitando antenas como incontáveis baratas, e depois a segunda fileira, a onda sólida se derramando toda enrugada sobre a colina em estridente selvageria negra, depois a coisa completa.

Isso era o bastante para me deixar em pânico a toda velocidade na minha própria mente – eu era uma criança assustada.

Era portanto fácil ver o Castelo naquela colina e profetizar a Cobra.

DOUTOR SAX (caminhando à luz do luar com sua mortalha, um sinistro exercício junto ao ramolunar, meditativamente encostando sua bengala na mandíbula) (de frente para os cavalos brancos da noite de lua do horizonte) (as cavernas da escuridão e dos cabelos compridos no leste além) "Ah – será que meu manto sempre chamejará e adejará na escuridão e no grande vento de Satanás elevando-se da terra com seu – ugh! Portanto *saber*... que eu tenha dedicado minha vida à busca e ao estudo da Cobra... por nenhum – esses mortais que aqui com-*batem* a hora de seu sono com asas tradicionais de anjos... e mugem suas capas, ou abas – esses Lowell, essas taxas de mortalidade – as crianças, a mortalha marrom da noite – *saber* que eu os protejo de horrores que eles não podem conhecer – se eles *chegarem* a conhecer, paff, as viagens angulares que terei de fazer para me simplificar darão fim à

Missão do Ideal. Não (postado agora severo e quieto na segunda base à 1 da manhã) – Vou simplesmente pular na cova.

"Eles acham que uma cova não existe?

"Ah!" – (pois de repente ele me vê e se esquiva).

LIVRO V

A ENCHENTE

1

Doutor Sax se mantinha na margem escura, uma saliência acima das águas – era março, o rio estava inundado, blocos de gelo trovejavam contra a rocha – New Hampshire derramara suas torrentes para o mar. Neves pesadas haviam derretido num repentino fim de semana suave – pessoas faceiras faziam bolas de neve – os corredores faziam barulho nas sarjetas.

Doutor Sax, segurando a mortalha em volta do ombro com mais firmeza, soltou uma risada baixa sob o rugido das águas e se aproximou da borda –

"Agora uma enchente trará o resto", ele profetizou. Agora você mal consegue enxergá-lo, deslizando por entre as árvores, dirigindo-se a seu trabalho, seu "mmmuiii hii hii ha ha" flutua de volta sepulcral e louco de alegria, o Doutor correu até o trabalho para encontrar seus sucos de aranha e pós de morcego. "O dia da Grande Aranha" chegou – suas palavras ressoam sob Moody Street Bridge enquanto ele se apressa para seu barraco do Dracut Tigers – um pinheiro desamparado se eleva acima de sua casa em forma de esquife, para dentro da qual, com uma portabatida, ele some como tinta na noite retinta, sua última risada se arrastando até qualquer ouvido suspeito no março – fracamente no ar, seguindo sua risada, você ouve o distante rugido mudo de um rio cheio.

"Rio!, rio!, o que você está tentando fazer!", estou gritando para o rio, parado na saliência entre os arbustos e as rochas, abaixo de mim grandes blocos de gelo estão escorregando em grandes pedaços sobre uma barragem de rocha no holocausto ou então flutuando serenamente em escuros e temporários poços de afogamento ou batendo direto como lápides contra o esquife de rocha, o lado do navio da costa, uma armadura de rocha da terra no Merrimac Valley – A carnificina de vastas chuvas numa inundação de neve. "Ó rosa do norte, desce!", minha alma eu exclamei para o rio –

E de uma pequena ponte no lugar das fadas ao norte, onde o rio tinha 9 metros de largura – em algum lugar bem ao norte do Lago Winnipesaukee, ao norte de fendas nas White Mountains, o Merrimac tinha uma fase infantil pueril de começar a partir de um inocente borbulhar nos pinheiros de Sandy, onde pessoas de contos de fadas mugiam em torno da Criança Merrimack – da pequena ponte bamboleante um menino apaixonado de um conto de fadas de Hans Christian Andersen deixou cair uma rosa no riacho – era sábado à noite e sua pequena Gretchen o deixara na mão para sair com Rolfo Butcho – o Menino Herói foi derrotado, nunca mais veria seus lábios de rubi ou descobriria o esconderijo de suas pantalonas, jamais as estrelas brilhariam na macia graxa de suas coxas, ele estava rebaixado a cavar buracos no chão e meter até ensanguentar, então jogou a rosa fora – A rosa era para Mary – e lá vem ela descendo o Merrimac Valley – seguindo aquele eterno leito d'água – passando por Pemigawasset, pelo Açude, pelo ataúde, pelos poemas da noite.

OS POEMAS DA NOITE

Assim cai a mortalha da chuva, derretida
Por harpas; assim harpa vira ouro,

Soldada em algo belo, dourada por rolo
Por caramelo, amaciada por Vasto.
A tenda exausta da noite
Tem chuva estrelando em açoites,
Um herói dourado das altas atmosferas
Fez vazar a ambiguidade
E antecipou a queda dos céus.

    Assim os girinos crescem
    E os sapos maiores se mexem,
    Pelo polo de maio na sujeira
    Doida Lerda balança suas muletas –
    Foi esposa do Doutor Sax
    E o trocou por qualquer nojeira.

Maybelle Dizzitime, garota fantasiosa,
balança sua sombra símia nos
mantos da meia-noite estrondosa;
O baile de maio do girino,
A dança da alameda inundada
O Castelo tem fundação quebrada
Canque Cantanque o velho Moritzy
Queima suas frosuras no molhado.

    Dabeli du, dabeli dei,
    O ringue tem o crei.
    Ringaladau, ringalari,
    Ringala Malaman,
    Ringala Di.

Os moleques encapuzados do rio mijado
Fazem gudes derretidos com a lama;
Chove, Chove, Salto d'Água Fraco,

O diretor dos Pittsburgh Pirates
Já dormiu em seu barraco.
O chefe da liga do fogão a lenha
Cuspiu fora seu tabaco.

    Então Sax em seus Idos Espera,
    Vem Derretendo como Sr. Chuva
    Enquanto Agita Sua Fritura,
    Solta as Umidades Uma a Uma.

A Rosa Dourada
Que repousa na onda
Rosada –
	O Anjo com as
	    Asas Molhadas,
	    O Nariz

Cotovia & Caixão
em Cada Poente
	O Corvo que flui
	    Aflito Ansioso
	    Para o Oriente

Os Capuzes dos
Bons Ventos
Soprados com Chuva
	Os ganchos vetustos
	    do nascer da nuvem
	    na lua.

Os Blocos de Gelo Retumbando nas Quedas,	O Silvo de um Arpão Arcadiano
Os Olhos das Águias no Primor –	Falhas no céu Não são dor.

Dançarinos semimundanos no mau salão de baile,
Doutor Sax e Belzabadu na polca rodopiante
Gallipagos –

Os grilos nas pétalas de lama
Atropelam Nenúfares, Sedentos
de belo –

Crim Crem os irmãos malsãos
Veem Mike O'Ryan no rio subindo,
Emaranhado.
As Aranhas da Geada maligna
estão vindo na enchente

Cada modo, forma ou jeito
os insetos do sangue inclemente

O Castelo ereto feito parapeito,
Reinos encantados no ar

Heróis sabatinos do campo ventoso
Desnudam vítreos punhos para o mar –

O Merrimac está rugindo,
A Eternidade e a Chuva estão Nuas

Descendo White Hood Falls,
Descendo poços escurecidos,
Descendo Manchester, descendo Brown,
Descendo Lowell, Vem a Rosa –
Fluindo para o mar, brava como cavaleiros,
Cavalgando a corcova do Merrimac
Fúria excita

Assim se abre a chuva,
   mais como rosa
Menos adamantina
   Que o ang

Céu líquido gotejando
   rocha comendo
   pele mesclando

Eternidade vem & engole
   umidade, fulge o sol
   pra aceitar

Chuva dorme quando a chuva termina
Chuva enfurece quando sol se fulmina
Rosas se afogam quando a dor termina

Os lados de alaúde aquoso do Arco-íris
Paraíso –
Rang a dang ma-mão
Cante sua negra canção.

A CANÇÃO DO MITO DA NOITE CHUVOSA

Rosa, Rosa
Rosa da Noite Chuvosa
Castelo, Castelos
Cutelos no Castelo

Chuva, Chuva,
Mortalha está na Chuva

Faz sua Luminescência
De dobrada Incandescência

Crua rosa rubra na noite molhada
"Eu tinha tudo a fazer
Com a temida essência."

Batefura, Batefura,
Chuva no bosque
Sax se senta Amortalhado
Manso & lelé
Rumores em suas calças
Nu como bebê
"Gotas de chuva, gotas de chuva,
    Feitas de amores,
A Cobra não é real,
    Eram pombas multicores

"A chuva na verdade é branca
A noite é na verdade leitosa
A mortalha na verdade aparece
Na visão branca e luminosa
Uma tola & jovem pomba
Tagarela palavrosa
O sonho está brotando
Das lamas & dos gudes
Pétalas da harpa d'água,
Alaúdes derretidos,

Anjos da Eternidade
E mijando no ar

"Ah vida dura e ganho delirante,
    luta, luta, luta,
    na chuva incessante

"Misture com o osso derretido!
Alaúde com o grito!
Assim a chuva cai
De todas as fantasias do céu."

– No meu fundo estou atento à ação do rio, em palavras que se esgueiram lentamente como o rio, e às vezes transbordam, o selvagem Merrimac está em sua cotovia da primavera cantando la-li-dá pelas pálidas margens mordazes com uma carga de *humidus aquabus aquatum* cujo tamanho era de um impetuoso mar marrom. Por Deus, assim que os blocos de gelo passaram vieram as águas da fúria da espuma marrom, trovejando na correnteza num solavanco protuberante como as costas de uma Lagarta em desfile lançando pedaços verdes de musselina e pessoas gritando lá dentro – só que aqui eram galinhas, galinhas afogadas guarneciam o meio do rugidor cume--córrego no centrorrio – espuma marrom, espuma de lama, ratos mortos, os telhados de galinheiros, telhados de celeiros, casas – (por Rosemont certa tarde, sob a sonolência do céu, eu me senti em paz, seis bangalôs se soltaram de suas amarras e flutuaram na correnteza como patos irmãozinhos e irmãzinhas e seguiram para Lawrence e outra Twi League) –

Fiquei ali na saliência da beirada.

Numa noite de segunda-feira eu tinha visto pela primeira vez os blocos de gelo, uma visão ruim, terrível – as solitárias torres das casas perto do rio – as árvores condenadas – a princípio não era tão ruim. Famílias de pinheiros seriam salvas da rocha. Nenhum dos habitantes da tristeza no orfanato do outro lado poderia se afogar naquele dilúvio –

Ninguém faz ideia de como fiquei louco – *I Got a Note* de Tommy Dorsey saiu naquele ano, 1936, bem na hora em que a Enchente tomou conta de Lowell – então eu andava pelas margens do rio barulhento nas alegres manhãs-sem-escola que vieram com o auge da enchente e cantava "I got a nose, you got a nose – (meia oitava acima:) – I got a nose, you got a nose", eu achava que a música era assim: também me ocorria como era estranho o que o compositor devia estar querendo dizer (se eu chegava a pensar em compositores, me parecia que as pessoas simplesmente se juntavam e cantavam no microfone) – Era uma música engraçada, no final tinha aquela cadência dos anos 30 tão histérica tipo Scott Fitzgerald, com mulheres contorcidas rebolando suas mo-o-das em vestidos de seda & brocado brilhantes de boate de véspera de Ano Novo com champanhe jorrando e borbulhações estourando "Gluir! o Desfile de Ano Novo!" (e lá, vasto e preponderante, brotava o rio da terra devorando ao seu mar monstruoso).

Na tarde cinzenta minha mãe e eu (foi a primeira tarde sem escola) demos uma caminhada pra ver por que não havia escola, ninguém deu motivo mas todos sabiam que seria uma enchente forte. Tinha um monte de gente na margem, na Riverside Street onde ela encontra a White Bridge perto das Cataratas – eu tinha todas as medidas do rio supergravadas na minha mente ao longo da rocha da parede do canal – havia umas medidas de inundação escritas, em números mostrando pés, e as marcas de velhos musgos e velhas enchentes – a Lowell de chapéu-coco estava lá fazia cem anos, encardida como Liverpool em sua névoa de rio em Massachusetts; o imenso húmus de neblina que subia da inundação do rio era suficiente para convencer qualquer um de que uma enchente, uma grande enchente, estava chegando. Havia uma cerca improvisada montada na penumbra perto da ponte, onde o gramado se aproximava demais da calçada com grade que outrora testemunhara flertes de verão e agora era borrifada pela névoa da grande massa d'água marrom que rugia bem ali. Então as pessoas ficaram atrás daquela cerca. Minha mãe segurava minha mão. Havia algo de muito triste e trintanista naquela cena, o ar estava cinza, havia desastre (exemplares da *Shadow Magazine* juntavam pó na penumbra da lojinha de tranqueiras escondida na frente da St Jean Baptiste, no pavimentado beco apache, exemplares da *Shadow* na penumbra escura, a cidade sendo inundada) –

Era como um cinejornal da década de 30 ver todos nós amontoados lá em sombrias filas com bocas de menestréis brilhando brancas na tela escura, a incrível lama sob os pés, o emaranhado desesperado de cordas, aparelhos, tábuas – (e mochilas de marinheiro começaram a chegar naquela noite). "*Mon doux, Ti Jean, regarde la grosse flood qui va arrivez* – tut-tut--tut–" com a sua língua cacarejante, (Minha nossa Ti Jean olha só a grande enchente que vai acontecer) – "*c'est méchant s' gross rivière la quand quy'y'a bien d'la neige qui fond dans l'Nord dans l'Printemps* (É ruim esses rios grandes quando tem um monte de neve que derrete no Norte na Primavera)" –

"*Cosse qui va arrivez?* (o que é que vai acontecer?)"

"*Parsonne sai.* (Ninguém sabe.)"

Funcionários em desoladas capas de chuva varridas por vento consultavam cordas e caixas de equipamentos da prefeitura – "Nada de escola!, nada de escola!" Os garotinhos cantavam enquanto dançavam sobre a White Bridge – Em questão de 24 horas as pessoas já estavam com medo até de pisar naquela ponte, era de concreto, branca, já tinha rachaduras... a Moody Street Bridge era toda de ferro e sustentações e pedra, magra e esquelética na outra parte da Enchente –

Na clara manhã da tarde cinzenta depois que as aulas foram canceladas, eu e Dicky Hampshire arremetemos às 8 da manhã para as cenas de cólera e destruição que já conseguíamos ouvir rugindo perante nossos cereais. As pessoas andavam pela Riverside Street embaixo da Sarah com estranhos ares preocupados. Os que se dirigiam para Rosemont compreensivelmente! Rosemont era baixa e plana na bacia do rio, metade de Rosemont e seus encantadores chalés de Santa Barbara já estavam sob quase dois metros de água marrom – A casa de Vinny Bergerac era uma jangada, eles passaram o primeiro dia ele e Lou e Normie e Rita e Charlie e Lucky o velho em travessuras na inundação e brincavam de jangadas e barcos na frente e atrás da casa, "Uhuuu! Olhaqui mãe!", Vinny berrando "A Maldita Marinha chegou à cidade, encomendem todas as camisinhas, aqui vem o roxo Shadows McGatlin o Campeão" – e na manhã seguinte às seis eles foram obrigados a deixar a habitação demente no subúrbio de Rosemont por ordem de uma equipe de policiais com botas em barcos a remo usando chapéus de chuva e capas trevosas, Rosemont estava em estado de emergência, no dia seguinte não tinha sobrado quase nada, no boudoir de madame havia bolhas de inundação e cuspe –

Os olhos de Dicky Hampshire cintilavam de excitação. Foi a melhor coisa que já tínhamos visto quando cruzamos o campo atrás do Textile e chegamos a seu planalto acima do lixão e do profundo desfiladeiro do rio com largura de quatrocentos metros até Little Canada, e vimos até o outro lado a imensa montanha de águas feias e sinistras se projetando ao redor de Lowell como um dragão bestial – Vimos um gigantesco telhado de celeiro flutuando na correnteza, sacolejando com a vibração do rugido na corcova – "Uau!". Famintos, tremendamente famintos como ficamos nessa excitação, nem pensamos em ir para casa pra comer até o fim do dia.

– "A estratégia é pegar um desses telhados de curral e fazer uma jangada gigantesca", disse Dick, e certo ele sempre estava – Corremos em direção ao rio através do lixão. Lá, na manhã mais brilhante, onde a grande chaminé assomava a 60 metros de altura, tijolaranja, superando a massa de tijolos do Textile tão nobremente situada em alturas-panoramas, estavam nossas encostas de gramado verde (os gramados das casas de força bem cuidados em verde-relva) onde brincáramos de Rei da Colina por eternidades, três anos – lá estava o caminho de escória de carvão até a Moody Street na ponte (onde os carros estavam estacionados naquela manhã excitante, as pessoas estavam reunidas, quantas vezes sonhei em pular aquela cerca no final da ponte e na treva dos sonhos descer pela sombra das bases de ferro e da rocha saliente da margem, e arbustos, e sombras, e lúgubres ambiguidades do Doutor Sax, algo inominavelmente triste e sonhado e pisoteado nas guerras civis da mente & memória – e adicionais cenas-sonhos nas encostas de palha desordenigmadas com vista para rochas à beira d'água sob um pequeno penhasco) – Sentimos que tínhamos crescido porque esses lugares e cenas eram agora mais do que brincadeiras de criança, eram agora ablutidos em puro dia pela branca névoa-neve da tragédia.

A tragédia rugia à nossa frente – toda Lowell, com respiração suspensa, observava de mil parapeitos, naturais ou não, o vale de Lowell. Nossas mães tinham dito "Cuidado", e ao meio-dia também elas, encolhidas em casacos de dona de casa, trancaram a porta e deixaram de passar roupa para ir espreitar o rio, muito embora isso implicasse uma longa caminhada pela Moody através do Textile até a ponte –

Dicky e eu examinamos aquela notável manhã ensolarada. O rio vinha fervendo de raiva marrom dos regatos do vale ao norte, na Boulevard os carros estavam estacionados para ver o rio balançando árvores em suas garras –, na ponta da Rosemont do lixão uma multidão se alinhara para encarar por lá o caos neerlandês, nossa prainha de merda nos juncos era agora o fundo do mar – eu me lembrei de todos os meninos que tinham se afogado – *"Tu connassa tu le petit bonhomme Roger qui etait parent avec les Voyers du store? Il s'a noyer hier dans rivière – a Rosemont – ta Beach que t'appele"* – (Você conhecia o garotinho Roger que era parente dos Voyers da loja? Ele se afogou ontem – no rio – em Rosemont – sua praia como você chama.) – O Próprio Rio estava se Afogando – Ele vinha pelas Quedas na White Bridge não em seu costumeiro resplendor cadente azulado (entre cristas brancas neve) mas eslíava num marrom e faminto resplendor deslizante que só precisava escorregar meio metro e já estava nas espumas do fundo da enchente – as criancinhas do Orfanato da Pawtucket na White Bridge estavam postadas em vigilantes fileiras nas cercas de arame do pátio ou lá na Gruta perto da Cruz, algo imenso e independente surgira em suas vidas.

Dicky e eu pulamos entre as proteções e porcarias da encosta do lixão, até a beira da água, onde a inundação simplesmente se acumulava e recuava numa praia-nojeira afundada de 90 graus – Ficamos na beira desse precipício aquoso observando com os olhos de águia dos índios na manhã do planalto à espera de que um telhado de galinheiro trombasse nas nossas mãos. Ele veio piruetando em solavancos ao longo da margem protegida – nós o prendemos na nossa amarração com uma corda pequena numa extremidade (atada num para-choque de carro preso no chão por dez anos) e a outra extremidade mais ou menos sustentada por uma ponte de tábua com pedras em cima, temporariamente – penas de galinha encontramos enquanto farreávamos pra lá e pra cá pelo telhado de zinco. Era uma jangada sólida, madeira por baixo, zinco no convés – media quinze metros por dez, imensa – Escorregara pelas Cataratas inchadas sem danos. Mas não chegamos a negociar qualquer longa viagem pelo Mar Merrimac – achávamos que ela estava amarrada com segurança, pelo menos o bastante, e a certa altura a corda se rompeu, Dicky viu e pulou no lixão – mas eu estava passeando pela borda externa, ou inundada, do telhado de galinheiro e não ouvi (por causa da eternidade do rio rugindo) o que Dicky queria dizer – "Ei Jack – a corda arrebentou – volta aqui." Na verdade eu estava sonhadoramente examinando aquela tremenda e inesquecível investida monstruosa de corcundas águas centrais Inundando a 100 quilômetros por hora das massas rochosas sob a Moody Bridge onde os cavalos brancos estavam agora afogados em marrom e pareciam se reunir na boca das rochas numa crescente vibração de água para formar essa estocada no Meio que parecia rasgar o dilúvio em direção a Lawrence diante dos nossos olhos – para Lawrence e para o mar – e o Rugido daquela corcova, ela tinha as costas escamosas e ululantes de um monstro marinho, de uma Cobra, era um fluxo inesquecível de mal e de ira e de Satanás invadindo minha cidade natal e fazendo a curva da Bacia de Rosemont e de Centralville Snake Hill junto àquela figura de sopro azul do castelo no pradoprotuberante nas romosas nuvens além – Além disso eu tentava ver se as pessoas das habitações no penhasco rochoso de Little Canada que se projetava sobre o rio estavam evacuando suas casas solidamente fundadas no lábio faminto do torrencial rugido marrom do Rio – Atrás do parque Laurier o lixão e os barracos do lixão da Aiken Street em Little Canada e o velho peste heur com seu barraco de bilhar e pistas sedutoras dos tempos de livros obscenos aulas matadas cara-ou-coroa que depois vieram e nos quais viramos homens eu e Dicky e Vinny e G.J. e Scotty e Lousy e Billy Artaud e Iddiboy e Skunk – Na verdade talvez eu estivesse sonhando com Skunk enquanto Dicky me chamava aos gritos, a vez em que Skunk deveria lutar com Dicky na trilha do parque e alguém interveio no longo crepúsculo vermelho de antigos eventos heroicos e agora Skunk era uma estrela de beisebol do nosso time mas também sua casa em Rosemont provavelmente estava flutuando pra longe – *estava tudo afogado...* o lixão, metade do estádio de Laurier, trágicas gangues de lowellianos americanos estavam reunidas na margem oposta assistindo – no desvairado dia-excitado-pelo-sol eu observava tudo do meu convés espumoso – mais alto que a minha cabeça o dilúvio rugindo a 60 metros de distância – O sol era uma vasta massa branca de radiância suspensa no aurônibus do céu feito uma auriola, uma colunata penetrava tudo, havia rampas do céu e deslumbrantes brilhos impossíveis iluminando na maior superfúria os tremendos espetáculos da inundação – Bem lá no alto no branco do azul eu a vi, a pomba boba, um *pippione*, um pássaro do amor italiano, regressando do Himalaia do outro lado do telhado do mundo com uma erva enrolada na perna, numa folha minúscula, os Monges do Mosteiro do Telhado enviaram segredos tibetanos ao Rei do Antimal, Doutor Sax, Inimigo da Cobra, Sombra do Escuro, Ouvinte Fantasma na Minha Janela, Observador com Rosto Verde de Garotinhos Judeus na Noite Paterson quando phobus claggett meu gônigo bedoino arrebenta sua bunda-mortalha numa loucura veica maníaca de gigantesco rochapoço preto passaico na simune noite nevada dos bailes maçantes – Uma jovem pomba boba tagarela no azul, circundando aquele rio marrom e lamacento com falatórios de desimportante alegria, demoníaco e maníaco pássaro do pequeno paraíso, vem nevando das colinas de Ébano para trazer nossa erva-mensagem – um *pippione*, cansado de viagem – agora todos os olhos se voltam para o dilúvio, depois se deslocam no dia ofuscante para os bosques inundados de Lowell – uma capa de tinta se enrola sobre as águas onde rema Doutor Sax – um carro se aproxima da beira da lama do prado da inundação – Doutor Sax desaparece atrás de arbustos inundados num glor – Umidade das árvores nas gotas cinzentas plipando na envernizada superfície marrom e sombria e árdua, cheia de esquil – A Pomba desce, aponta coração palpitante direto para os braços negros de Sax erguidos de seu barco em gratidão e oração. "Ó Palalakonuh!", ele exclama no dilúvio desolado, "Ó Palalakonuh Cuidado!!"

"Jack! Jack!", Dicky está gritando. "Sai da jangada – a corda arrebentou – você está flutuando pra longe!"

Eu me viro e dou uma examinada na situação – corro rápido até a borda e olho as águas marrons sem fundo do lixão de 90 graus e a jangada se afastando da última barreira de proteção aos pés do Dicky, um salto de um metro e vinte num mero segundo... eu sabia que até conseguiria e por isso não senti medo mas simplesmente saltei e caí de pé no lixão e a jangada se foi às minhas costas para se juntar a outras corcovas na correnteza principal, onde dava pra vê-la subindo e mergulhando como uma tampa gigantesca – poderia ter sido meu Navio.

2

Notícias chegaram a nós de garotos subsidiários na incrível manhã explosiva como numa batalha de Tolstói de que a White Bridge foi declarada perigosa e ninguém mais poderia cruzá-la, havia bloqueios de ruas, e no bulevar o Rio encontrara um antigo leito de riacho adequado a seu novo inundante avanço e tratou de usá-lo para fluir numa louca torrente pela metade de Pawtucketville e unir seu horror aos dilúvios de Pine Brook e correr de volta pela já inundada Rosemont – além disso, chegaram notícias de desastres no centro de Lowell, logo não conseguíamos nem chegar lá, os canais transbordavam, as fábricas nadavam, a água rastejava pelas ruas comerciais, piscinas se formavam tomando inteiramente vielas de tijolos vermelhos atrás das fábricas – tudo isso era só uma incrível notícia excelente para nós – Na tarde do trágico e cinzento aviso-de-enchente cinza com minha mãe, mais tarde voltei com a turma pra ver as operações de sacos de areia na Riverside Street onde a coisa chegava mais fundo. Bem ali morava uma das nossas professoras da escola primária, sra. Wakefield, numa casinha branca coberta de roseiras. Estavam empilhando sacos de areia do outro lado da rua desde sua cerca branca. Ficamos ali nos sacos de areia, na ondulação da inundação, enfiando nossos dedos nos sacos – queríamos que a Enchente os atravessasse e afogasse o mundo, o horrível mundo da rotina adulta. G.J. e eu fazíamos piadas a respeito – brigávamos tagarelando sob trágicos sinalizadores e luzes de emergência enquanto subia o rio – depois da janta vimos que a parede de sacos de areia estava mais alta. Queríamos uma enchente de verdade – desejávamos que os trabalhadores fossem embora. Mas na manhã seguinte fomos lá e vimos a grande corcova estrondosa de cobra do forte braço esquerdo do rio esmurrando os sacos de areia a 6 metros de altura e se derramando pelas cegas janelas boquiabertas da casinha de videiras marrons da sra. Wakefield com seu último telhado escorregando pelo redemoinho – atrás dela uma rua totalmente tomada de água corrente – G.J. e nos entreolhamos com espanto e impossível alegria: TINHA ACONTECIDO!

Doutor Sax estava lá no alto bem acima dos parapeitos de Lowell, rindo. "Estou pronto", ele exclamou, "estou pronto." Ele tirou seu barquinho de borracha do chapéu de aba larga e o soprou de novo e saiu remando com seu remo de borracha e Pomba no bolso pelas funestas águas inundantes da floresta noturna – na direção do Castelo – sua risada oca ecoava pela desolação. Uma aranha gigante rastejou da água do dilúvio e correu depressa com dezesseis pernas para o Castelo na Colina da Cobra –

também inomináveis pequeninos
correram para lá.

3

A CASA DE PAUL BOLDIEU, pra qual costumávamos subir por degraus precários pelo lado de fora – na beira de Cow Field perto da igreja de St Rita –, a funesta casa onde sua mãe fazia feijão para o café da manhã dele – onde acabados e turvos calendários religiosos de St Mary pendiam da porta marrom atrás do fogão – o quarto de Paul, onde ele mantinha em tinta vermelha seus registros de todas as nossas médias de rebatidas de beisebol – o doido Kid Faro (por causa de seu dente de ouro e terno de tweed verde na tarde de domingo no Crown Theatre com ratos na galeria e a vez que jogamos caixas de sorvete no sovina do filme executando a hipoteca da viúva e um policial de 90 anos subiu a escada pra tentar nos encontrar) – a casa de Paul foi inundada, um metro e oitenta de água, era necessário acessar sua varanda num barco a remo –

Uma excitação tremenda enchia todas as ruas ribeirinhas de Lowell, onde as pessoas – no ar puro das manhãs com clima de feriado – se aglomeravam na bela borda lambente da inundação – "I got a nose, you got a nose" – vou vagando pelas duas ribanceiras, cantando – atravesso a White Bridge que normalmente atravesso todos os dias pra ir à Bartlett Junior High e eis a vasta e milagrosa e tão-esperada e monstruosa corcova da inundação rolando nove metros abaixo a uma velocidade de 100 quilômetros por hora – arcos de inundação imensamente maiores descem de New Hampshire, cobrindo rodovias às vezes – a casa do

Paul ficava bem no meio do novo curso d'água na parte baixa de Pawtucketville – "I got a nose – you got a nose –" Pobre Paul – não consigo enxergá-lo na multidão toda – há um bloqueio cortando a Riverside Street no monumento da Primeira Guerra Mundial que tem o nome do tio do Lauzon onde o rio devora o gramado atrás, o monumento está prestes a desabar no rio – o rio não apenas estrondeia pela casa da sra. Wakefield mas também vem lambendo quase além do monumento até a própria cabeceira da ponte da Varnum Avenue – mas a Varnum Avenue também está inundada algumas dezenas de metros além na casa do Scotty – no bulevar há um novo rio – G.J. e eu comemoramos que nossas casas foram construídas no alto da rocha de Pawtucketville – o Banco de Areia jamais ficará molhado – a Sarah Avenue e a Phebe Avenue apresentam panoramas imensos quando você consegue enxergar através das árvores – o dilúvio poderia subir que nem o dilúvio de Noé e o prefeito ia ver a diferença na parte baixa de Lowell – na Corcunda de Pawtucketville nós poderíamos fazer uma última vala com uma arca improvisada às pressas – "Abram caminho cavalheiros!", G.J. afirma para os sacos de areia enquanto tenta enfiar os dedos – "Desde mortários imemoriais vós esfregais e basta vós já esfregastes tais sacos marítimos à frente do mastro de mezena malditos" – G.J. é um legítimo Ahab no Dilúvio, um demônio na Barragem – Famintos nós rondamos pra cima e pra baixo na enchente admirando a loucura negra, o rio demoníaco – ele está corroendo tudo aquilo que sempre nos odiou – árvores, casas, comunidades estão capitulando – Arde em nossas almas uma louca alegria, ouvimos agora claramente a risada do Doutor Sax penetrar o rugido do meio do rio, sentimos o zumbido e a Vibração do mal na terra. Quando a noite cai vamos passeando com braços selvagens balançando nas folhas emaranhadas e rochas da margem sob a Moody Street Bridge – jogamos minúsculas pedrinhas frágeis naquele volume... as pedrinhas são lançadas pra cima – pra trás – Ao longo do trágico muro de granito do canal não vemos mais as antigas marcas d'água de inundações, ou números caiados; a enchente chegou a um pico recorde. Um famoso St Francis Lock num Canal através da cidade está salvando o distrito central de Lowell da inundação completa. De momento, um metro e oitenta de água enchem a gráfica do meu pai – ele já saiu dirigindo desesperado várias vezes pelo centro olhando a água e até mesmo por Pawtucketville –

"Nunca vou esquecer essa vez, Zagg, que o seu pai tossiu" – G.J. vai conversando comigo enquanto rondamos como ratos – "na parede do beco, sabe, entre o Clube e a loja do Blezan na Gershom onde tem aquelas duas paredes de madeira de cada lado da rua, eu estava de um lado, o seu pai do outro, bem cedo de manhã semana passada, um frio infernal, lembra, eu ia mandando umas nuvens de fumaça pela boca, de repente uma grande explosão me fraquejou as pernas – o seu pai tinha tossido e o eco atingiu a minha parede e ricocheteou direto em mim – meus ouvidos explodiram, eu caí *num joelho* Zagg sem brincadeira – eu falei (pra recobrar meus sentidos, ninguém ali pra me dar um tapa, entende)" – (chegando perto e me cutucando –), "Zagg – aí eu falo na maior inocência, 'Opa, sr. Duluoz, o senhor parece estar com uma tosse das brabas aí, não é mesmo?', 'N-ã-ã-o', diz ele, 'não Gussie, não é nada de mais – só uma coceirinha, Gussie, só uma coceirinha na minha garganta' – A-a-uu-ai – *Bretch*!", ele berrou, levantando uma perna – uma imitação de grandes arrotadores soltando peidos explosivos nas reuniões do conselho de administração.

A enchente seguiu rugindo, Rio Papo – veio Chovendo e Chorando de Seis Mil Buracos na Terra úmida de toda a primavera da Nova Inglaterra. Havia jornalistas na ponte com fotógrafos tirando fotos do rio – cinejornais de Boston – visitas de jornalistas da Cruz Vermelha da Convenção de Haia em Jersey City.

4

É Quaresma e as pessoas vão tocando suas Novenas – estou lá no crepúsculo cinza de terça à noite (na tarde depois do fiasco da jangada com Dicky passei horas simplesmente deitado de costas na grama da beira do rio no precipício do penhasco embaixo da Moody Bridge, inspecionando a enchente com o olho sonolento do verão e preguiçosamente olhando um avião que circulava o rio) – estou na igreja, tenho que terminar minha Novena e aí posso pedir em reza o que quiser depois, além disso todos me disseram pra fazer minha Novena, então estou na igreja no crepúsculo – Mais gente do que o normal, estão com medo do Dilúvio. Vagamente você consegue ouvi-lo rugindo atrás das paredes do silêncio das velas.

5

Artífices de calça larga inventores do mundo não teriam conseguido resolver o enigma da enchente mesmo que tivessem um sindicato – Faça um estudo: – ao longo da margem do medidor de água prestidigitador no canal não havia nada além de água, o truque estava afogado, o beco entre os armazéns de tijolos vermelhos que davam pra porta encardida do andar da frente do salão-câmara do meu pai com rodas de vagão e piso térreo enrugado com pó de carvão fazendo as vezes de tapete vermelho para o Chefe – era tudo uma vasta e medonha piscina feita de lama, palha, algodão, óleo de máquina, tinta, mijo e rios –

6

Stavrogin faminto meu irmão filial se perdeu nos ratos de lama – ouvi dizer que Joe estava sei lá onde com um rifle .22 caçando ratos, havia uma recompensa oferecida, falava-se de uma inoculação em massa de tifoide – todo mundo tinha que tomar umas injeções, G.J. e eu ficamos passando terrivelmente mal e com braço inchado na semana seguinte –

7

Meu pai, Mãe e Nin e eu, o carro estacionado atrás de nós, estamos parados numa rua alta com parapeito junto à White Street observando abaixo de nós a água marrom que vai subindo até o nível do segundo andar de casas iguaizinhas à nossa na Sarah Avenue e as famílias pobres como nós que estavam sem casa –, bem, tudo que eles precisavam fazer agora era ser boêmios à luz de velas como todo mundo no México –, White Street era o nome da rua da sra. Wakefield, agora era Brown Street –, na direção do rio você consegue ver o braço d'água invadindo e como tudo aconteceu, tudo chegando de grandes mares de inundação relatados rio acima –

"*Bon, ça sera pas terrible ça avoir l'eau dans ta chambre a couchez aussi haut que les portrats sur l'mur*", disse o meu pai – (Bem, não seria tão terrível que a água no teu quarto chegasse mais alto que as fotos na parede!). Fiquei perto dele por proteção, amor e lealdade. Uma mosca zumbiu.

8

DA SRA. MOGARRAGA, A IRLANDESA que morava no pequeno bangalô branco em Rosemont, ouviu-se uma declamação enquanto ela saía de sua sala de piano num barco a remo, "Vagabundos e bando de trastes que eles são, nojeiras de Arrah, que façam calças de si mesmos com os fundilhos e Gomorra de sua choupana imunda – é o Senhor que trouxe o Dilúvio pra exterminar os desgraçados que nem barata! Garrafas em suas colchas, feijões em seus percevejos, palermas – eu ia é varrer todos com minha vassoura" – (referindo-se a seus pensionistas) (apertando seu gato no peito Deus abençoe seu vasto deleite) – Uma onda de riso se eleva da multidão na beira da enchente.

9

Eugene Pasternak, louco de amor por suas meias-noites de passeios uivantes, vem furiosamente pelo caminho de lodo com suas botas potadas e uma calha de essência em seu ar – "Jiiuá! Os groles colocam minha alma de anel numa calma do céu – contentem meu compe! salvem meu bompe!" – e desaparecendo nos barracos dos fundos (numa dança rebolante como um comediante que sai do palco).

10

NA SEARS ROEBUCK E LOJAS DE FERRAGENS as pessoas pisoteavam na luz da tarde cinzenta e compravam botas, borrachas, remexiam entre os ancinhos, capas, materiais para chuva-umbrosa – algo como uma mancha suja de tinta pendia no céu, a inundação estava no ar, conversa nas ruas – visões de água em distantes extremidades de ruas pela cidade toda, o grande relógio da Prefeitura girava em silêncio dourado na muda luz do dia e dava as horas do dilúvio. Poças espirravam no trânsito. Inacreditavelmente agora, voltei para ver o dilúvio ainda subindo – depois da janta – o poderoso rugido sob a ponte ainda estava lá, lançando névoa num mar aéreo – torrenciais montanhas marrons despencando – comecei a ter medo, agora, de observar embaixo da ponte – Enormes toras atormentadas desciam adernando do turbilhão de quedas e consequências rio acima, balançavam para cima e para baixo como um pistão na correnteza, algum vasto poder bombeava por baixo... resplandeciam em seus tormentos. Além eu avistava as árvores no ar trágico, a cena se precipitava vertiginosamente, tentei acompanhar as imundas cristas de ondas marrons por trinta metros e fiquei tonto e prestes a cair no rio. O relógio afundou. Comecei a não gostar mais da enchente, comecei a vê-la como um monstro maligno determinado a devorar todo mundo – sem nenhuma razão especial –

Desejei que o rio secasse e virasse a piscina de verão para os heróis de Pawtucketville novamente, naquele momento ele só servia para os heróis da Segunda Guerra Púnica – Mas ele continuava rugindo e subindo, a cidade inteira estava molhada. Gigantescos e mergulhadores telhados de celeiros subitamente submergindo e subindo de novo imensos e gotejantes extraíam "Uuuhs & Aaahs" dos observadores na margem – Março devastava em sua fúria. A lua louca, uma insinuação crescente, cortava uma fina fatia das multidões de nuvens raiadas que se impulsionavam num vento leste pelos céus do desastre. Vi um solitário poste telefônico a dois metros e meio de profundidade, sob uma chuva fina.

Na varanda da minha casa eu sabia em devaneio meditativo que o rugido que ouvia no vale era um rugido catastrófico – a grande árvore do outro lado da rua acrescentou sua multiforme Voz frondosa ao geral suspiro triste de março –

A chuva caía na noite. O Castelo estava escuro. Os galhos nodosos e as raízes de uma grande árvore que se alçava junto de uma calçada perto das estacas de ferro das antigas igrejas do centro de Lowell provocavam bruxuleios nos postes de luz. – Olhando para o relógio, você podia pressentir o rio atrás de seu iluminado disco do tempo, seu ímpeto furioso sobre margens e pessoas – o tempo e o rio estavam fora de sintonia. Apressadamente, à noite, na escrivaninha verde do meu quarto, escrevi no meu diário: "Inundação com força total, grande montanha marrom de água correndo. Ganhei $3,50 hoje aposta em Pimlico." (Eu também registrava minhas apostas na conta bancária imaginária que durou anos –) Havia algo de úmido e sombrio no verde da minha escrivaninha (enquanto a escuridão marrom lampejava na janela onde meus galhos preto-lama de macieiras se esticavam para tocar meu sono), algo sem esperança, cinzento, lúgubre, meio anos trinta, meio perdido, quebrado, não no vento um grito mas um grande borrão embotado pendendo estupidamente de uma massa marrom-acinzentada de escuridão nublada e semianoitecida e Vazio pedregulhoso de roupas suadas pegajosas e canino desespero – algo que não tem a menor chance de voltar na América e na história, a penumbra da civilização lamacenta inacabada quando é apanhada com as calças abaixadas por uma fonte com a qual perdeu contato muito tempo antes – políticos adoradores de golfe e funcionários da prefeitura que também jogavam golfe reclamavam que o rio afogara todos os corredores e tees, esses babacas se viram desapontados pelos fenômenos naturais.

Na sexta-feira, a crista já tinha passado pela cidade, e o rio começou a descer.

"Mas o estrago estava feito."

LIVRO VI

O CASTELO

1

Uma estranha calmaria se deu – depois da Enchente e Antes dos Mistérios – o Universo estava se suspendendo por um momento de quietude – como uma gota de orvalho no bico de um Pássaro – ao Amanhecer.

No sábado, o rio já baixou bastante, e dá pra ver todas as cruas marcas da enchente no muro e na margem, a cidade inteira está encharcada, enlameada e cansada – No sábado de manhã o sol está brilhando, o céu se mostra penetrantemente, comovedoramente azul, e minha irmã e eu estamos dançando sobre a Moody Street Bridge pra pegar livros da Biblioteca da manhã de sábado. Aquela noite toda eu tinha sonhado com livros – Estou na biblioteca infantil no porão, fileiras de lustrosos livros marrons à minha frente, estendo a mão e abro um – minha alma se emociona só de tocar as páginas usadas e macias e carnudas cobertas por ganas de leitura – finalmente, finalmente, estou abrindo aquele marrom livro mágico – vejo a linda tipologia encaracolada, as imensas primeiras letras-lustres no começo dos capítulos – e Ah! – ilustrações de fadas rosadas em jardins de bruma azul com telhados holandeses de cotovia-bolo-de-gengibre (com migalhas de pão em cima), conversando com tristonhas heroínas sobre o velho monstro malvado no outro lado arborizado da várzea – "Em outra parte da floresta, mein princesa, os carinhos da calhandra estão completamente calados" – e outros sinistros significados – pouco depois de sonhar isso eu mergulho em sonhos de colinas altas com casas brancas recortadas por raios de um sol do Maine que manda uma triste vermelhidão sobre os pinheiros numa longa estrada que avança inacreditavelmente e com ... remorso... salto do ônibus para poder ficar na pequena cidade de Gardiner, bato em venezianas, aquele sol é o mesmo vermelho, nada de sabonete, as pessoas do norte são silenciosas, pego um trem de carga para Lowell e me acomodo naquela pequena colina de onde eu descia de bicicleta, perto da Lupine Road, perto da casa onde a mulher maluca tinha o altar católico, onde – onde – (eu me lembro da estátua da Virgem Maria sob a luz de velas de sua sala) –

E acordo de manhã e brilha o sol de março – minha irmã e eu, depois de apressados mingaus de aveia, saímos correndo na fresca na manhã não desanimados pelo resíduo de orvalho do rio em sua salada lamacenta lá embaixo na margem lacrimosa – A Natureza veio dar carinho ao pobrezinho menininho no vale do rio – nuvens douradas da manhã azul cintilam acima da decadência do dilúvio – criancinhas dançam sob os varais das vizinhanças, atiram pedras ensolaradas nos rios lamacentos do dia-tartaruga –, numa especial margem de rio Susquehanna na Riverside Street-dos--Sonhos, pra valer, eu vou saracoteando com minha irmã até a biblioteca, jogando pedras escamadas no rio, afogando seu voo em lamacentas enchentes de cadáveres esverdeados se chocando – Navegando e pulando no ar nós vadiamos até a biblioteca, catorze –

Volto pra casa da biblioteca naquela manhã, subindo a Merrimac Street com Nin. Em certo ponto, desviamos em paralelo para a Moody Street. Corado sol matinal em pedra e hera (nossos livros firmes embaixo dos braços, alegria) – pelo Royal Theater nós passamos, lembrando o passado cinzento de 1927 quando íamos juntos ao cinema, ao Royal, de graça porque a gráfica do Pai imprimia os programas então, naqueles dias, o porteiro do andar de cima na galeria céu de crioulo onde sentávamos tinha voz rouca, esperávamos impacientemente pela hora do filme 1h15, às vezes chegávamos 12h30 e esperávamos esse tempo todo olhando os querubins no teto, louco-teto redondo e rosa e dourado e cristalino do Moorish Royal Theatre com uma Madona Sistina em volta do botão embotado de onde devia pender um lustre –, longas esperas no assento esfarrapado mexe-mexe cambaio nervoso estalando chiclete com "Calaboca!" do lanterninha, que também tinha mão faltando com gancho na corcunda Veterano da Primeira Guerra Mundial meu pai o conhecia bem sujeito legal – esperando que Tim McCoy pulasse na tela, ou Hoot Gibson, ou Mix, Tom Mix, com dentes nevados e sobrancelhas negras de carvão sob enormes sombreros brancos de neve brilhantes e ofuscantes do Louco Oeste mudo de Hollywood – saltando por escuras e trágicas gangues de combatentes extras ineptos se atrapalhando com coletes rasgados em vez de esporas brilhantes e coldres com penas de Heróis – *"Gard, Ti Jean, le Royal, on y alla au Royal tou le temps en? – on faisa ainque pensee allez au Royal – a's't'heur on est grandis on lit des livres."* (Olha, Ti Jean, o Royal, a gente costumava ir no Royal toda hora né? – só nisso que a gente pensava, ir no Royal – agora estamos crescidos e lemos livros.) E vamos saltitando, Nin e eu, passando pelo Royal, pelo Daumier Club onde meu pai apostava nos cavalos, o mercado de carnes do Alexander no canal agora no sábado de manhã enlouquecido com mil mães espremidas na serragem dos balcões. Do outro lado da rua, a velha drogaria numa antiga casa colonial de madeira dos tempos indígenas exibindo suportes atléticos e comadres na vitrine e fotos das costas de sofredores venéreos (a gente ficava imaginando em que lugar medonho eles tinham se metido para ganhar tais marcas de seus prazeres).

"Eu nunca te perdoei por aquela vez que você me acertou na cabeça com uma bolinha de gude Ti Jean", Nin está me dizendo, "mas nunca vou guardar rancor – mas você me acertou na cabeça." Eu tinha mesmo, mas com Repulsion, campeão do Turfe, ela não estaria lembrando sem um galo na cabeça. Felizmente usei uma bolinha normal e não a condutora – caí numa raiva terrível porque Mamãe a mandou limpar meu quarto, sábado de manhã 11 horas quando tem cheiro de fervura no fogão e eu estava preparado para o meu jogo e gritei quando vi que a competição (com 40.000 em mãos) ia ser adiada, mas ela se mostrou inflexível, então confesso perante o julgamento das eternidades que joguei uma bolinha de gude (Synod, propriedade dos estábulos S & S) bem no meio da testa dela. Ela desceu chorando – fui severamente empurrado por minha irada mãe e obrigado a sentar e ficar de mau humor na varanda por um tempo – *"Va ten dehors mechant! frappez ta tite soeur sur la tête comme ça! Tu sera jamais heureux être un homme comme ça."* (Vai lá pra fora, coisa feia!, bater na cabeça da tua irmãzinha desse jeito! Você nunca será feliz sendo um homem desse jeito!) Duvido que eu jamais tenha crescido também. Fico preocupado.

"Eh bien Nin", eu digo, *"faura du pas faire ça."* (Bem, Nin, eu não devia ter feito isso.)

Chegamos à igreja St Jean Baptiste e Nin quer entrar por um minuto pra ver se as meninas da terceira série da St Joseph para meninas estão fazendo seus exercícios quaresmais, quer ver a irmãzinha de uma amiga – ah, as pobres menininhas de Lowell que eu sabia que tinham morrido, aos 6, 7, 8, seus pequenos lábios rosados, e pequenos óculos da escola, e pequenos colarinhos brancos e blusas azul-marinho, todas, todas empoeiradas em sepulturas desvanecentes em campos que logo afundarão – ah, negras árvores de Lowell em seu clarão de março –

Nós damos uma espiada na igreja, nos desordenados grupos de garotinhas, nos padres, nas pessoas ajoelhadas fazendo sinal da cruz nas naves, a cerimoniosa vibração das luzes do altar da frente, onde um jovem padre resfolegante roda sensacionalmente para se ajoelhar e fica ajoelhado como uma perfeita estátua imóvel de Cristo na Agonia do Jardim, mexendo-se por um brevíssimo instante enquanto quase perde o equilíbrio e todas as crianças na igreja que observavam viram, a girada sensacional fracassou, eu percebo tudo enquanto escapo pela porta – depois de Nin com um piparote na água benta e rápida recolocação do gorro (o meu era um velho chapéu de feltro furado).

A brilhante manhã cobriu nossos cílios ali mesmo, dentro perpétua tarde da igreja, aqui: manhã... Mas enquanto avançávamos pela Aiken Street e subíamos pela Moody o dia se estendeu até o meio-dia com um leve clarão esbranquiçado agora ingressado nas adriças do azul e as trombetas pararam de soar, meio que perderam seu orvalho – sempre detesto como a manhã passa – As mulheres da Moody Street corriam e faziam compras literalmente à sombra da Catedral – na Aiken com a Moody, centro de atividades do tráfego, que lançou sua enorme sombra inchada na cena – subindo um ou dois andares de prédio na extenuação-vertical-sombreada se alongando com a tarde. Nin e eu olhamos boquiabertos a vitrine da drogaria: lá dentro, onde perfeitos azulejos pretos e brancos formavam o solário dourado da drogaria, e onde os sorvetes de morango com refrigerante espumavam no topo numa borbulhante névoa rosa diante da boca salivante de um ocioso vendedor ambulante com suas amostras no banquinho, sorvete num copo assentado em armação de aço com estridente suporte redondo, um sorvete sólido, vasto, antiquado, encimado por um bigode de barbearia, Nin e eu certamente adoraríamos um tantinho daquilo. O deleite da manhã era particularmente intenso e doloroso no balcão de mármore onde havia um pouco de refrigerante recém-derramado – Eu fui fazendo folia, fomos os dois fazendo folia pela Moody. Passamos por várias mercearias canadenses de típicos trabalhadores lotadas de mulheres (como a do Parent) comprando hambúrguer e enormes costeletas de porco de primeira (para servir com purê de batata quente num prato no qual também flutua quente a gordura da costeleta de porco linda com dourados luminescentes para misturar com o purê quente de *patate*, adicionando pimenta). Na verdade Nin e eu ficamos com fome lembrando de todas as nossas longas caminhadas até o Royal, olhando sorvetes, caminhando, vendo as mulheres comprando salsichas, manteiga e ovos nas mercearias. "*Boy mué faimera ben vite, tu-suite*", Nin diz esfregando seu vestido na barriga (Rapaz eu gostaria bem depressa, agora mesmo –), "*un bon ragout d'boullette, ben chaud* (um bom ensopado de porco bem quente) *dans mon assiette, je prend ma fourchette pis je'll mash ensemble* (no meu prato, eu pego meu garfo e esmago junto), *les boules de viande molle, les patates, les carottes, le bon ju gras, apràs ça j'ma bien du beur sur mon pain pis un gros vert de la –"* (os bolinhos de carne macia, as batatas, as cenouras, o bom molho gordo, depois disso eu boto um monte de manteiga no meu pão e um copo grande de leite –).

"Pour dessert", acrescento eu, *"on arra une grosse tates chaude de cerises avec d'la whipcream –"* (Pra sobremesa, a gente comia uma grande torta quente de cereja com chantilly) –

"Lendemain matin pour dejeuner on arra des belles grosses crêpes avec du syro de rave, et des sousices bien cui assi dans l'assiette chaude avec un beau gros vert de la –" (Na manhã seguinte, pro café da manhã, a gente comia uns crepes grandões com xarope de bordo, e salsichas bem cozidas deitadas no prato quente com um lindo copão de leite –)

"Du la chocolat!" (Leite achocolatado!)

"Non non non non, s pas bon ça – du la blanc – Boy sa waite bon." (Não não não não, não é bom – leite branco – Rapaz como vai ser bom.)

"Le suppers de ce jour la, cosse qu'on vas avoir?" (Na janta desse dia aí, o que é que a gente vai comer?)

"Sh e pa –" (Seilá) – ela já voltou sua atenção para outras coisas, olhando as mulheres que penduravam roupa entre os prédios nas grandes vielas reluzentes da famosa Moody Street –

"Moi j'veu un gros plat de corton –" (Eu ia querer uma tigela grande de corton) (massa de carne) –, *"des bines chaudes, comme assoir, Samedi soir – un pot de bines, du bon pain fra de Belgium, ben du beur sur mon pain, du lards dans mes bines, brun, ainque un peu chaud – et avec toutes ça du bon jambon chaud qui tombe en morceau quand tu ma ta fourchette dedans – pour dessert je veu un beau gros cake chaud a Maman avec des*

peach et du ju de la can et d le whipcream – ça, ou bien le favorite a Papa, whipcream avec date pie." (– E feijão quente, que nem hoje, sábado à noite – uma panela de feijão, um bom pão belga fresco, muita manteiga no meu pão, toicinho no meu feijão, marrom, levemente quente – e com isso tudo um bom presunto quente que se desmancha quando você mete o garfo nele – de sobremesa eu quero um lindo bolo bem grande, quente, feito pela Mamãe, com pêssegos e o suco da lata e um pouco de chantilly – isso ou então o favorito do Papai, chantilly com torta de tâmara.)

Assim fomos a mil, e chegamos à ponte... quase tínhamos esquecido a Enchente –

2

O vasto meio-dia lavado brilha no dia do rio. Grandes marcas mostram quão alto ele chegara. As florestas na margem de seixos têm todas o mesmo tom marrom-lama. Sopra um forte vento frio, a placa da loja no final da ponte, em Pawtucket, estala e range. Céus batidos, brilhantes, lavam a visão da terra. Em Rosemont você vê grandes piscinas de desespero ainda refletindo nuvens... algumas delas com seis quarteirões de comprimento. Lowell inteira canta sob nossos olhos enquanto dançamos pela ponte. A enchente terminou.

Olho na direção da Colina da Cobra pra ver o Castelo e vejo a velha figura gnômica retorcida em sua vlumpa na colina pungente, desejável, distante. Céus ardentes brilham em seus calombos.

3

O Castelo está realmente abandonado – ninguém mora lá – uma placa velha vai cedendo na grama crescida perto do portão da frente – desde os tempos de Emilia e seus camaradas nos anos 20 nunca mais vimos qualquer sinal de carro ou visitante ou potencial comprador – Era um monturo. O velho Boaz perdurou no salão de teias de aranha e fumaça de lenha – o único habitante do Castelo que podia ser visto por olhos mortais. As crianças que matavam aula e as ocasionais pessoas que perambulavam pelas mofadas ruínas de porão lá dentro não se davam conta de que o Castelo estava Totalmente ocupado – Na Realidade da poeira escura os Vampiros dormiam, os gnomos trabalhavam, os sacerdotes negros rezavam suas Litanias da pérfida Umidade, os frequentadores e Visitantes do Nark nada diziam mas apenas esperavam e trabalhadores da lama subterrânea local estavam toda hora carregando caminhões com ombros nus lá embaixo – Quando eu andava pelo terreno do Castelo eu sempre sentia a vibração, aquele segredo abaixo – Isso era porque o local não ficava longe da minha colina natal, Lupine Road... Eu conhecia o terreno em que pensava & pisava. Naquela tarde ensolarada em que visitei o Castelo, chutei um vidro quebrado na janela lateral do porão e depois me retirei para um canteiro de grama sob uma macieira silvestre junto à cerca inferior – de onde estava deitado eu conseguia ver a régia encosta dos gramados do Castelo com suas insinuações das folhas avermelhadas de outubro passado (Ó grandes árvores do castelo de Versalhes de nossas almas! Ó nuvens que navegam nossas Imortalidades! – que nos arrastam para o Vum, além do parapeito e da janela enorme, Ó fresca tinta e mármores num Sonho!) – a grama graciosa e suave, a ondulação enredante na tarde sonolenta, a majestosa queda e declive da terra da Colina da Cobra, e então sensacionalmente pelo canto do olho toda uma ala e canto e fachada do Castelo – o selvagem, nobre, baronial lar da alma. Essa foi uma tarde de tamanho êxtase que a terra se moveu – efetivamente se moveu, eu logo soube o motivo – Satanás estava sob a rocha e a marga faminto para me devorar, faminto para me deslizar pelo portal de seus dentes que se abriam para o Inferno – fiquei deitado e inocentemente na minha infância cantei descalço "I got a nose, you got a nose –". Ninguém passando na estrada além do muro perguntava o que é que eu estava fazendo ali garotinho – nenhum caminhão de tinta, nenhuma mulher com filhos – eu estava relaxado no meu dia no pátio do velho e caseiro Castelo dos meus folguedos.

No fim daquela tarde, quase anoitecendo, muito frio, desci a Colina da Cobra pela estradinha de carroça por entre os pinheiros-do-labrador na areia não muito longe da velha e fuliginosa calha de carvão da Centralville Bee Coal Co.

4

Depois do jantar, vaguei até o banco de areia e fiquei no topo até escurecer –, contemplei o depósito de carvão lá embaixo, a areia, a Riverside Street onde era cruzada pela estrada de areia, a cambaia mercearia Voyer, o antigo cemitério na colina (homerun de campo central em velhos jogos contra os Rosemont Tigers na própria casa deles), o quintal de vinhedos outonais dos irmãos gregos Arastropoulos (ligeiramente ligados a G.J. por parentes que trabalhavam num carrinho de lanche na Eighth Avenue Nova York) – Os vastos campos em direção a Dracut Tigers, pinheiros distantes, muros de pedra – As árvores de Rosemont, o grande rio além – ao longe, do outro lado de Rosemont e sobre o rio, Centralville e sua Colina da Cobra cada vez mais escura. Fiquei no topo do banco de areia como um rei meditativo.

As luzes se acenderam.

De repente eu me virei. Vi Doutor Sax do meu lado.

"O que você quer Doutor Sax?", eu disse imediatamente – não queria que a sombra me sobrepujasse e eu desmaiasse.

Ele ficou ali, alto e imponente e escuro nos arbustos da noite. As fracas luzes noturnas de Lowell e as primeiras estrelas das 8 da noite mandavam para cima e para baixo uma aura cinzenta luminescente para iluminar o longo rosto verde sob o chapéu de aba larga amortalhado e rebaixado. – "Olhando com mudos olhos de sol você estava no raiar do dia em sua cidadezinha de bode – acha que velhos já não viajaram e viram outros pastores e outras cinzentas tortas de cabra no prado junto ao muro – Você não leu nenhum livro hoje, não é mesmo, sobre o poder de desenhar um círculo na terra à noite – você simplesmente ficou aqui ao anoitecer com a boca aberta e esmurrando suas entranhas –"

"Não o tempo todo!"

"Ah", disse o Doutor Sax, esfregando sua bengala na mandíbula, sua bengala amortalhada saltara de pretas bases pedestais em seu escuro estômago – ele me olhou de soslaio –, "agora você está pro-*testando* –" (virando-se para esboçar um súbito sorriso malicioso consigo mesmo na palma de sua luva preta) – "Veja bem, eu sei que você também viu as criancinhas daquela família Farmier subindo e descendo pelo tronco na inundada margem do rio e louvou a si mesmo pela agudeza dos seus olhos e pensou em ceifá-los com uma foice à distância, não pensou?"

"Sim senhor!", falei na hora.

"Assim é melhor –". E ele tirou uma máscara de W.C. Fields com o chapéu de sr. Swiggins do David Copperfield e o colocou sobre a parte preta onde seu rosto estava sob o chapéu de aba larga. Fiquei boquiaberto –, Quando comecei a ouvir o farfalhar dos arbustos, achei que era O Sombra.

5

Naquele momento eu soube que Doutor Sax era meu amigo.

"Quando vi o senhor pela primeira vez no Banco de Areia eu fiquei com medo – na noite em que Gene Plouffe estava fazendo o Homem da Lua –"

"Gene Plouffe", disse Doutor Sax, "foi um grande homem – nós precisamos lhe fazer uma visita. Faz anos que acompanho Gene, ele sempre foi um dos meus favoritos. Como fantasma da noite, acabo conhecendo e vendo muita gente. Certa vez escrevi uma história sobre uma das minhas mais loucas aventuras que posteriormente perdi."

Nenhum de nós naquela época conhecia Amadeus Baroque ou sabia que ele tinha encontrado esse manuscrito fantasmagórico.

"A Enchente", disse o Doutor Sax, "criou um Momento Crítico."

Quando escutei isso de seus lábios, muito embora ocasionalmente através do meu ser eu lutasse contra o espanto de vê-lo segurar a máscara de W.C. Fields no rosto e isso não faz minha mente girar mas sim se fixar num entendimento óbvio – eu soube o que ele queria dizer em relação à enchente, mas pelas mesmas leis eu não conseguia juntar as peças. "O entendimento dos mistérios", ele disse, "haverá de trazer à tona o seu entendimento nos bordos" – apontando para o ar.

Ele despontou dos arbustos estremecendo com força, mas de repente parou e ficou em silêncio do meu lado, tão alto, magro e imponente que eu não conseguia ver seu rosto a menos que olhasse até o alto – Lá de cima vinha sua famosa risada sepulcral, meus dedos dos pés formigavam.

DOUTOR SAX: "Majestosas Rainhas de malignas cavernas rochosas chegam eslomadas do lodo subterrâneo, gotejando... todos os nadadores do inferno estão cutucando e enfiando seus braços magros nas grades de ferro do Rio Mandíbula, o rio subterrâneo sob a Colina da Cobra –"

EU: "Colina da Cobra? O senhor não está falando de onde eu estava nesta tarde –"

DOUTOR SAX: "A colina dos balões azuis, isso mesmo."

E com essas palavras ele partiu e apontou, virando-se. "Dê adeus à sua visão das colinas de areia do lugar que você chama de casa – vamos atravessar esses arbustos e descer até a Phebe Avenue."

E tragicamente ele me conduziu pelos arbustos. Do outro lado, onde Joe, eu e Snorro tínhamos passado uma tarde inteira correndo e navegando pelo ar até ficar tontos e fracos e aterrissar na areia quente como paraquedistas – aqui Doutor Sax olhou pra cima e uma grande águia escura da noite mergulhou para nos saudar com ferozes olhos de Tio Sam e nos chumbando na escuridão prateada. "Esse era o Pássaro Tântalo – veio voando das alturas mais-altas-que--os-Andes da Princesa Tierra del Fuegan – ela enviou um pacote de ervas em sua calosa perna de garra, já desembrulhei – ganhei um tingimento azulado para o estado atual do meu pó –"

EU: "Onde estão todos esses tingimentos e pós, senhor?"

DOUTOR SAX: "Na minha cabana de amenyuose, madame" (ele mascou violentamente um naco de tabaco e meteu o bolo ruminado em seus negros bolsos internos para mais tarde).

Percebi que ambos estávamos loucos e tínhamos perdido totalmente o contato com a irresponsabilidade.

A águia flamejava no céu, vi que suas garras eram feitas de água, seus olhos eram ardentes e douradas tempestades de ouro, seus flancos eram barras de prata, sólidas, brilhantes luminescentes em chamas, sombras azuis em sua retaguarda, guardas – ver a Águia era como perceber de repente que o mundo estava de cabeça pra baixo e que o fundo do mundo era ouro. Eu sabia que Doutor Sax estava no caminho certo. Eu o segui enquanto descíamos pela areia macia do banco e fomos pisando suavemente na areia mais fina do sopé no halo luminoso da lâmpada da Phebe – "Upa", Doutor Sax falou estendendo seus braços dos quais uma grande cortina caiu me amortalhando até meus pés enquanto ficávamos ali derretidos numa negra estátua de êxtase. "Nada de Nadeau na Estrada? – esqueceu deles né não – nada de Ninips, pobre garotinho – nenhum Drouinzinho frenético porquinhando na poeira antes da hora de dormir lá onde as superluzes marrons se estendem na calçada –"

"Não senhor."

"Não obstante, uma das leis do Código das trevas é: nunca se deixe ver pela mortalha ou pelo eu, as areias têm mensageiros nessa tinta de luz estelar."

E ele seguiu deslizando, mortalha macia, eu bem colado nele, curvado, cabeça baixa, zunindo até a sombra seguinte, sou um grande veterano nisso como Sax já sabe muito bem – chegamos à escuridão do pátio da última casa.

"Estamos visitando Gene Plouffe", ele disse num baixo sussurro sepulcral. Pulamos a primeira cerca, sobre arbustos de violetas, e chegamos ao quintal dos Nadeau rastejando baixinho – Sequer um som, só a Parada de Sucessos de sábado à noite no rádio, você ouve o barulho dos címbalos, e o locutor, e a fanfarra da orquestra, e o estrondo da trovejante música triunfante, *No, No, They Can't Take that Away from Me* canção número um da semana, e ela me deixa triste me lembrando da minha pequena Bouncer morta que se perdeu e depois foi recuperada e depois morreu quando botaram pó de pulga nela e eu a enterrei no campo direito no meu quintal perto da porta do porão – enterrei a quinze centímetros de profundidade, ela era só uma gatinha, gatinhas mortas são coitadinhas.

A música vem do rádio dos Nadeau rouquenha e distante – Doutor Sax e eu deslizamos pelas sombras do quintal silenciosamente – No salto seguinte, ele põe sua mão mortalhosa no meu ombro e diz "Não precisa se preocupar – misture sua lama com flores de elefante, garoto adamantino – o gancho enrolado no arco da eternidade é uma coisa viva". Todas as suas declarações me batem na cabeça *Pode Entrar* muito embora eu não as compreenda. Sei que Doutor Sax está falando ao fundo dos meus problemas de menino e todos eles poderiam ser resolvidos se eu conseguisse sondar seu discurso.

"Viajantes de cara gró passaram por aqui, ficaram esperando cinzenta e mansamente nas portas da sala do comitê e da cabine de consultoria no Castelo – todos foram mandados embora."

"Quando o senhor vai pra lá?"

"Agora – esta noite", Doutor Sax falou, – "você pode ficar tanto comigo esta noite como com qualquer pessoa em qualquer lugar – para sua própria segurança –". Um olho de fogo de repente nos contemplou no escuro – no corrimão da cerca. Doutor Sax o espantou com sua sombria mortalha-bengala-chicote. Não consegui ver quando o Olho desapareceu – por um momento, julguei tê-lo visto voando pelo céu, e quando me dei conta vi um cisco lampejante no meu olho e ele se fechou de novo.

Muito à minha frente, baixo ao longo da cerca, Doutor Sax deslizou e me mostrou o caminho.

Chegamos ao quintal dos Hampshire, consigo ver a luz no quarto do Dicky onde ele está desenhando cartuns que vai me mostrar domingo lá em casa quando minha mãe faz pudim de caramelo – sei que Dicky nunca verá Sax ou me verá com seus olhos fracos. "Otário", eu digo, xingando sua casa – nós tínhamos brigado depois do episódio da jangada – faríamos as pazes em três dias defrontando olhares sombrios e relutantes no irrevogável caminho do parque e trocando *Shadows*.

O celeiro dos Hampshire era escuro e enorme – Sax se interessou por ele, deslizou até a beira da porta, demos uma olhada no teto grumoso e de repente um morcego despertou sobressaltado de seu devaneio e adejou pra longe, soltando bolinhas vermelhas de fogo que Sax soprou com sua respiração, rindo feito uma garotinha.

"Nosso bom amigo Condu", afirmou numa voz aristocrática e borbulhante, como que satisfeito com a lembrança de seus amigos e inimigos do castelo tchi--tchi.

Atrás da casa dos Delorge, onde o velho tinha morrido e na noite em que G.J. e eu lutávamos na chuva de repente seis homens de preto carregando uma caixa preta amortalhada saíram e a depositaram com o sr. Delorge nela, que gritara com a gente num pôr do sol de poças por causa de alguma bola, no carro fúnebre, e com pés pretos ficaram na chuva – enquanto Doutor Sax e eu voávamos sob as vinhas, treliças e trevas dos pátios um carro passou pela Phebe lançando faróis marrons dos anos trinta em direção à minha casa e à Sarah Avenue, triturando a estrada de areia com tufos de pinheiros de banco de areia inclinados sob as estranhas e lúgubres luzes na Noite de Sábado – Sax tosse, cospe, desliza em frente; eu vejo que ele está numa boa no mundo, as coisas acontecem a seu redor, ele responde apenas a sua própria vida no mundo – igualzinho a um mecânico de automóveis. Vou deslizando atrás dele inclinado e de soslaio, em certo ponto tropeçando num jardim de pedras, inclinado e de soslaio como comediantes de vaudeville enchendo a cara nos bastidores depois de uma apresentação de matinê pra quarenta e sete vagabundos meio adormecidos nos assentos – "Muu-huu-huu-ha-ha-ha" veio aquele som longo, oco e sepulcral da risada profunda e oculta do triunfante Doutor Sax. Dei minha própria gargalhada com as mãos em concha nas excruciantemente excitantes sombras escuras da Noite de Sábado – mulheres passavam a roupa lavada-nevada-fantasmagórica em cozinhas amortalhadas. As crianças gritavam sua corrida nos paralelepípedos da Gershom. Uma mulher rouca que acabou de ouvir uma piada suja solta uma grande gargalhada estridente na noite zumbida do bairro, uma porta bate num galpão. O alto e choroso irmão de Bert Desjardins está voltando do trabalho pela Phebe, seus passos vão triturando as pedrinhas, ele cospe, a luz das estrelas brilha em seu cuspe – todos acham que ele estava trabalhando mas ele foi transar com sua garota num celeiro sujo nas matas de Dracut, eles se apoiaram na crua madeira gotejante da parede, perto de umas pilhas de cocô de garotada, e chutaram pro lado umas pedras, e ele levantou o vestido sobre as coxas arrepiadas, e os dois trocaram olhares de malícia no palpitante celeiro escuro – ele está voltando dela, de onde lhe dera um beijo de despedida numa colina ventosa, e rumando para casa, parando apenas na igreja onde seus sapatos trituraram chão granuloso do porão da igreja e rezou uns *Notre pères* e olhou as costas de súbitos devotos ajoelhadores orando com seus raspados queixos escuros, entre tristes naves trêmulas, silêncio exceto pelas tosses ecoantes e pelos distantes frabos de bancos de madeira sendo arrastados na pedra, frrrrop, e Deus medita nas alturas zunidas –

Planando juntos pelas sombras escuras da noite, Doutor Sax e eu sabíamos disso e de tudo sobre Lowell.

6

Atravessamos o quintal na sombra escura da cerejeira da sra. Duffy – em dois meses, quando disputarem o Kentucky Derby, as cerejeiras estarão em flor – Ela queria cortar a árvore, segundo dizia, porque não queria que ninguém se escondesse atrás dela no escuro. Relaxado, mão no bolso, durante o dia, enquanto todos riam dela, assenti com a cabeça e concordei que ela era boba em querer que cortassem aquela árvore. O Doutor se achatou em sua Sombra feito uma coisa passageira; segui na retaguarda, shh.

Cruzamos na ponta dos pés até a cerca e pulamos perfeitinho no pátio da minha antiga casa na Phebe Avenue – Outra família mora lá, homem e oito filhos, olho depressa enquanto passo sob a varanda verde em assombrados na penumbra marrom de ancinhos, bolas velhas, papéis velhos. No alto, olho a janela do meu antigo quarto onde certa vez, dentro, na luz, eu começara meu cinzento e grisalho Turfe (1934) (Westrope o primeiro Jóquei) – as chocalhantes melancolias sombrias de outras mortes que morremos. Um riso triunfante zombou das imensas nasalidades do Doutor Sax enquanto ele abria caminho a passos largos pela grama e ervas daninhas do pátio – e saltamos o do Marquand, seguimos na ponta dos pés pelos jardins, chegamos ao lado sombrio e marrom da casa dos Plouffe e olhamos pela janela do Gene Plouffe. Vi a Sombra de Sax muito à frente, corri atrás – aconteceu que ele estava procurando pelo quarto errado, apressou-se a corrigir erros.

"Ah!", ouvi dele (enquanto eu me atrapalhava e andava em círculos e ele esbarrava em mim vindo do outro lado e a força de sua esbarrada nos carregou numa mortalha até a janela). Lá estávamos nós, queixos no parapeito da janela, e olhamos sob um tantinho sem sombra Gene Plouffe lendo *Shadow Magazine* na cama.

Pobre Gene Plouffe – fitando a janela escura para fazer um discurso contra um caubói inimigo mas percebe o vazio, não tem ninguém lá – Sax e eu estávamos bem escondidos por sua Capa Mortalhosa. Ela pendia em grandes dobras de veludo preto nas sombras cubulares do muro alto do pátio. A casa do sr. Plouffe tinha tábuas de telhas marrons e estranhas vielas de alcatrão que ele mesmo tinha feito, era de se imaginar. Ele estava adormecido em sua própria parte da casa naquela noite – Era provavelmente uma das duas noites da semana em que Gene dormia lá – Muitas famílias de Lowell tinham várias casas, vários quartos, e vagavam taciturnamente de uma para outra sob as grandes árvores sibilantes do verão da Eternidade. Gene estava com a colcha puxada até o queixo, só os pulsos de fora pra segurar a *Star Western* – na capa você podia ver cavaleiros marrom-avermelhados dando tiros com Colts .45 cinzazulados num céu de fundo neve-leitoso, com as palavras Street & Smith que sempre desviavam nossa mente dos morros castanho-avermelhados do duro Oeste e nos faziam imaginar um prédio de tijolos vermelhos, de alguma forma fuliginoso, com a grande placa STREET & SMITH nele, em branco, branco sujo, perto da Street & Smith Street no centro de Pittsburgh Nova York. Sax deu uma risadinha e me cutucou nas costelas. Gene lia totalmente absorto uma bela frase sobre "Pete Vaquero Kid subindo um arroyo seco nas desolações de algaroba de uma planura perto de Needle, a estrada para Needle se afastando como serpente contorcida por entre as corcovas de moita do deserto abaixo, subitamente 'Cracau', uma bala silvou na rocha e Pete deitou no pó numa pancada de moitas fendidas e tinidos de esporas, imóvel como um lagarto ao sol".

"Com que sofreguidão persegue suas lendas o jovem, de olhos famintos", Doutor Sax sussurrou, achando muita graça. "Hoje os Ko-*ranns* da crescida gulpitude fariam misérias com tal encrenca. Uma encrenca enojará sua mente com o tempo. Uma encrenca quer dizer passar um tempo na cadeia. Você passará por fúrias com as quais jamais sonhou."

"Eu? Por quê?"

"Vai chegar o momento em que você inclinará o rosto e o seu nariz cairá junto – isso se chama morte. Você passará por raivas angulares e romaivas solitárias entre a Besta do Dia em quentes circunstâncias resplandecentes esmagadas pela hora do relógio – isso se chama Civilização. Você enrolará os pés nos tensos estonteamentos de dez mil noites em companhia na sala de estar, na almofada – isso se chama, ah, socializar. Você ficará todo entorpecido por pensamentos paralíticos internos, e por cadeiras ruins –, isso se chama Solidão. Você engatinhará no chão no dia da sua morte e será perseguido pela Caricatura do Urso Russo com uma faca, e em seu abraço de urso ele haverá de apunhalar o seu sangue vermelhento para que volte a cintilar no pálido sol da Sibéria – isso se chama pesadelos. Você olhará uma inexpressiva parede feita de carne e fritura para se explicar – isso se chama Amor.

A carne da sua cabeça recuará do osso, deixando a tenaz Determinação despontando da maxila-espicaçada tremulo ponto de osso maxilar – em outras palavras, você babará sobre o seu ovo cozido matinal – isso se chama velhice, para a qual são oferecidos benefícios. Aos poucos você vai subir ao sol e impulsionar seus ossos mesquinhos com força e certeza para vastos trabalhos, e grandes jantares fumegantes, e cuspir seus caroços para fora, dolorosas noites de amor-galo em luas de teia de aranha, a névoa da poeira cansada ao anoitecer, o milho, a seda, a lua, o trilho – isso se chama Maturidade – mas você nunca será tão feliz quanto agora, em sua noite acolchoada, inocente, devoradora de livros, infantil, imortal."

Gene continuava lendo – olhamos com carinho por algum tempo a forma como sua mandíbula prognata se levantava, seu nariz de falcão descia, quase sufocando sua boca enlevada com sua fina respiração assobiando através dela – Gene sem dúvida ficava chapado com uma boa história de revista. "Tem nada que eu gosto mais, meu parça, do que mintupir duma boa pilha nutritiva de Star Western ou westerns de Pete Coyote ou The Shadow quando escura ele vem perangulando sua longa risadaça na sombra do Cofre do Banco, sim –" (Gene às vezes, para imitar a prosa das revistas pulp, começava a soar como W.C. Fields). Foi isso que ele me disse no dia em que me levou à penumbra marrom do medonho porão da casa de seu pai e nós encontramos *Shadows* e *Thrilling Detectives* e *Argosies* atiradas em caixas com teias de aranha. "Edifica tua mente, meu minino", diz o Gene, lembrando as falas de alguma história marítima da *Argosy*.

Lá vamos o Sombra Sax e eu, para coisas mais negras na noite além – Contornamos a casa dos Paquin, deslizamos depressa sem transparência mas de modo vago e sem som ao longo da cerca do outro lado da rua, na casa dos Boongo, avançamos sob imensos rugidos da enorme árvore acima (ainda zumbindo com seus eus insetos pela excitação da enchente) e paramos, só por um momento, para olhar e homenagear a minha casa... cujas luzes, no sábado à noite, mostravam-se agora tragicamente escuras, eu sabia que havia algo de errado. Não há nada pior do que o grande rosto choroso das casas, de uma casa de família, no meio da noite.

7

"Não tema a perda verde – cada galho em sua árvore cerebular anseia por retornar a você *agora*. Nenhuma perda particular existe no uso da perda – da mesma forma nenhum ganho pelo uso do ganho, ganho de hábito, perda de hábito – todo e cada momento almeja permanecer crescido para você mesmo enquanto a pii-rada passa por ele – você tomará seu lugar nas hierárquicas prateleiras do céu vegetabilizado com uma guirlanda de cenouras em seu cabelo e mesmo assim não saberá que jamais sofreu tão doces desejos – em sua morte você vai saber qual foi a parte *morte* da sua vida. E re-ganhar todo aquele verde, e os marrons."

Assim Doutor Sax me dava conselhos enquanto nos desenrolávamos na escuridão além da minha casa – Ah!, lá está minha mãe agora, ela foi fazer compras no Parent, tarde, comprou subsidiárias costeletas de porco extras para acompanhar o rosbife, os feijões assados (com melaço), o presunto cozido, o pão francês – a tigela de nozes do fim de semana de feriado – a salsicha e os ovos e *crêpes* com xarope de bordo de Vermont do sábado de manhã – o grande ensopado do almoço de sábado ao meio-dia – o feijão com presunto da noite de sábado – mas agora, nessa conjuntura, ela percebe que Shammy e Papai terão de se reunir na casa e Blanche vai aparecer, também outros, o velho Joe Fortier, então ela correu às pressas ao Parent para comprar salgadinhos de carne tardios (são 9 da noite agora) – ela se apressa, com grandes embrulhos festivos, em sólidos pés de camponesa, sem vacilar, como as mães do México correndo descalças na chuva com bebês enrolados em bolinhas em seus xales. Sax e eu nos escondemos nas sombras da cerca dos Coongo para vê-la passar – me dá vontade de correr e me jogar nos braços dela – Mas na mortalha de Sax estou congelado em humildade objetiva e apenas fico ali olhando a minha mãe, só me escapa uma mísera gargalhadinha, sombreada, mas mais alegre – Na rua caminhando ao lado dela eu vejo seu Anjo da Guarda. É um anjo enorme, muito solene, ligeiramente ferido, lábios caídos, mas com grandes asas brilhantes que despejam ricas chuvas de chamas frias rolando e merlando nos paralelepípedos da Gershom – Minha mãe vai caminhando bem juntinho, qualquer anjo da guarda serve e ela vai abençoá-lo quando chegar sua hora Santa Mãe, Bendita nas Alturas –

"Eis um velho ditado esquisito, meu rapaz – em minhas viagens de uma selva para outra nos fétidos pântanos do Sul e em minhas caminhadas nos Planaltos do Norte Dourado, tive ocasião suficiente para reconhecer esta verdade: as mulheres são donas da terra, as mulheres são donas do céu também – é uma tirania sem palavras – e sem espadas –"

E lá está Nin, descendo a rampa da Gershom voltando em corrida dos brilhos da Moody Sabanoite e está chamando minha mãe *"Hey Ma-a-a, attend muê"* – (Ei Mã-ã-ã-e, espera por mim) – e seu grito ressoa com os gritos de uma centena de outras filhas no ar, as antigas brigas selvagens do sol-que-cai do blues-mamãe-que-vai-pelo-rio, a trombeta cansada que deve tocar nos blues dos meninos quando eles erguem a cabeça de um meio-fio e ouvem que a Mãe tá chamando – a Lua Estragada brilhando junto a um pinheiro-do-labrador em Pawtucketville.

E a minha irmã alcança Mamãe, e as duas correm pra casa, falando sobre a Irmã Teresa do convento e Blanche e o preço das meias novas na vitrine e – na verdade –

MAMÃE: *J'achetez des beau poids* – (comprei umas belas ervilhas) – (procurando) – *gard,* (olha) –

NIN: *Oooh je veux le plus belle tite robe aujourdhui Ma!* – (Ah eu vi o vestidinho mais lindo hoje Mãe!) – *a l'ava des belles boules d'or sur une epaule* – (tinha lindas bolas douradas num ombro) –

MAMÃE: *Way – way – des boule d'or – pi?* (Eba, eba, bolas douradas, e?)

SRA. BISSONNETTE: (sacudindo seu esfregão da varanda): *Ayooo Madame Duluoz – Angy? – ta achetez ton manger tard!* (Aiuuu sra. Duluoz, você comprou seus mantimentos tarde!) – Hiiah hiiah! (rindo)

MAMÃE: *Oui Madame Bissonnette – j' m'ai faite jouer un tour* (Sim, sra. Bissonnette tive que me virar) – (Mais tarde moramos no apartamento da sra. Bissonnette, seis aposentos) (esquina da Gershom com Hilltop Fairytown Gamier St) –

Doctor Sax e eu rastejamos pelo agito da noite arletária das habitações, ouvindo mil vozes, mil saudações e comentários no ar da noite de março – as bolas de boliche rolando na pista, lá está o meu pai na porta, conversando com Zagg o bêbado mor de Pawtucketville que parecia exatamente Hugh Herbert e cambaleava falando "Wuu Wuu!" porque sabia disso, mas era realmente bêbado – Lá está Zagg com um charuto amassado na cara protestando com meu pai que tinha obtido a pontuação mais alta, ele fez 143 e ganhou o prêmio de pontuação mais alta, cadê o prêmio, e meu pai tá sorrindo e dizendo "Eu sei Zagg, porra, que sei que você fez 143 – eu vi cada um dos strikes que você mandou pela sarjeta – eu vi naquela planilha japonesa que você escreveu ha ha ha ha! (coff, coff) – Zagg, tá tudo bem, não vou ficar chateado contigo", e lá em cima, na janela de tela do último andar do Clube, o velho Joe Fortier, pai do Joe, que estava jogando bilhar com o Senador Jack o Loroteiro, olha de cima Emil e Zagg no chão e grita "Pelamordedeus o que é que vocês dois seus bostas de merda tão fazendo aí embaixo! Emil, *poigne le par l'fond d'culotte pis leuve le ici, on va y'arrachez la bouteille...* (Emil, pega o desgraçado pelos fundilhos e o tire daqui, vamos ficar com a garrafa dele)... *Zagg veux chain culotte va't'couchez!!*" (Zagg, seu velho cagalhão, vai dormir!) – Na loja do Blezan, doze caras estão aglomerados na máquina de pinball, sacudindo a máquina – alguns folheando as *Shadows* e *Operator Fives* e *Masked Detectives* e *Weird Tales* – (as *Weird Tales* eram uma viagem, havia invasões de musgo na Terra, rios de lava de musgo estavam chegando pra nos engolir). O Sombra Sax e eu estamos superencostados na parede do beco entre LeNoire e Blezan, observando, ouvindo, mil distrações ululantes na viva noite humana. No Parent do outro lado da Moody vislumbres interiores do grandalhão sr. Parent em pessoa empunhando sua faca de açougueiro no balcão dos jarretes, a tora de talhar, fuap, o sr. Parent com seu grande rosto benigno e rosado dizendo e sorrindo, *"Oui, Madame Chevalier, c'est un bon morceau d'boeuf"* – (Sim, sra. Chevalier, é um bom pedaço de carne). As salsichas penduradas e o deleite do interior dourado na noite de sábado – lembro das noites de outubro açoitadas pelo frio, com lâmpadas ondulando e folhas voando, a esquina da

Moody com a Gershom, Parent está lançando seu material reluzente dourado pela calçada com seus poucos caixotes abandonados na frente – e de repente você vê um garotinho sentado num deles, comendo um Oh Henry e um Powerhouse.

"Toda essa sua América", diz Sax, "é como uma densa colmeia balzaquiana num ponto de joia."

E de repente, ali mesmo, sem nenhum motivo prévio, ele se ergueu e pareceu explodir, ou arrotar como um touro prestes a lançar vinte litros de sangue, "Bleu-heu-heu-ha-ha-ha", ele irrompe, imensamente, "Mmuii-hii-hii-he-ha", ele vem de novo pelo outro lado, meu chão some de susto – eu salto sessenta centímetros pra escapar da foice de sua risada – Então vejo seu olhar gigantesco baixando enquanto ele ri de novo – e profere sua sibilação sepulcral "Fnuf-fnuf-fnuf-fnaa", ele diz, "esta é a noite da destruição da Cobra. – O Feiticeiro do Mal com seus gnomos-da-dor de Nittlingen, os defeituosos Pombistas Decadentes em seus travesseiros e livros dos mortos, os abanadores sugadores de sangue não agrários e aristocratas da areia negra, e todos os devotados monstros, aranhas, insetos, escorpiões, cobras-ligas, cobras negras, morcegos-cegos, baratas e vermes azuis da Lesma – esta noite a cabeça em erupção vai te varrer com ela – as rosas conhecem as ervas melhor do que você – você vai se dispersar em cartas de amor sopradas de uma forja de avião no centro da minha terra."

Estremeci ouvindo suas palavras, sem saber o que ele queria dizer, tampouco capaz de entender. Fila indiana, espreitamos por uma sombra cadente na rua e pulamos por pátios, pelo parque, por pátios, chegamos e nos misturamos às mortalhas das estacas de ferro do Textile na Riverside –

"Contempla", diz Sax, "teus campos, tua escuridão, tua noite. Hoje uniremos os vermes na panela da destruição."

Dou minha última olhada – ali, nos degraus da porta da esquina, a velha esquina de alcatrão rugoso-rumoso na qual tantas vezes eu estivera também, mas não estava mais... vi G.J. inspecionando a rua, girando um graveto, magro menino nas noites precoces de sua vida condenada, seu imenso cabelo grego encaracolado revoando, seus grandes olhos amendoados procurando algo como os olhos de um negro mas com grega intensidade ambiciosa, feroz e louca – pedindo à noite um pouco de amor e fé, sem receber nenhuma resposta da parede – E Scotty estava sentado num degrau, lentamente pescando amendoins um por um de seu Mr. Goodbar – com um sorriso torto e fraco; ele resistiu à crise da Enchente, haverá de resistir a outras, haverá de levantar ao desolado amanhecer em mil vidas e baixar a cabeça para caminhar até a labuta, castigado pelo trabalho em enormes humildades sob o sol, o piedoso-silencioso Scotcho dos grandes punhos jamais comeria suas próprias mãos ou mastigaria sua própria alma em pedacinhos – deixando passar uma noite de sábado em março nos tortos olhares de sua atenção, armazenando, simplesmente ali sentado, deixando que a águia da eternidade voe com seu próprio nariz. Vinny está caminhando pra casa, subindo a Moody, do outro lado da rua – carregando compras – expulso de casa pela enchente, eles estão hospedados na irmã do Charlie na Gershom – seis metros atrás do sorridente ridente berrante magro Vinny vem Lou, com sacos, solene; depois Normie, passo largo, sorrindo, carregando uma caixa; depois Charlie e Lucky, uma vez na vida andando juntos pela rua, sorrindo, na brisa suave dos eventos da noite eles foram ao centro pra comprar alguns mantimentos, foram e voltaram a pé feito uma família do campo, uma família indígena, uma família louca numa rua feliz – G.J. e Scotty acenam para os Bergerac. Carros passam; Shammy caminha para casa, cuspindo e acariciando sua pança onde ele acabou de alojar algumas cervejas, passando pelos meninos com um educado aceno da cabeça. Amanhã de manhã ele estará na igreja; esta noite, na casa de Emil Duluoz, vai encher a cara de Tom Collins e cantar no piano, claro.

"Bem", diz G.J. se virando para Scotty, enquanto Lousy fantasmagoricamente aparece se debatendo na sombra folhasselvaginosa da Riverside com seus sons engraçados e pedrinhas que está jogando, se aproximando de nós vindo da eternidade, um ser enigmoso, destinado ao outro lado – elfo – G.J. está dizendo "Onde será que tá o Jacky hoje".

SCOTTY: Seilá, Gus. Talvez esteja na casa do Dicky Hampshire. Ou lá na pista botando pino.

GUS: Aí vem nosso Lousy – toda vez que vejo nosso Lousy chegando, eu sei que vou pro céu, ele é um anjo esse maldito Lousy –

Doutor Sax e eu de repente voamos para o ar superior como se estivéssemos desviando de alguma tremenda força negra que teria nos empurrado para longe – em vez disso guinamos para cima, e *passando* algo, então eu não sei onde estamos, e não consigo ver quão baixo, ou acima, ou sobre o quê, e em qual precipício ou saliência chegamos. Mas é familiar: não é uma pia batismal, mas é nas mortalhas e mãos sagradas unidas em V –, Doutor Sax, alongado como um longo escorpião, está voando pela lua feito uma nuvem demente. Diabólico, dentes brilhando, vou voando atrás dele num clarão menor de tinta – Chegamos ao estabelecimento vermelho de seu barraco, estamos parados no meio de sua casa olhando para um alçapão aberto.

"Para tal terra inocente vá como você está agora, nu, quando entrar na destruição das cobras do mundo. A cabeça-astuta poderá gemer, você não irá se deter, Leda e o Cisne poderão gemer, mas se deter você não vai querer, ouça o seu *próprio* eu – isso nada tem a ver com o que está ao seu redor, é o que você faz no interior dos controles da locomotiva que segue atropelando a vida –"

"Doutor Sax!", gritei, "eu não entendo o que o senhor está dizendo! O senhor está louco! O senhor está louco e eu estou louco!"

"Hii hii hii ha ia", ele casquinou caquejou, "essa é a vitória do Gemido."

"Quão louco alguém pode ficar?", eu pensei. "Esse velho herói da mortalha é um velho doido. No que foi que eu me meti?"

Estamos ali parados olhando para o brilho vermelho do alçapão; há uma escada de mão de madeira.

"Desça!", ele diz impaciente. Desço aquela escada rápido, os degraus estão quentes; pouso num chão de terra dura como argila sobre o qual há vários grandes tapetes de palha e farrapos esticados mas que protegem os pés da argila fria – tudo brilhante com desenhos deslizados e entrelaçados, mas dançando na luz do fogo vermelho. Doutor Sax tinha uma forja, era quase impossível ouvir o clangor do seu próprio coração por causa do som carnudo e palpitante daquele fogo-de-harpa, era um leito vermelho de brasas vagabundas encharcadas, e uma ventoinha, uma ventoinha de asa de morcego, fuu, pós eram submetidos a testes de endurecimento e ebulição naqueles equipamentos. Doutor Sax estava fazendo o pó de ervas que ia destruir a Cobra.

"Unge-te, filho –", ele clamou no porão de barro – "adentraremos batalhas homéricas da manhã – sobre os topos orvalhados de cada um dos seus pinheiros favoritos de Dracut Tigers vem o distante sol vermelho que agora mesmo sobe de uma cama de noite azul para um dia de jacintos no crime – e as costas dos oceanos vão se chocar nos climas da Latitude Sul, e a barca irá lavrar o grisalho mar antigo com um vasto e funébreo e harmonioso borrifar de espumas de proa – teu confronto será brabo com o carniceiro do diabo."

8

DE REPENTE PERCEBI QUE seu grande gato preto estava ali. Ele tinha um metro e vinte do chão à espinha, com grandes olhos verdes e cauda vasta e lenta e silvante como a eternidade numa mosca – o mais estranho dos gatos. "Peguei ele nos Andes", foi tudo que Sax chegou a me dizer, "peguei ele nos Andes, numa castanheira." Periquitos ele também tinha, eles diziam coisas extremamente estranhas, "Zangfed, deziidi liing, fling, flang" – e um que declamava em orgulhoso espanhol aprendido de um velho pirata de sobrancelhas espessas que peidava em seu rum, "Hoik kalli-ang-*guu* – Quarent-ai-cinco, señor, quarent-ai--cinco, quarent-ai-cinco". Um vasto balão perviguilar explodiu sobre a minha cabeça, era um balão azul que subira dos pós azuis da Forja, e aí de repente tudo ficou azul.

"A Era Azul!", Doutor Sax gritou, disparando na direção de seu forno – Sua mortalha voou atrás, ele parou como uma bruxa de Goethe perante sua fornaforja, alto, emasculado, nietzschiano, magro – (naquela época eu só conhecia Goethe e Nietzsche dos títulos em desbotada tinta dourada impressos nas lombadas de velhos livros clássicos, aveludados, de um suave marrom ou suave verde-claro, da Biblioteca de Lowell) – O Gato silvou sua grande cauda. Não havia tempo a perder. A coisa estava feia. Eu sentia um turbilhão de excitações no ar, como se um voo de dez mil anjos em forma de alminhas tivesse acabado de passar pela sala e por nossas cabeças em seu pesado e choroso destino sempre mais distante ao redor da terra em busca de almas que ainda não chegaram – O Pobre Doutor Sax se mantinha cabisbaixo e tristonho nas maquinações de sua forja. O fogo era azul, o teto azul da caverna era azul, tudo, a sombra era azul, meus sapatos eram azuis – "Uuuh-Ah-cara!", ouvi um sussurro do gato. Era um Gato Falante? Doutor Sax disse "Sim, outrora foi um gato falante, creio. Ajude-me com estes potes".

Arregacei as mangas pra ajudar Doutor Sax com os potes da eternidade. Estavam rotulados um após o outro com azul brilhante e obviamente outras cores e tinham escrita hebraica neles – seus segredos eram judeus, misturados com um pouco de árabe.

"Introversões!, torturantes introversões da minha mente!", Doutor Sax gritou, pulando pra cima e pra baixo tão forte quanto podia e gritando a plenos pulmões, sua grande mortalha vibrando. Eu me escondi no canto, cobri boca e nariz de medo, minhas mãos geladas.

"Iaaah!", Doutor Sax guinchou se virando e projetando até mim seu grande rosto malicioso, verde com olhos vermelhos, exibindo dentes azuis no mundo azul geral de seus próprios pós de tolo. "Guiiiiiincho!", ele clamou – ele começou a puxar as bochechas para os lados de modo a fazer caretas piores e me assustar, e me assustei o bastante – ele saltou para trás, cabeça baixa, como um modernoso dançarino de sapateado recuando suas batidinhas nos gingantes calcanhares –

"Doutor Sax", exclamei, *"Monsieur Sax, m'fa peur!"* (O senhor está me assustando!)

"Ok", ele disse de pronto e recuou de volta ao

normal, achatando-se contra um pilar do porão numa sombra preta enlutada. Ficou em silêncio por um longo tempo, o Gato silvou sua poderosa cauda. A luz azul vibrava.

"Aqui", ele disse, "você pode ver os principais pós da preparação. Venho trabalhando nesta espantosa mistura faz vinte anos, contando pelo tempo comum – andei pelo mundo todo, filho, de uma parte para outra – sentei em parques de sol quente no Peru, na cidade de Lima, deixando aquele sol quente me consolar – Nas noites eu era toda santa vez aliciado por índios ou outros desgraçados feiticeiros a ingressar em algum beco lamacento atrás de buracos de esgoto de aparência suspeita cavados no chão e a chegar a certa antiga sabedoria chinesa geralmente com seus braços caídos de um grande cachimbo de Haxixe Mundial e com olhos preguiçosos ele diz 'Cava-lhei qué aaalgo?'. É um cafetão, filho, esconde-se no secreto coração do mistério – tem grandes e grossas cortinas de renda em sua sala de pilhagens – e ervas, minino, ervas. Há uma estranha fumaça azulada que emana de certa madeira macia encontrável muitíssimo ao sul daqui, para ser fumada – que quando misturada com selvagens fermentações de bruxas de Germunselee das Colinas de Orang-Utang na louca Galapoli – onde a videira tem trinta metros de altura e os ramalhetes de orquídeas te arrancam tua cabeça, e a Cobra de fato desliza pelo lodo pan-americano – em algum lugar da América do Sul, garoto, a caverna secreta de Napoli."

Ossos rodopiantes chocalhavam com o arranjo que Sax fizera na forja – toda vez que ele puxava e soprava as brasas, a corrente também puxava o tripé no teto que fazia os ossos chocalhantes rodopiarem. Havia mil coisas interessantes para notar –

Reverentemente, Doutor Sax se ajoelhou. Diante dele havia uma pequena bola de vidro a vácuo. Dentro dela estavam os pós que ele levara 20 anos de alquimia e viagens pelo mundo para aperfeiçoar, sem mencionar tudo que tinha de fazer com pombas-de-volta-ao-mundo, a curadoria dos gatos pretos gigantes da sociedade secreta, certas áreas do mundo para patrulhar, Américas do Norte e do Sul, para ver a presença suspeita da Cobra – múltiplos deveres por todos os lados.

"Quando eu quebrar esta bola bolha e estes pós entrarem em contato com o ar no Parapeito da Cova, todos os meus múltiplos deveres terão derretido num único brilho branco."

"Tudo vai ficar azul até chegarmos a essa Cobra Branca?", perguntei rapidamente.

"Não – mesmo de dentro do vidro a vácuo, meu potente pó vai mudar a atmosfera várias vezes esta noite enquanto tocamos nosso trabalho."

"O gato vai conosco, senhor?"

"Sim – Pondu Pokie era seu nome nas minas chilenas – você nunca imaginaria o que significava seu nome indígena – Significava, meu rapaz, 'Grande Gato Cheio de Espera' – Uma fera como essa nasceu para ser grande."

Ele pegou a bola de vidro com sua terrível colherada, de aspecto inocente que-lembrava-pó-de--morfina, e a meteu no bolso de seu sagrado coração.

Levantou o rosto para o teto escuro.

"—" Sua boca se escancarou para um grande grito e ele apenas espasmeceu com os músculos do pescoço atensionados para o teto – em azulados brilhos de fogo.

Ele se abaixou de leve, o Gato enrijeceu, o recinto tremeu, um grande ruído crangente ressoou no céu em direção ao Castelo –

"É o Senhor e Mestre da Águia chegando para o combate."

"O quê? Quem?" – aterrorizado, um ataque aéreo de horror por toda parte.

"Dizem que há uma força poderosa que nenhum de nós conhece, e por isso as águias e os pássaros fazem uma grande confusão e barulheira, e ainda mais nesta noite, quando se supõe que o Invisível Poder do Universo esteja próximo – não sabemos, não mais do que o Sol, o que a Cobra fará – e não podemos saber o que o Dourado Ser da Imortalidade pode fazer, ou fará, ou o que, ou onde – Enormes batalhões de pássaros ruidosos decorados-com-cobras foi o que você acabou de ouvir acima, sacudindo seus sabres sobre a noite de Lowell, rumando para o duelo com os Crooges do Castelo –"

"Crooges?"

"Não há tempo para esperar, filho! – ninharias e César não se misturam – corra em frente comigo – venha ver a ruminante mugente boca da morte – mexa o traseiro e atravesse o portão ocidental da Ira, venha percorrer a rochosa estrada para o mistério orgônico. Os olhos daqueles que morreram estão observando na noite –"

Estamos voando num triste turbilhão inclinado sobre o Center-field Dracut Tigers, viemos mascados do canhão de sua louca atividade e projetados pelo ar conversando.

"Que olhos?", exclamei, apoiando minha cabeça num travesseiro de ar; era orvalho, & fresco.

"Os olhos da eternidade, filho – Olhe!"

Olhei e de repente na noite tudo se mostrava cheio de olhos flutuantes nenhum deles brilhante como estrelas mas como pliques cinzentos no manto de textura dos campos e céus noturnos – inconfundíveis, eles baixavam e temiam ver Doutor Sax e eu passo no rastro dos grasnantes pássaros noturnos à frente. Os olhos sem parecer se mover nos seguiam como exércitos de discos voadores enquanto nos espalhávamos no grande voo cru e selvagem sobre os campos, o banco de areia e o ainda marrom rio espumoso na direção do Castelo.

9

E então começou a chover, Doutor Sax depositou-se tristemente numa rocha bem próxima do rio na parte onde os gramados da Colina da Cobra se estendiam pra baixo, cerrados e selvagens, até a eterna costa rochosa do Merrimac. "Não, filho", disse Sax enquanto as primeiras gotas tamborilavam e eu vejo ao redor a noite repentinamente escura com suas mortalhas de chuva e tento escutar assombrações do Castelo, "não, minino, a nuvem chega para me debilitar. Anos da minha vida empilharam outrora grande desgosto-cansaço numa alma de casa-inquieta que se mantinha sobre pilares vibrantes, mas sólidos; não, agora é a dúvida retornada para flagalar minha velhice, onde certa vez conquistei na juventude – dias do sol-lagarto – Não, este pesar com chuva me faz querer sentar numa pedra e chorar. Ó ondas do rio, chorem." Ele senta, amortalhado – Eu vejo um cantinho do bote de borracha saindo de seu cardinal chapéu preto acima do assustador corpo negro de capa larga. O rio ulula e lambe as rochas. A noite rasteja por sua superfície enevoada para um encontro com lixões e chaminés de fábrica. Toda Lowell está banhada em luz azul.

As janelas geralmente azuis da Boott Mills à noite se mostram agora penetrantes e comoventes com um azul que nunca se viu antes – terrível como esse azul brilha feito estrela perdida nas luzes azuis da cidade de Lowell – mas mesmo sem desviar os olhos percebo que lentamente a noite vai ficando vermelha, a princípio um horrível vermelho de camurça vermelha com maligno rio de merda e depois um profundíssimo vermelho noturno comum que banhava tudo numa incandescência turva, suave, repousante, mas com forte aspecto de morte –, os pés de vácuo do Doutor Sax criaram um Ícone para o Vazio.

E ele ficou acabrunhado. "Não, é e será verdade, a Cobra não pode ser real, casca de pombas ou casca de madeira, ela rodará da terra uma ilusão, ou poeira, poeira fina que fecha pálpebras – já vi poeira se acumulando numa página, é resultado de fogo. O fogo não vai ajudar o calor do constrangimento e do desatino. Fuu-uii – o que é que farei?" Ele mungou com seus punhos ponderados. "Vou seguir os movimentos... porque esta chuva triste que agora se acumula em sua intensidade... acariciando o rio consolado, mas não castigado, com suas múltiplas mãos cuspidas, poderíamos dizer – não, a Cobra não é real, é uma casca de pombas, é umamimis, é uma chovida. Eu falo – como? cumu?" Ele olhou para o alto, confuso. "Mas vou seguir os movimentos. Esperei vinte anos por esta noite e agora não a quero – é a paralisia da mão e da mente, é o segredo do não-medo... De alguma forma, parece que a coisa maligna deveria tomar cuidado ela mesma, ou ser retificada na árvore orgânica das coisas. Mas tais deliberações não ah-judam meu velho Sprowf Tomboy Bollnock Sax – ouça-me, Jacky, rapaz, garoto que vai comigo – embora dúvidas e lágrimas sejam despertadas pela chuva, por onde eu sei que a rosa está fluindo, e seja mais natural que eu deite meu corpo e faça pazes com a desolada e aguerrida eternidade, em minha mais crua cama de dores, com olhos da noite e mortalhas da alma para guardar meus dedos equilibrados – entre as sombras das colunatas, amigos e colegas Evangelistas do Norte Prometido – sempre prometido, sempre-jamais-complacente, fantasma da mortalha norte da neve superior, estertor de cantores nevados que se lamuriam na noite solitária e trespassada por lanças árticas – farei minha menção, buscarei meu tremor."

10

Nós seguimos para o Castelo.

Tudo começou a acontecer para nos impedir de alcançar nosso objetivo, que Doutor Sax afirmou ser a *cova* – "A cova, a cova, como assim a cova?", fico lhe perguntando enquanto corro atrás dele com mais e mais medo. Eu me sinto como me senti na jangada, posso pular ou posso ficar. Mas não sei como traduzir a simples ação da jangada com esses pós e mistérios, então tolamente vou tateando na negra vida e tolice minha Sombra. Anseio pelo grande sol depois de toda essa desgraça e treva e noite, essa chuva, essas inundações, esse Doutor Sax da Antiguidade Norte-Americana.

Entramos num beco estreito entre dois repentinos muros de pedra no terreno – a chuva pinga das rochas.

"Os adoradores do sol atravessam cavernas úmidas em busca de seu coração de cobra", Doutor Sax exclama, bem à frente com seu capuz. De repente, ao fim do beco de pedra, vejo uma enorme aparição.

"É Blook o Monstro!", Doutor Sax exclama, voltando até mim no beco estreito, e preciso me achatar para recebê-lo. Blook é um gigante enorme, gordo, careca, um tanto ineficaz, que não consegue avançar pelo beco mas estica seus braços de 6 metros ao longo dos topos dos muros como uma grande cola se espalhando, sem nenhuma expressão em seu rosto de pastel enfarinhado – um fui medonho – uma besta da primeira água, mais gelatinosa do que aterrorizante. Sax se uniu a mim em sua Mortalha e nós saltamos o muro no pestanejo de uma asa de morcego. "Ele está louco de raiva porque o pegamos enterrando uma cebola no jardim!" Blook emitiu um levíssimo assobio de desgosto por não ter nos capturado. Corremos a mil por um jardim molhado de arbustos gotejantes, sobre riachos, lamaços, pedras, e de repente eu vejo uma aranha imensa como quatro homens amarrados uns aos outros pelas costas e correndo na mesma direção, uma fera gigantesca, correndo como louca pelo brilho da chuva.

"É uma das aranhas maias que vieram com a Enchente. Você não viu nada até ver as centopeias chimus nas masmorras de bile verde, onde eles jogaram alguns pombistas na semana passada."

"Yock! Yock!", gritou uma coisa estranha que de repente mergulhou nas nossas cabeças do ar chuvoso. Sax tratou de afugentá-la movimentando a garra de seus grandes dedos vermelho-esverdeados na geral escuridão avermelhada de tudo – Era um inferno. Estávamos nos portais de algum tenebroso buraco infernal repleto de saídas impossíveis. Em linha reta estava nossa Cova –, no caminho, cem barreiras irritantes. Chegamos até mesmo a encontrar um escorpião gigante paralisado numa parede, grande, preto, vermelho, um metro e oitenta de comprimento, e tivemos de dar a volta – "Veio com a Enchente", Sax explicou, virando sua cabeça para mim com o sorriso de uma jovem secretária dando explicações ao chefe que visita o Set.

De repente, vejo que os olhos vermelhos do Doutor Sax estão brilhando como botões selvagens na noite geral do rio, com laços de mortalhas vermelhas ao redor de seu rosto oculto. Olho minhas próprias mãos... consigo ver as veias vermelhas se desfiando por minha carne; meus ossos são gravetos pretos com calombos. A noite toda, sangue vermelho afogado, é aliviada pelas angulares molduras de gravetos pretos do mundo esquelético vivo. Grandes e belos orgônios lívidos dançam como espermatozoides em todas as partes do ar. Eu olho e a lua vermelha sai das nuvens de chuva por um instante.

"Avante!", Sax exclama. Vou atrás enquanto ele avança de cabeça por uma pilha verde de musgo ou grama verde de alguma espécie, vou rolando e saio do outro lado coberto de tufos de grama. No fim de um longo corredor, percebo aterrorizado, há uma longa fila de gnomos apontando lanças alternadamente para nós e depois para si mesmos numa pequena cerimônia solene – Doutor Sax emite um selvagem "Ha ha!" como um faceiro Diretor de Internato Paroquial e dispara capadejando ao longo da parede junto dos gnomos enquanto eles derretem para um lado num medo repentino com suas lanças – eu disparo atrás. Empurrei a parede e ela cedeu como papel, como a noite de papel machê das cidades. Esfreguei meus olhos. De repente, fomos explodidos para dentro de uma sala dourada e subimos um lance de escadas correndo e gritando. Doutor Sax tentou abrir um alçapão coberto de musgo na gotejante pedra cinzenta sobre nossas cabeças.

"Veja!", diz Sax, apontando para uma parede – é como uma janela de porão, vemos o chão fora do Castelo iluminado por algum tipo de lamparina ou chama trêmula nas proximidades – somente o fosso ao longo da pedra do porão – milhares de cobrinhas-ligas escorregadias vão tombando numa brilhante massa no fosso do porão, que é metade grama metade areia. Horrível!

"Agora você sabe por que ela ficou conhecida como Colina da Cobra!", Doutor Sax anuncia. "As cobras vieram ver o Rei das Cobras."

Ele levanta o terrível alçapão, soltando lama e poeira, e nós subimos para um negror intenso. Ficamos um minuto inteiro sem ver ou dizer nada. A vida é efetiva: escuridão é quando não há luz. Então emerge lentamente um brilho. Estamos parados na areia como numa praia, mas úmida, fina, cheia de galhos molhados, cheiros, merda – sinto cheiro de alvenaria, estamos no subsolo de alguma coisa. Doutor Sax bate contra uma parede de pedra enquanto passamos. "Lá está o seu Conde Condu, do outro lado destas pedras, sua maldita caixa de dormir – agora é noite, ele deve estar por aí trapaceando com suas asinhas bestiais." Passamos por um grande corredor subterrâneo. "Eis as suas masmorras, lá embaixo, e entradas da mina. Conseguiram desenterrar a Cobra cem anos antes de seu tempo." Que maciez de leite nas mortalhas negras de Sax! – Estou agarrado nelas, cheio de tristeza e premonição.

O chão estremeceu.

"Lá está o seu Satanás arfante agora!", ele gritou, rouco e rodopiante. "Uma procissão de enlutados de preto, filho, afaste-se –". E ele apontou longe lá embaixo para um turvo beco interno onde pareci ver um desfile de mortalhas negras com velas mas não conseguia ver por causa do artificial brilho vermelho da noite. Por outra janela de porão vislumbrei o Merrimac Rubro-sangue circulando em marrom-vermelhas margens-leito. Mas sem tirar os olhos vi que tudo tremia para ficar branco. A lua leitosa foi a primeira a enviar a mensagem radiante – então o rio pareceu um leito de leite e lírios, as contas da chuva como pingos de mel. A escuridão tremia branca. À minha frente, em trajes brancos de neve, Doutor Sax pareceu de repente um anjo santo. Então de repente ele era um anjo encapuzado numa árvore branca, e olhou para mim. Vi cachoeiras de leite e mel, vi ouro. Ouvi a voz Deles cantando. Estremeci ao ver o halo puro. Uma porta gigante se abriu e um grupo de homens estava parado numa grade à nossa frente num gigantesco salão com paredes de caverna e teto impossível-de-ver.

"Bem-vindos!", foi o grito, e um velho com nariz de bico e longos cabelos brancos se refestelou efeminado na grade enquanto os outros se afastavam para revelá-lo.

"O Feiticeiro!", ouvi estas palavras estalando sibilantemente dos lábios empurpurecidos do Doutor Sax, que de resto estava todo branco. Na brancura, o Feiticeiro brilhava todo como um pirilampo maligno saído da escuridão. Seus olhos brancos agora brilhavam como loucos pontinhos de fúria... eram vazios e tinham em si tempestades de neve. Seu pescoço se mostrava torcido e esticado e riscado de horror, preto, marrom, manchas, pedaços de carne morta torturada, viscoso, medonho –

"Essas marcas em seu pescoço, rapaz, são de quando Satanás tentou expô-lo pela primeira vez – um desgraçado ningling subling de nitt-linging."

"Sax Flax com seu grande Nax –", disse o Feiticeiro com uma voz estranhamente calma na grade do parapeito. "Então finalmente vão se desfazer da sua velha carcaça de todo modo? Você caiu na armadilha dessa vez?"

"Existem mais jeitos de sair deste labirinto do que você imagina", Sax retrucou com desprezo, o queixo puxando para baixo seu velho rosto piegas. Pela primeira vez, vi o estalo bulboso da muda dúvida em seus olhos; ele pareceu engolir. Estava encarando seu arqui-inimigo.

"Tudo é leite sob a ponte *nesta* noite", disse o Feiticeiro, "– traga o seu menino para ver o Brinquedinho."

Uma espécie de trégua se estabelecera entre os dois – porque era "a última noite", ouvi sussurrarem. Eu me virei e vi belos cortesãos de todos os tipos em posturas relaxadas, mas profundamente, ironicamente atentos – Entre eles estava Amadeus Baroque, o garoto-mistério do Castelo; e o jovem Boaz com um grupo de outros. Do lado oposto das grades do parapeito, em outra parte do Castelo, vi com espanto o *Velho Boaz*, zelador do castelo, sentado num fogão velho com um velho sobretudo de mendigo, aquecendo as mãos nas brasas, rosto impassível, nevado – Pouco depois, ele desapareceu e voltou dentro de um minuto nos perscrutando desagradavelmente com velhos olhos vermelhos de um gradil de porão ou janela-calha-com-barras no salão – Ondas de comentários emanaram dos espectadores; alguns eram assustadores Cardeais vestidos de preto com quase dois metros de altura e completamente imperturbáveis em seus rostos frustrados. Sax se mantinha orgulhoso, brancamente, diante de todos eles; sua grandeza estava na fadiga e imobilidade de sua posição, juntamente com os fogos destruídos que provinham de sua estrutura mergulhante, e ele andou pra lá e pra cá por um momento, imerso em profundo pensamento temporário.

"Pois então?", disse o Feiticeiro. "Por que você se abstém da grande alegria de finalmente ver a Cobra do Mundo, sua inimiga da vida toda?"

"O negócio é que... simplesmente me ocorreu... *tolice...* –", Sax falou, pronunciando cada sílaba enfaticamente por entre finos lábios imóveis, as palavras mal se expressando através de uma careta e com língua tensa, enrolada por maldição –

"A coisa é maior do que você assoma, Orabus Flabus, Venha & veja."

Doutor Sax me pegou pela mão e me conduziu até Parapeito da Cova.

Olhei lá embaixo.

"Você está vendo aqueles dois lagos?", Doutor Sax gritou com alta voz-louca que me fez desejar que não houvesse tantas pessoas para ouvi-lo.

"Sim senhor." Eu podia ver dois distantes tipos de lagos ou lagoas assentados bem abaixo no escuro da cova, como se estivéssemos olhando num telescópio para um planeta com lagos – e vi um rio fino embaixo dos lagos, movendo-se suavemente, num brilho longínquo – a coisa toda montava numa corcova de terra como uma montanha rochosa, de formato estranho e familiar –,

"E você vê o rio embaixo?", Doutor Sax gritou ainda mais alto, mas sua voz falhava de emoção, e todos escutando, até o Feiticeiro.

"Sim senhor."

"Os lagos, os lagos!", Sax berrou, saltando para o parapeito e apontando para baixo e cruelmente me agarrando pelo pescoço e empurrando minha cabeça pra baixo de modo que eu visse, e todos os espectadores apertaram os lábios com aprovação – "*são os olhos dele!*"

"Hã?"

"O rio, o rio!" – empurrando-me ainda mais até meus pés começarem a perder o chão – "*é a boca!*"

"*Pouca?*"

"O rosto de Satanás te encara de volta, uma coisa imensa e repugnante, tolo!"

"A montanha! A montanha!", comecei a gritar.

"É – *a cabeça.*"

"É a Grande Cobra do Mundo", disse o lagarto Feiticeiro, voltando para nós um rosto irônico com seu impossível esplendor nevado e mortalha de olho – um morto de rosto ceroso transformado em flor em seu momento poderoso.

"Ah senhor, Ah senhor, não!", eu me ouvi gritando numa voz alta de garotinho acima das risadas ondulantes e regozijadas de todos os cortesãos e príncipes visitantes e reis do Mal do Mundo de todos os cantos do rastejante globo – alguns deles, muito polidos, levando finos lenços à boca – Olhei para cima e vi milhares de Gnomos dispostos nas galerias altas, na cavidade pétrea da Caverna – A cobra minerada embaixo estava chegando, uma polegada por hora. "Em alguns minutos", disse o Feiticeiro, "possivelmente trinta, possivelmente um, a Cobra vai chegar ao reduto que nossos mineiros construíram para ela em seus agora encerrados labores a meu serviço – muito bem, apreciadíssimo!", ele gritou numa voz oca que crepitou como um sistema de alto-falante com seus próprios ecos – "Saudemos os Gnomos, Cantores da Pá do Diabo!"

Houve um grande estrépito de pás acima – algumas de madeira, algumas de ferro. Eu só conseguia ver massas vagas além dos aglomerados gnomos antenados. Entre eles voavam descontroladamente as Cinzentas Mariposas-Gnomos que deixavam o ar louco e multiforme conforme seus semblantes comprimidos e trágicos olhavam de sua noite para os dançantes ornatos do fogo em toda aquela escura caverna do céu, sem som, selvagens e ouvindo. Os Anjos do Dia do Juízo faziam grandes e tremendos estrondos pelo caminho. Eu conseguia ouvir alguns dos pássaros barulhentos que tínhamos visto em Dracut Tigers. Fora do Castelo, as algazarras aumentavam a cada minuto. O chão tremeu de novo, dessa vez fazendo com que o Feiticeiro inclinado saltasse uns trinta centímetros.

"O Velho Nakebus quer papar sua terra rápido demais."

"E você vai montar nas costas dele?", Doutor Sax sorriu com a mão estendida dramaticamente na erodida borda de madeira da grade –

"Eu vou conduzi-lo pela terra toda, trinta metros à frente, carregando minha tocha-fardo, até chegarmos aos álcalis de Hebron, e você não mexerá sequer um dedo para esburacar meu caminho. Era um caminho predeterminado, e um caminho no qual você, particularmente entre os tipos não escolhidos e não selecionados, mas disposto a vestir o traje errado e pensar que é, não conhece sua própria loucura – *por que você respira quando nasce o sol* – por que cê respira no Uutsipuu da manhã? – prefiro conduzir minha alma da vela de Satanás com minha Cobra Prometida dragoneando a terra num caminho de fogo lodoso e destruição atrás de mim – manso, pequeno, branco, velho, a imagem de uma alma, liderando minhas brigadas à luz de velas, meus selvagens e ponderosos Cardeais que você vê aqui rapinados como falcões alinhados contra uma parede e famintos por devorar as pedras da Vitória – com areia pura para molhar a garganta – Peregrinações da Cobra – Nós vamos escurecer o próprio sol em nossa marcha. Aldeias serão engolidas inteiras, meu rapaz. Cidades de arranha-

-céus sentirão o peso *dessa* balança – não vão esperar para pesar, ou não por muito tempo –, e as balanças e a Justiça nada têm a ver com os lados de um dragão – tenha ele almas ou calma em sua leitosa e sombreada palma – Ou os seus Seminais Pombistas, dos quais metade apodrece agora, na prisão abaixo – posso vê-los flutuando no lago de lodo leitoso – Incêndios comerão suas Lowells – a Cobra fará do metrô seu local de alimentação – com um modesto piparote ela vai estuporar por completo Diretórios e listas do censo, liberais e reacionários serão arrastados pelos rios de sua bebida, Esquerda e Direita formarão uma única tênia silenciosa em seu tubo indestrutível – De nada vão servir seus ordinários bombeiros e obtusos departamentos – a terra voltou ao fogo, a ira ocidental se foi."

E Doutor Sax, sorrindo debilmente, botou sua longa e pálida mão sobre o coração, onde havia guardado a bola de vácuo – e esperou.

Agora um suspiro poderoso subiu da Cova, cresceu em tamanho, retumbou, sacudiu a terra – um grande fedor subiu, todos os nobres taparam o nariz e alguns se viraram e alguns saíram correndo pela porta. O fedor horrendo da antiga Cobra que vem crescendo na bola do mundo como um verme na maçã desde que Adão e Eva sucumbiram e choraram.

"Não há necessidade de salvar os seus pequenos flijabetos – a Natureza não gasta precioso tempo com seus insetos –", zomba o Feiticeiro. O fedor da Cobra me lembra certos becos nos quais estive – misturado a um cheiro quente horrível que nenhum pássaro jamais conheceu, proveniente do fundo do mundo, do meio do núcleo da terra – um cheiro de puro fogo e vegetais queimados e carvões de outras Épocas e Eras

– o enxofre da efetiva reserva subterrânea de enxofre – queimando agora, mas na mordidela da Grande Cobra do Mundo, ele adquiriu uma estranha mudança reptiliana – os vermes azuis do submundo devorados e enviando para cima sua falha – não culpei o gesto de alguns dos Nobres que ficaram enojados justamente com o espetáculo pelo qual esperaram por anos. Grandes nuvens de lama empoeirada caíram do teto vivo invisível de olhos e almas – numa chuva plipante – quando o chão estremeceu de novo, a Cobra completara outra polegada numa hora. Agora eu entendia os tremores de terra na Colina da Cobra. Especulei se isso tinha algo a ver com a rachadura que eu vira no parque – e com o sonho dos canibais correndo sobre o cume da colina – a estranha tarde em que vi tudo isso, e a tarde recém-passada em que deitei olhando as nuvens douradas de ontem-hoje passando sopradas numa solene massa pelo balão da tarde –

De repente, houve uma nova comoção entre os nobres que nem Sax, nem eu nem o Feiticeiro deixamos de notar – Boaz Jr. instruíra guardas próximos a capturar Amadeus Baroque num sensacional *coup* que era o clímax de semanas de conspiração e ruminação quanto a problemas logísticos de ação absurda. Reconheci Boaz Jr. pelos longos sapatos pretos. Certo dia no verão passado, não muito depois da arborização de Gene, o Homem da Lua, na noite em que vi Doutor Sax pela primeira na mortalha do banco de areia, nós tínhamos feito uma armadilha, um buraco na areia, um metro e oitenta de profundidade, com gravetos atravessados, jornal e areia – Doutor Sax chegou muito perto de cair, como depois confessou. Mas Boaz Jr., que (como eu soube agora) rondava o bairro em busca de talentos para seu teatro de fantoches, caiu – metade do corpo – perdeu um sapato (sapato preto comprido, comprido, quando vi aquela coisa eu estremeci) e fugiu correndo pela noite, vermelho de vergonha... voltou para o Castelo, foi rude com o pai e imediatamente se deitou com os morcegos no sótão. Ele era um jovem que queria ser um vampiro e não era, mas estava tentando aprender – recebia instruções de diversos Cardeais Negros ineficazes, o Comitê das Aranhas não queria nem saber dele, então ele se ajustou a profundos estudos místicos, longas conversas com o brilhante Condu – e a princípio virou amigo íntimo de Amadeus Baroque, que era o único ocupante do Castelo que atuava como emissário da cidade de Lowell. Mas Boaz Jr., ambicioso, começou a suspeitar que Baroque tinha tendências pombistas – o pombismo era a esquerda idealista do movimento satânico, alegava que Satanás era apaixonado por pombas, e portanto sua Cobra não destruiria o mundo, mas se mostraria meramente um grande odre de pombas no dia da revelação, desfazendo-se, milhões de pombas cor-de-porra jorrando dela enquanto ela dispara do chão com cento e sessenta quilômetros de comprimento – os pombistas, na verdade, eram na maioria pessoas desprovidas de senso prático e um tanto efeminadas – isto é, a ideia deles era absurda, a Cobra era real pra valer – Eles afinal tiveram de cair na clandestinidade quando o Feiticeiro emitiu seu Decreto Negro no ano em que os Gnomos Mineiros se revoltaram mas foram subjugados por Blook o Monstro e seu corpo treinado de Homens Insetos Gigantes – treinadores, com paus e antenas, eles viviam em cabanas ao longo do subterrâneo Rio Mandíbula, junto às Cavernas de insetos – gigantes Aranhas, Escorpiões, Centopeias e Ratos também. O Decreto Negro proibiu o pombismo e os pobres e desafortunados pombistas (incluindo La Contessa, como se viu) foram capturados e condenados a viver em jangadas no Rio Mandíbula, ancorados nas cabanas e cavernas de insetos. Lá os inocentes e indefesos pombistas choravam numa eterna escuridão cinzenta e enevoada. Boaz Jr., em sua decepção por não poder ser um vampiro, já que não desejava nem um pouco que sua malignidade fosse *literal*, recorreu a uma arte negra – sequestrava meninos e os paralisava com uma droga congelante que os transformava em fantoches – velho segredo aprendido de um dos Médicos Egípcios do Castelo. Com esses fantoches (ele os encolhia num forno encolhedor até o adequado tamanho de boneco) ele apresentava seu próprio Teatro de Fantoches em sessões de gala para quem quisesse assistir – construiu seu próprio palco, cenários e cortinas – mas era uma performance horrível e obscena, as pessoas saíam, enojadas. Nunca chegando ao sucesso que desejava, Boaz Jr. se voltou ao antipombismo e agora fazia com que prendessem Baroque no momento crucial para provar ao Feiticeiro que era um grande estadista salomônico e deveria ser no mínimo seu secretário – sobretudo agora, com a Cobra trovejando rumo à superfície. Ele também tinha uma tremenda vingança contra Baroque – Baroque, antes idealista em seus primeiros esforços para entrar no Castelo em meio às Forças do Feiticeiro depois daquela descoberta inicial de um inocente manuscrito do Doutor Sax na noite de inverno que o levou, por especulação e investigação, a novas descobertas – Baroque se desiludiu e virou pombista quando viu quão realmente malignos alguns dos malignistas eram – Por fim, quando descobriu como Boaz Jr. obtinha seus fantoches, ficou revoltado e fez com que a notícia fosse levada ao Feiticeiro. O Feiticeiro, enfastiado, mandou suspender os teatros de fantoches – por essa altura, Boaz Jr. finalmente conseguira se infiltrar num espetáculo amador no Victory Theatre, na Middlesex Street perto da estação ferroviária, e sob vaias era expulso do palco pelos pais na plateia das tardes de sábado enquanto dava risadinhas em seus longos sapatos pretos na ribalta, alto & estranho – Dicky Hampshire era o porteiro – Jogavam coisas nele, ele era obrigado a correr: as criancinhas que tinham participado de outras apresentações do espetáculo amador com ele agora voltavam à plateia para se juntar aos pais. E foi aí que veio a notícia de que o Feiticeiro determinara: chega de teatro de fantoches – então Boaz Jr. traçou o fim de Baroque – Seu próximo plano era tornar o sangue ilegal de modo que os vampiros pudessem ser presos e cumprissem sentença obrigatória de dez anos por posse. A comoção que agora estávamos testemunhando era o ponto culminante do primeiro grande triunfo de Boaz Jr. – Mas logo ficou claro que nada disso importaria, levantou-se o parapeito da cova quando um terremoto pareceu atingir o Castelo e a Colina da Cobra.

Rugidos uivantes da goela da cobra subiram.

11

Grande Toupeira saiu peidando do chão. Todo mundo correu. Um horror branco leitoso fluía no ar. Só Sax não teve medo. Ele correu de volta para o parapeito, que agora estava inclinado para cima, e ficou segurando uma grade maluca e pegou seus mágicos pós de ervas. Toda a brancura desapareceu quando Sax sacudiu aquela bola de vácuo – o cinza normal do mundo voltou. Era como sair de um filme em tecnicolor e de repente, no cinzento traje granulado da calçada, ver vidrinhos brilhantes nas luzes de neon da frustrada noite de sábado. Uma buzina selvagem guinchou, ela subiu feito sirene da cova quente, em resposta houve uma buzina subterrânea mais profunda e retumbante, mais como um arroto de pesado som infernal em sua Vasta Gosma – Alguns cortesãos cobriram os olhos com mãos angustiadas para ouvir a Cobra soltar voz. Foi uma experiência tremenda, cheia de estremecimentos e horror generalizado nos meus ossos e nas pedras do Castelo. A terra oscilou. Eu me perguntei o que Lowell estaria fazendo – vi que era dia. Manhã de domingo, os sinos de Ste Jeanne d'Arc chamando Gene Plouffe, Joe Plouffe e todos os outros – Não houve explosões na grama sufocada de Pawtucketville fora da igreja onde os homens fumam depois da Missa – Leo Martin se aproxima de St Louis o Sombra que rezou seu Rosário com seus lábios de falcão, diz "*A tu un cigarette?*" (Tem um cigarro?).

Mas Doutor Sax se mantinha no Parapeito, olhando pra baixo com risada insana e maliciosa –

suas capas estavam pretas de novo, sua figura estava meio escondida na penumbra. "Ah, sacerdotes do escondido Getsêmani", ele gritava. "Ó mundo derretido de queixo chamejante babando chumbo – Pittsburgh Siderúrgica do Paraíso – céu na terra, terra até você morrer – A lei tem poder, como diziam em Montana – mas estes velhos olhos do Doutor Sax de fato enxergam uma horrível bagunça de merda de boca-de-leão e sangue de pistola-vagão flutuando naquele elemento selvagem onde a Cobra fez seu ser e bebida para todos perto de ta – Salvador no Céu! Vem me levantar –"

Ele soava delirante e incoerente até mesmo para mim.

Todos os guardas e nobres que momentos antes discutiam a prisão de Amadeus Baroque se mostravam agora perdidos em redemoinhos de multidões deles, fiquei espantado de ver a extensão numerosa da Colônia Malignista do Feiticeiro.

Então ouvi os gritos de milhares de gnomos no inacreditavelmente imenso porão sob o Castelo, um porão tão enorme, tão cheio de caixões, e níveis, e poços dos quais você tenta sair rastejando e eles ficam cada vez mais estreitos – havia gnomos morrendo lá embaixo.

O Parapeito se elevou ainda mais, estava prestes a se engolir, rochas e poeira e areia voavam, Doutor Sax pegou suas ventosas e escalou a íngreme parede do Parapeito e chegou à beira uivando.

Vi o louco marionetista frustrado com os longos pés pretos correndo sob grandes pedras cadentes. "Decerto havia muito naquilo que o Doutor Sax dizia se *ele* costumava ficar na porta do Castelo fazendo mesuras", eu disse a mim mesmo num transe. Boaz Jr. subiu, escalou diversas galerias: estava a salvo, sentado em outro parapeito com o velho Feiticeiro enrugado de cabelos brancos. Uma corrente de ar que vinha da Cova deixava os cabelos deles totalmente desgrenhados e flamejados.

Doutor Sax berrava em fúria "E agora vocês saberão que a Grande Cobra do Mundo jaz enrolada sob este Castelo e sob a Colina da Cobra, local do meu nascimento, cento e sessenta quilômetros de comprimento numa enorme convolução que desce até as próprias entranhas e sepultura da terra, e por todas as eras do homem vem avançando, avançando, uma polegada por hora, para cima, para cima, para o sol, desde as indescritíveis e escuras profundezas centrais às quais originalmente ela tinha sido arremessada – agora retornando e a somente cinco ou quatro minutos de romper a crosta da terra outra vez e emergir na rompente fervura do mal, plena fúria flamejante do dragão no sol dourado da manhã dominical com os sinos dos homens tocando pelo campo, para rastejar pela terra numa vereda de fogo, destruição e lodo, para escurecer os horizontes com seu rastejo imenso e horizontal. Yah, feiticeiro louco enrugado que falmiga em volta do Cee – famoso cara de cu da história – volte da sepultura detestável para reunir vampiros, gnomos e aranhas e comitês de eclesiastas da missa negra e lobisomens da alma aspirando a destruir a humanidade novamente com o mal, o mal final –, Yaah demônio dos fogos sujos –"

Os gnomos abaixo começaram a rastejar para fora da Cova em grupos como baratas fugindo de um fogão quente – anos de trabalho, terrível labuta em secretas barcaças e pequenas carroças de terra nos subterrâneos do Velhas Águas Velozes Merrimac – a coisa toda explodindo agora em suas caras.

Agora, mais do que nunca, vi que havia um número infinito de níveis no Castelo, milhões de velas que, como agora eu via, eram seguradas cada uma individualmente por gnomos, elas não tinham fim, e vários níveis acima do parapeito que tinham fileiras de figuras trajadas de preto da louca e maligna igreja do Feiticeiro, hereges em fumaça preta, em outros níveis havia mulheres com desvairados e desgrenhados cabelos, em outros níveis aranhas com olhos engraçados olhando para baixo quase humanas – toda aquela louca galeria balançando na escuridão demente. Havia coisas acontecendo que eu não conseguia compreender, um grande escorregador de alguma espécie, um cabide com gravatas penduradas – a enorme complexidade. Apenas um nível acima do parapeito onde estávamos, vi um barco que passou flutuando, e pessoas nele sentadas em poltronas sob lâmpadas de leitura conversando. E não faziam ideia do que se passava abaixo. Pareciam velhas em cadeiras de balanço na varanda na Nova Inglaterra, sem perceber a maldita coisa embaixo da terra, lendo placidamente o *New England News*. E eu via tudo, vi um porteiro de cor limpando cinzeiros, seguindo seu rumo e tomando um gole de uma garrafa no bolso traseiro e desaparecendo pelas portas de vaivém. Ele não sabia onde estava. Ainda mais acima, vi parapeitos que, de tão distantes e longínquos, duvido que oferecessem a seus ocupantes qualquer visão da Cobra lá embaixo, ou qualquer visão além de um borrão, ou talvez eles fossem capazes, daquela grande altura, de ver que era uma cabeça de Cobra melhor do que eu – não entendi como é que a população de Lowell achava que aquilo era um Castelo abandonado – olhei para os fundos do salão e não consegui ver nada, exceto por vagos movimentos como desfiles na Índia trazendo incenso para o Feiticeiro – gritei para o Doutor Sax "É este o Castelo do Mundo?".

"É apropriado para a cobra do mundo, sim", ele disse –, "Meu filho, este é o dia do juízo."

"Mas eu só fui brincar no banco de areia – eu não queria nenhum DIA DO JUÍZO!" Tudo mais vibrava enquanto eu dizia essas palavras – eu queria me segurar na capa do Doutor Sax, me esconder, mas ele estava no alto do parapeito furioso e agitando os braços no fogo do inferno.

Vi distantes labutas de atividades de outros tipos, e a luz aumentou. O rosto do Feiticeiro empalidecia enquanto ele rezava no grande momento, braços erguidos exibindo pulsos incrivelmente magrelos e mãozinhas de gravetos de cera tremendo de calafrios.

Ouvi a palavra amanhecer, e houve um clamor, e uma grande rachadura apareceu na lateral do parapeito protuberante. E um Rugido tomou conta da cena, rochas montanhosas começaram a cair do telhado do Castelo na Cova para atingir a Cobra. Doutor Sax se segurou firme com um grito sofrido: "As rochas vão enfurecê-la! Ó Feiticeiro, Idiota, Tolo, Rei!", ele gritava.

"Ó Doutor Sax", gritava debilmente o Feiticeiro do outro lado da Cova. "Pobrezinho inocente Sax, anda rastejando por aí, não é mesmo, com suas pequenas ideias disso e daquilo e destino, acredita em sonhos realizados – Agonias dos loucos!"

"Ó Feiticeiro", Sax retrucou – um rugido maior se levantou, agora agonizante. "Feiticeiro Feiticeiro talvez sim – mas consciente eu sou... do sono dos pequeninos... em suas camas felpudas... e de seus pensamentos cordeirosos – algo tão distante das cobras

– algo tão doce, tão fofo –". E a Grande Cobra lançou gritos para o alto. E o vapor sibilava e se avolumava na Cova. "– Algo tão angelical – algo algo algo!", Sax gritava no vapor – eu via seus loucos olhos vermelhos, o rebrilho do frasco em sua mão.

De súbito ele afastou bastante as pernas e abriu os braços e gritou "Deus oferece ao homem, na palma de sua mão, o seminal amor-pomba, enramado". Começaram confusões, as masmorras dos pombistas haviam se sublevado, os pombistas fervilhavam em volta do parapeito rezando por Pombas – Em Sax eles viam seu doido libertador, seu louco herói – ouviam suas palavras. Alegria! Escárnios desceram do Feiticeiro e de seus homens. Todos agora se agarravam a qualquer coisa enquanto a terra pulsava.

"O que é que as pobres pessoas de Lowell estão fazendo agora!", eu gemi – "Devem estar soando o alarme de incêndio desde Lawrence até Nashua, devem estar cagadas de medo", pensei. "Ah, Deus, eu nunca imaginei que uma coisa assim poderia acontecer com o mundo." Fiquei apoiado numa pedra, a Cova se escancarava no precipício, olhei pra baixo para encarar meu horror, meu atormentador, meu demoníaco espelho de mim mesmo com seu rosto louco.

E assim o Castelo do Mundo foi Serpentado.

Porque naquele momento comecei a olhar, eu disse a mim mesmo "Isso *é* uma Cobra", e quando me veio a consciência do fato de que era uma cobra e comecei a contemplar seus dois grandes lagos de olhos eu me vi olhando para o horror, para o vazio, eu me vi olhando a Escuridão, eu me vi olhando para ELA, eu me vi compelido a cair. *A Cobra estava vindo me pegar!!* E comecei a perceber que lentamente, como um distante deslizamento de terra numa enorme montanha, o que eu via era o entorpecido e malicioso e monstruoso movimento de sua verde língua e Veneno. Guinchos subiram de todos os lados. O Castelo Chocalhou.

"Ah, Grande Poder do Santo Sol", clamou Sax, "destrói teu Palalakonuh com tuas obras secretas" – E ele ofereceu seu frasco à Cobra. Posso ver a contração de seus dedos quando ele começa a apertar. De repente ele cambaleou – como que fraco, desmaiou e caiu em sua pobre mortalha... então os pós, que imediatamente desabrocharam numa bela explosão de névoa azul, vasta!, fluparam para o alto uma grande chama cônica azul e choveram em nuvens de partículas na cova vermelha e luminosa. Logo a cova toda ferveu numa fúria verde. Seus pós eram potentíssimos, seus *pippiones* haviam trazido folhas fortes em débeis ossos de graveto. A Cobra pareceu estremecer e gemer em seu confinamento na cova, o mundo desabou – Sax desapareceu da minha vista numa grande elevação. Meus olhos voaram até as estrelas no teto do Castelo, que tinha sua própria noite em plena luz do dia. Comovido, vi as nuvens macias do céu, perfeitamente puras, assentadas em seus corriqueiros estrados azuis de manhã dominical – as primeiras nuvens da manhã, em Rosemont o jovem Freddy Dube ainda não estava de pé pra passar o dia vendendo frutas e verduras no campo, suas irmãs ainda nem limparam as migalhas do café da comunhão, a galinha repousava nas Páginas de Passatempo na varanda, o leite estava na garrafa – Pássaros alaudavam nas árvores de Rosemont, nenhuma ideia do horror escuro e profundo em que eu estava metido além dos quentes telhados. Fui propelido num grande arco através do meu espaço. Então me levantei e corri pra burro e só caí quando cansei, não quando a terra entrou em choque. Um grande gancho gritante de cornetas de falcão me fez virar – era a Cobra subindo Perto.

E lá se foi o Castelo desmoronando. E de lá saiu a grande cabeça montanhosa da cobra, escorrendo lentamente da terra como um gigantesco verme que sai da maçã, mas com grande língua verde lambente cuspindo fogos tão grandes quanto os fogos das maiores refinarias que você jamais viu na terra do homem... Lentamente imensamente se empilhando com o Castelo derramando suas escamas como a própria escama – Por todos os lados eu via pessoas minúsculas voando no ar e morcegos e águias circulando e barulho e confusão, chuvas de barulho, coisas caindo e poeira. Conde Condu estava em sua caixa, estava sendo espetado na Eternidade nas brasas da Cova onde ele e dez mil gnomos caíram de cabeça gemendo – com Baroque, Espiritu, Boaz Jr., Flapsnaw, La Contessa, Blook o Monstro, inúmeros outros sem nome – o Velho Boaz correu até o rio, laçou um pedaço de algo flutuante que estava sendo levado na traseira da enchente mas muito lenta e profundamente o arrastou para dentro do rio – ele teve o infortúnio de ter amarrado a corda na cintura – ninguém sabe por que, o que era – Poeira dos tumultos, mundo escuro –

E de repente eu vi Doutor Sax parado atrás de mim. Ele tinha tirado seu chapéu de aba larga, tinha tirado sua capa. Estavam no chão, flácidas vestimentas pretas. Ele estava com as mãos nos bolsos, eram meras calças velhas e surradas, e ele tinha uma camisa branca por baixo, e sapatos marrons comuns, e meias comuns. E nariz adunco – era manhã de novo, seu rosto tinha voltado à cor normal, ele só ficava verde à noite – E seu cabelo caía sobre os olhos, ele lembrava um pouquinho Bull Hubbard (alto, magro, sem graça, estranho), ou Gary Cooper. E ali está ele dizendo "Caramba, não funcionou". Sua voz normal é pesarosa. "Uma coisa engraçada: nunca imaginei que eu veria o Dia do Juízo com as minhas roupas normais, sem ter que circular no meio da noite com aquela capa boba, com aquele maldito e bobo chapéu amortalhado, com aquele rosto negro que o Senhor me prescreveu."

Ele disse "Ah, sabe, eu sempre achei que morrer seria uma coisa meio dramática. Bem", diz ele, "estou vendo que terei de morrer em plena luz do dia circulando com roupas normais." Ele tinha ruguinhas de humor em volta dos olhos. Seus olhos eram azuis e pareciam grandes girassóis do Kansas. Ali estamos nós, naquele campo bunda-suja, assistindo ao tremendo espetáculo. "A erva não funcionou", ele disse, "nada funciona no fim, você só – é só que não tem absolutamente nada – ninguém quer saber o que acontece com você, o universo não quer saber o que acontece com a humanidade... Bem, vamos deixar por isso mesmo, não há nada que possamos fazer a respeito."

Fiquei mal. "Por que não podemos tentar outro – por que não podemos tentar um pouco mais – por que temos que passar por tudo isso –"

"Bem, eu sei", Doutor Sax disse, "mas –"

Ficamos ambos olhando. No céu claro, chuvas de poeira negra formavam uma mortalha de asas e um fundo drapejado de ataúde, como uma nuvem trovejante sem sentido, e no centro de sua escuridão, mais escura e mais alta, erguia-se a Misteriosa Cabeça rodopiando e se contorcendo com a felicidade de um dragão, o gancho encaracolado certamente estava vivo. Eu podia ouvir meninas da eternidade como que gritando em montanhas-russas; pela superfície da água vinham as histéricas buzinas sinfônicas de alguma comoção tristonha e excitada no azafamado seio da terra. Na bela palidez resplendorosa das gigantescas nuvens acumuladas que agora cobriam o sol, deixando um nevado buraco Branco, subia poderosa, com sua cabeça de veneno, a Serpente da Eternidade – nuvens se formavam em sua lenta base emergente. Sentei no chão completamente atordoado, pernas abertas. Montes de castelo, inacreditavelmente lentos, escorriam pelos lados da Cabeça de Montanha... Imensos rugidos estremecentes.

12

Mas veio de repente uma nebulosidade cinzenta – uma escuridão veloz voara do sul. Doutor Sax e eu ficamos olhando para o céu. A princípio era uma compacta nuvem de tempestade, depois passou a ser uma estranha nuvem flagelosa e ruminante, como um vasto pássaro encapuzado e grucado com bico solene.

Então percebemos que não era uma nuvem, daquele céu branco e ofuscante dos sinos de igreja e do selvagem desastre pendia um imenso pássaro preto que devia ter três ou quatro quilômetros de comprimento, três ou quatro quilômetros de largura e com uma envergadura de quinze ou vinte e cinco quilômetros pelo ar –

Vimos que ele se movia ponderosamente... Era um pássaro tão grande que, quando batia suas asas e voava com poderosa câmera lenta no trágico céu encolhido, era como observar ondas de grandes águas negras fazendo B-r-u-m com pesada lentidão contra gigantescos icebergs a quinze quilômetros de distância, mas alto no ar e de cabeça para baixo e medonho. E estandartes se derramavam de suas Penas. E ele estava cercado por uma grande horda de Pombas brancas, algumas delas pertencentes ao Doutor Sax – *Pippiones, pippiones*, as jovens pombas bobas! E a grande sombra caiu sobre tudo. Nossos olhos se maravilhavam com os ondulantes estandartes luminescentes que ainda se debatiam na bruma errada mas retendo em si lampejos do sol no lado sombreado do Pássaro – como aquelas deslumbrantes penas do Céu cintilavam tremendamente, arrancando Aaaahs e Oooohs de esperança das pessoas abaixo que tinham o privilégio de estar ali. Era o Pássaro do Paraíso que vinha para salvar a humanidade enquanto a Cobra se projetava para cima, insinuando-se da terra. Ah, seu bico grave, gigante! – seu ondulado vazamento miante, os mijos arquitetônicos caindo, enormes estruturas de asa e junta, e Totalmente Dourado de Hosana em sua encrespalhada carne de ave na vasta congregação do voo – Ninguém, nem Sax, muito menos eu, o assistente do Diabo ou o próprio Diabo conseguiria deixar de ver o horror e o poder rugindo sobre aquele fralo de Lowell. Torturada terra, torturada cobra, torturado mal, mas aquele Pássaro Implacável, com o mesmo enorme movimento rangente, um milhão de miríades de penas lentamente ondulando em sua própria brisa, virou-se para baixo, olhos encapuzados. Os Mestres do Capuz estavam lá, franzindo a testa. Contemplando aquele descendente Mundo do Pássaro, senti mais medo do que jamais senti na minha vida toda, infinitamente pior do que o medo de quando vi a Cobra, no mesmo instante me lembrei do Grande Pássaro que eu fazia de brincadeira perseguindo com as minhas mãos o Pequeno Homem, aos cinco anos de idade – o Pequeno Homem estava prestes a ser apanhado e seu nome era Satanás – Aquele não podia ser o Dia do Juízo! Ainda havia esperança!

A Cobra, como que rasgada por girar em sua própria agonia e fogo ao ver o que se passava acima naquele ar burgoyne recém-penetrado e transformado – e embora não tivesse olhos e sim cegueira –, a Cobra Gigante de fato conseguiu que sua língua verde lambesse o céu com vasta futilidade em câmera lenta, e ouvi e senti um suspiro atravessar o campo –

Para baixo se deslocava o Pássaro, devagar, asas à vontade, descendo majestoso e inacreditável com lentas e imensas madeixas de costados dourados, preto como Jonas, rosto trovejante, bico mudo.

E bem no momento em que a Cobra voltou a circundar a borda do Parapeito e tentava se safar com seus cento e sessenta quilômetros de vastidão e lodo – a poderosa espiral verde se virou no sol, resvalando com massas e vapores do submundo, enquanto lascas de bolos malignos tombavam pelo flanco da Cobra e caíam no rebuliço de seu desdobramento – Coisas fugiram aterrorizadas daquela proximidade, ela disparava suas próprias nuvens canhoneadas de detonação e desastre – e o rio inteiro ficou totalmente empretecido –

Enquanto isso acontecia – o Grande Pássaro Negro desceu e a pegou com um poderoso movimento mandibular do Bico, e a levantou com um *Estalo* que soou como trovão distante, enquanto a Cobra toda era abocanhada e levada, debilmente lutando, espirrando suor –

Levantou-a num movimento gigantesco que foi lento como a Eternidade –

Alçando-se céu acima com seu fardo feio – Rocambole de cobra, arabesco, debatendo-se de todas as maneiras sobre os céus impressos da pobre vida – como é que algo conseguia levá-la em seu bico –

E subiu pelo estupefaciente buraco azul do céu nas nuvens enquanto todos os pássaros, águias, avoados, pardais e pombas Tagarelavam & Taramelavam nas badaladas do sino dourado da manhã do Arabesco, a corda selvagem do Tempo de Maio era balançada no Campanário, o sino ressoava com um ding dong, o Senhor ressuscitou na manhã de Páscoa, margaridas se regozijavam nos campos além das igrejas, pazes todo-poderosas se assentavam no trevo – ascenderam as enormes monstruosidades que deixaram a nossa primavera! Nossa primavera está livre para crescer alqueivada e selvagem em seus próprios sucos verdes.

Para longe – para cima – para cima o pássaro se vai mais e mais, diminui até a original Gigante Nuvem de Pássaro, para o céu eu olho e olho e não consigo acreditar nas penas, não consigo acreditar, não consigo acreditar na Cobra – Os objetos navegantes naquela Altura distante são pacíficos e muito longínquos – estão deixando a terra – e indo para o azul etéreo – céus aéreos esperam por eles – viram pintas mosqueadas – calmos como ferro, parecem assumir um ar tanto mais engraçado quanto menores ficam – O céu é brilhante demais, o sol é louco demais, o olho não consegue acompanhar o grandioso voo extático de Pássaro e Cobra rumo ao Desconhecido –

E digo a você que olhei até não aguentar mais e tudo desapareceu – desapareceu completamente.

E Doutor Sax, parado ali com as mãos nos bolsos, boquiaberto, inclinou seu perfil perscrutador para o céu enigmático – feito de bobo –

"Raios me partam", ele disse com espanto. "O Universo se livra de seu próprio mal!"

O maldito verme foi despejado de seu buraco, o pescoço do mundo estava salvo –

O Feiticeiro estava insatisfeito, mas o pescoço do mundo estava salvo –

Vi Doutor Sax diversas vezes desde então, ao anoitecer, no outono, quando as crianças pulam e gritam – agora ele só lida com alegria.

Tomei o rumo de casa com o ding dong dos sinos e as margaridas, botei uma rosa no meu cabelo. Passei de novo pela Gruta e vi a cruz no topo daquela corcova de rochas, vi umas velhinhas franco-canadenses rezando passo a passo de joelhos. Achei outra rosa, e botei outra rosa no meu cabelo, e fui pra casa.

Por Deus.

Escrito na Cidade do México,
Tenochtitlán, 1952
Antiga Capital dos Astecas